Jean-Marie Rouart, né en 1943, est l'auteur de plusieurs romans, d'un essai sur le suicide : *Ils ont choisi la nuit* et de biographies : *Morny, un voluptueux au pouvoir* (Folio n° 2952). Il vient de publier un roman autobiographique *Une jeunesse à l'ombre de la lumière* (Gallimard).

Il a été élu à l'Académie française en 1998 au fauteuil de Georges Duby.

À Maurice Rheims

« Il avait l'art de dorloter l'amour. »

CASANOVA

« On dit que l'abbé de Bernis va ambassadeur à Venise. Je plains le procurateur de Saint-Marc s'il a une jolie femme. »

VOLTAIRE

« Ses actions imprudentes l'élevèrent : ses vues sages le perdirent. Il fut disgracié pour avoir parlé de paix. »

FRÉDÉRIC II

1

La bibliothèque de Quasimodo

C'est Venise qui m'a donné Bernis. J'avais enfin obtenu ce rendez-vous attendu depuis si longtemps. Je m'y rendis sous une petite pluie hargneuse d'avril qui douchait ma fièvre. J'éprouvais l'enthousiasme qui précède les grandes rencontres dont on pressent qu'elles vont changer notre vie. Dans l'austère bibliothèque Marciana sur la Piazzetta, face au palais des Doges, d'où Casanova avait pris une fameuse poudre d'escampette en faussant compagnie à ses geôliers de la terrible prison des Plombs, j'attendais devant une sorte de pupitre d'écolier l'ouvrage que j'avais commandé. Un étrange commissionnaire s'approcha de moi en claudiquant : ce bossu, qui semblait vivre dans les rayons des bibliothèques comme Quasimodo dans les tours de Notre-Dame, avait fini par ressembler aux incunables poussiéreux et dépenaillés qu'il fréquentait. Il posa devant moi un vieux livre. Je l'ouvris avec ferveur. Aussitôt la bibliothèque Marciana disparut ; Venise s'estompa. J'oubliai la solitude luxueuse et sinistre de la Locanda Cipriani à Torcello, où j'avais croisé le fantôme de Hemingway ; oubliée aussi la Pensione Seguso sur les Zattere, aux murs humides exsudant le salpêtre, derrière lesquels devait transir l'âme de Ruskin. Je quittai tout. Venise n'existait plus. Je plongeai au cœur d'un XVIIIe siècle voluptueux, intelligent, dévergondé, suivant les pas d'un jeune abbé pauvre, plein de feu, qui cherchait la gloire.

Bernis en donnait les clés. Ses Mémoires, le moins ecclésiastique des bréviaires pour un ambitieux, parsemés de maximes morales, de réflexions, pourraient en faire un anti-Machiavel. L'important pour lui n'est pas cette réussite carnivore, saignante, à tout prix, que prône le Florentin aux préceptes glacés, qui ne vise qu'au but, à la carrière, dût-elle être assaisonnée du cadavre des amis trahis, des femmes abusées, de la confiance et de l'honneur dûment malmenés ; non, le propos de Bernis n'est pas comment réussir, mais comment bien réussir, sans victimes inutiles, sans parjures ou vilenies superflus. C'est un projet d'homme simplement civilisé. Des principes que certains trouveront peut-être démodés. Bernis n'est pas fait pour eux.

Le cardinal s'adresse aux ambitieux de qualité, qui, bien que tenaillés par la passion du pouvoir, en ont une conception douce et sentimentale ; c'est le lieu où ils rêvent de rassembler harmonieusement les mouvements forts de leur âme : l'amour, la gloire, l'amitié. Il nous parle familièrement, du haut de son échec qui jette sur le pouvoir un halo mélancolique. Sa chute l'a humanisé. Il nous entretient, après une forte fièvre qui a mis sa raison en péril et a été bien près de l'emporter, avec une sagesse de convalescent. Il l'a échappé belle... Il a échoué. Mais pour un empire il n'échangerait pas sa place avec Choiseul, son ami-ennemi, qui, lui, a réussi. Ses qualités d'homme privé l'ont plus gêné que servi dans la vie publique : maniaque de la fidélité, obsédé par la grandeur de son pays, prêt à lui sacrifier ses intérêts et sa carrière, d'une honnêteté scrupuleuse à une époque où l'on trouvait commun, bourgeois, de payer ses dettes, il lui manquait la rapacité des arrivistes de haut vol. Il ne s'en est pas si mal trouvé : il s'est ménagé une position à part, un peu en marge, dans ces franges que délaissent les historiens mais qu'affectionnent les écrivains. Aussi occupe-t-il une petite place dans les livres d'histoire et un bastion légendaire dans la littérature. Bien qu'ayant renoncé très tôt à la carrière des lettres, après quelques recueils de poèmes dans le goût de Gresset, qui à eux seuls n'auraient pas suffi à installer durablement sa mémoire, les écrivains l'ont adopté comme l'un des plus séduisants héros du roman de la vie réelle. De son temps, Voltaire, Casanova, Vivant Denon lui parlaient déjà de pair à compagnon, et aucun d'entre eux n'avait pu lire ses passionnants Mémoires qui enchanteront, par leur ton libre, Barbey d'Aurevilly, Sainte-Beuve et bien sûr Roger Vailland.

L'Éloge du cardinal de Bernis de Roger Vailland, dans la collection « Libelles » de Jean-Claude Fasquelle, a fait beaucoup pour réactualiser son souvenir. L'auteur de *La loi*, militant communiste, ayant appartenu dans sa jeunesse au mouvement du Grand Jeu avec Roger Gilbert-Lecomte et René Daumal, qui célébrait l'hindouisme, le yoga, l'éthéromanie et la roulette russe, apportait à Bernis la caution sulfureuse de l'avant-garde et les lecteurs syndiqués des comités d'entreprise étonnés sans doute de cette apologie par un des leurs d'un ministre du Bien-Aimé, qui avait fait deux papes et participé bien malgré lui à la dissolution de la Compagnie de Jésus.

Cet éloge par un marquis talon rouge du marxisme-léninisme, dont les provocations semblent aujourd'hui un peu outrées, on en aime le ton qui caracole, même si on ne souscrit pas à son anticléricalisme. Il a tendance à enrégimenter le cardinal du côté des athées, des libertins, de Valmont, du duc de Richelieu. On peut être un voluptueux sans être irréligieux ; on peut céder à la douce passion des femmes et rester un esprit libre sans blasphémer, cracher sur un crucifix et participer à des messes noires. Mais ce ne sont que de minces réserves, et je reste reconnaissant à Vailland de m'avoir fait découvrir Bernis.

À la bibliothèque Marciana où, sous le regard impatient de mon Quasimodo, je dévorais les Mémoires, je m'étais absenté durant des heures qui m'avaient semblé des secondes : j'avais fréquenté la cour de Louis XV, la marquise de Pompadour, les frères Pâris, le séduisant Choiseul, le comte d'Argenson, le sympathique comte de Marigny, le frère de la marquise, cette peste de Mme d'Estrades. Et puis à nouveau, j'étais à Venise, non dans ma Venise, dans celle de Bernis, à l'époque où le Conseil des Dix feignait de faire régner la terreur, où chaque jour, à quelques mètres de l'endroit où je me trouvais, les *confidenti*, les espions, ramassaient dans la Bocca di Leone, la gueule des deux lions en marbre qui défendaient l'entrée du palais des Doges, leur provende de dénonciations et de calomnies. C'était, bien éloignée de la ville mise en perce par les tour-opérateurs, la Venise glorieuse du *Bucentaure*, de Vivaldi, du carnaval qui durait six mois, des noces du doge et de la mer.

Je la quittai avec ce trésor : un nouvel ami. À Paris, je tentai de communiquer mon enthousiasme aux éditeurs qui me regardaient avec l'air de commisération qu'ils réservent à ces chercheurs de perles dont les découvertes sont vouées à des tirages dérisoires. Pourquoi republier Bernis dont les Mémoires somnolaient depuis l'édition en 1878 de Frédéric Masson dans les caves de la respectable maison Plon et Nourrit ? Il ne possédait pas les qualités littéraires du cardinal de Retz ; il n'avait pas la réputation sulfureuse de Casanova ; il révélait très peu de choses scandaleuses sur la marquise de Pompadour contrairement à Mme du Hausset. Enfin ses Mémoires avaient contre eux d'être un texte parfaitement authentique, auquel aucun mercenaire de la plume dans le genre de Soulavie n'avait mis la main pour y rajouter les ingrédients sexuels, les confidences apocryphes et autres racontars d'alcôve sans lesquels les productions du XVIIIe siècle paraissent fades, presque dénaturées. C'est là le paradoxe : à force de faux XVIIIe, le vrai semble trop sage. Après avoir pâti de son vivant de sa réputation d'auteur polisson, Bernis se voyait reprocher de n'être pas assez dévergondé. Les éditeurs se renvoyèrent la balle et je finis par me résigner à garder ce trésor pour moi seul.

Un jour, je vis apparaître devant moi Michel Mohrt au carrefour de la Croix-Rouge (là où avait habité chez un perruquier, plus de deux siècles plus tôt, mon jeune abbé impécunieux). Il m'aborda à la manière chaleureusement bourrue des cavaliers ; me fixant dans la lumière de ses yeux céruléens, il me convia sur un ton vigoureux à déjeuner chez lui pour le lendemain.

C'est chez Michel Mohrt, dans cet appartement de la rue du Cherche-Midi où chaque chaise Directoire a des allures graciles et haut perchées de hérons et de flamants roses que je fus présenté à Simone Gallimard. Elle dirigeait le Mercure de France avec un mélange de poigne, de dilettantisme, de coups de cœur, de naïveté roublarde, de copinage, d'astuce, et surtout de bon sens, avec le désir d'aller, toujours contre vents et marées, vers la qualité ; elle ne voulait pas que le nom qu'elle portait, sans vanité mais avec orgueil, risquât de déroger. D'apparence futile, elle avait un fonds de sérieux, un entêtement de Bretonne, un flair de Mélisande pour découvrir un futur auteur, un enthousiasme formidable pour le talent, une force de conviction auprès des journalistes.

Les choses avec elle se déroulèrent comme dans un rêve. À un moment où un ange passait dans la conversation, j'avançai le nom de Bernis. Elle le saisit au vol. Michel Mohrt maugréa un avis favorable. Et dès lors tous les obstacles disparurent : deux mois plus tard le texte méconnu des Mémoires paraissait au Mercure de France dans la prestigieuse collection « Le Temps retrouvé ». Simone Gallimard m'en confia la préface. C'était il y a vingt ans.

Je m'étais promis de consacrer au cardinal de Bernis une biographie, dans les heures lentes et inoccupées de l'âge canonique, quand on commence à emprunter le chemin du renoncement ; on ne va plus au bureau ; la question des femmes a perdu de son actualité ; l'ambition ne vous tourmente plus. J'ai avancé ce délai : j'ai offert à Bernis des heures encore vertes.

2

Un mot qui fait fureur

Un jeune homme d'une belle stature, les joues rebondies, le teint rose, l'œil ardent. Il a un sourire irrésistible, de belles manières, de l'esprit comme quatre, tout ce qu'il faut pour réussir auprès des femmes, donc pour réussir tout court dans ce siècle qu'elles mènent par le bout du nez. Son petit collet d'abbé ne lui donne pas l'air ecclésiastique, c'est une livrée qu'on s'est habitué à voir si souvent dans les allées du pouvoir et à la porte de tant d'alcôves, qu'on n'y prête presque pas attention. Il aurait d'ailleurs plutôt le maintien décidé d'un militaire que l'onctuosité des futurs prélats. On est à Versailles, au château, en 1741. Il fait antichambre, on le regarde, on l'épie, on le guette car cette pièce ouvre sur ce dont rêve un ambitieux : l'argent, le pouvoir, les places et tout ce qui va avec. Derrière cette porte à double battant, protégée par deux laquais, se tient l'un des hommes les plus redoutés de France, le cardinal de Fleury. Dans ce bureau tout se décide ; là les faibles volontés du roi sont interprétées, retardées, ajustées ou subtilement paralysées. Impossible d'éviter ce centre nerveux des décisions. Ceux qui ont voulu le contourner s'y sont cassé les dents. Leurs sollicitations dorment dans les limbes des ministères.

François Joachim de Pierre de Bernis attend que la porte s'ouvre. Son destin en dépend. Car ce jeune abbé a des ambitions. Il sait les cacher. Mais elles lui étreignent le cœur. Ce n'est pas drôle d'avoir plus de vingt ans, de plaire à tant de jolies femmes, d'être la coqueluche des salons, l'habitué des soupers les plus huppés et de n'avoir pas un louis, pas un sou, pas un liard en poche, d'avoir des habits usés qu'on doit parfois à la générosité de ses protecteurs. Il lui arrive de rentrer à pied le soir au sortir des fêtes les plus magnifiques et de s'en remettre à la bienveillance de ses prestigieuses connaissances pour payer son logis et son couvert. Cet aristocrate a l'âme fière et n'aime pas quêter les subsides. Il croit que son mérite doit être récompensé. Il veut obtenir cette justice du cardinal de Fleury dont la réputation de caractère intraitable donne du piquant à son attente. François de Bernis sent les yeux fixés sur lui, ces yeux avides des courtisans si sensibles à la météorologie des faveurs. La population désœuvrée et futile qui hante Versailles n'a d'autre occupation que le papotage, la flatterie, le dénigrement. C'est un bien curieux ballet de toutes les vanités aigries, de vieux combattants aux ambitions déçues, de rescapés des cabales avortées, de paresseux et d'hommes d'esprit sans emploi. Ils guettent dans l'antichambre du pouvoir pour y surprendre sur le vif un visage épanoui ou abattu, l'esquisse d'une victoire, les symptômes d'une défaite. Et celui qu'ils observent en ce moment est peut-être promis à des charges importantes, à des emplois fortunés, ou, comme la plupart des gens de sa sorte, à une fin de non-recevoir qui vous renvoie au lot commun : ceux qui sortent sans avoir rien obtenu.

La porte s'ouvre. Le jeune abbé est introduit dans le vaste bureau du Premier ministre du roi. Le cardinal de Fleury, vieillard toujours vif, assis à une petite table, un grand chapeau sur la tête, l'accueille d'une manière brusque en songeant peut-être que l'amabilité ou trop de courtoisie l'éloignerait de ce modèle d'intransigeance qu'il copie sans plus s'en rendre compte : il se prend tout simplement pour Richelieu. Sec, impatient, il ne perd pas de temps en préambules. Il ne déteste pas susciter chez ses visiteurs un sentiment de crainte. C'est ainsi qu'il éprouve son immense pouvoir. À quatre-vingt-huit ans, ce sont les derniers plaisirs qu'on peut se donner. Peut-être est-il un peu agacé de ne pas sentir chez son visiteur l'air démuni, offert, le regard inquiet des quémandeurs, le maintien engoncé par la timidité : le jeune homme évolue avec grâce et arbore le sourire que l'on réserve à un égal. Il a ce fameux ton du monde que le vieillard exècre particulièrement chez les jeunes abbés. Il y décerne la désinvolture propre aux poètes, rimailleurs, écrivains qu'il fréquente à l'Académie. N'a-t-il pas écrit des poèmes qui fleurent la licence, l'alcôve, et qui ont porté jusqu'à lui sa réputation d'homme léger, aux convictions religieuses évanescentes. Ironie du sort, le vieux cardinal ignore qu'un jour ce jeune abbé occupera sa place.

Bernis, dans ses Mémoires, relatera cet entretien qui devait établir sa réputation d'homme d'esprit, face à l'intraitable Premier ministre : « En m'entendant nommer, il me salua, et me dit en branlant un peu la tête : "Ah ! Ah !" Je m'avançai avec une contenance modeste, mais assurée, et je lui dis : "Monseigneur, tant que j'ai été dans l'âge de l'enfance, j'ai respecté les préjugés de Votre Éminence ; je suis aujourd'hui dans l'âge d'essayer de les détruire, l'honneur même m'en fait un devoir ; je viens demander à Votre Éminence comment, si jeune, j'ai pu démériter au point de déplaire au roi. De quoi suis-je accusé ? Ai-je manqué à la religion, à mon devoir de sujet, ou à la probité... ? — Monsieur, interrompit le cardinal, vous le prenez là sur un ton bien grave : on ne vous reproche rien qui attaque les principes. Mais vous n'avez point de vocation. — Vous me rassurez, répondis-je, Dieu seul lit dans les cœurs ; et puisque Votre Éminence n'a rien d'essentiel à me reprocher, j'ose réclamer les bontés dont elle honore mon père : si je ne suis coupable, Monseigneur, que des étourderies de jeunesse, je vous en apprendrai plus qu'on ne vous en a dit, et je ne croirai pas me faire tort dans votre esprit : tout le monde a été jeune : aussi je supplie Votre Éminence de venir à mon secours..." Je vis vers la fin de ma harangue que le front du cardinal s'obscurcissait ; il m'interrompit avec humeur, et me dit avec dureté : "Oh ! Monsieur, tant que je vivrai, vous n'aurez point de bénéfices. — Eh bien, Monseigneur, j'attendrai", répondis-je, en lui faisant une profonde révérence[1]. »

Ce *j'attendrai* assura à Bernis une réputation d'homme d'esprit. Au XVIIIe siècle, cela ouvrait toutes les portes. Le vieux cardinal, ayant savouré la repartie impertinente, la divulgua. Tous ceux qui avaient à se plaindre — ils étaient nombreux — des rigueurs du Premier ministre firent du jeune abbé une manière de héros. On était curieux de voir un homme qui avait donné un coup de patte à un ministre absolu. On le fêta, on l'applaudit, on le caressa de mille façons. Quant à lui, il dut encaisser cette rebuffade avec le sourire qui lui tenait lieu de viatique. Sa situation était presque désespérée. Son appui principal se dérobait ; sans argent, couvert de dettes, il était condamné à vivoter.

Comme dans toutes les circonstances graves de son existence, il réfléchit froidement à la situation. Si sa position financière était fâcheuse, ses espoirs de carrière ecclésiastique très incertains, il lui restait à établir solidement ses avantages : des amis fidèles et prestigieux, des femmes dévouées, une excellente image mondaine et, comme poète, une réputation d'écrivain léger, facile, à la

1. Mémoires du cardinal de Bernis.

lisière de la licence, d'habile faiseur d'épigrammes et de suaves élégies. C'est à de tels signes que l'on mesure le chamboulement du XVIIIe siècle. Le descendant des comtes de Toulouse, dont le rigoureux Moreri faisait remonter la généalogie aux premières croisades, apparenté aux familles les plus illustres, se voyait obligé d'emprunter l'aléatoire métier des lettres comme un vulgaire abbé Prévost.

Cette carrière des lettres devenue sa seule issue, le jeune abbé décida, faute de mieux, d'en tirer tous les bénéfices possibles. Il rimailla jusqu'à épuiser les ressources de son imagination et celles des imprimeurs. Et le temps qu'il ne consacrait pas à la poésie, il le dilapida auprès des femmes et de ses amis, qui constituaient son seul capital. La poésie, une vocation ? Plutôt un divertissement agréable au service de son ambition. Plus tard, il dira en parlant de ses vers : « C'était mon bâton pour franchir les fossés. »

3

Contre mauvaise fortune bon cœur

C'est bien beau de faire rire aux dépens de ses malheurs ; dans la solitude l'esprit a un goût amer et ne nourrit pas son homme. S'en revenant à son logis, chez le perruquier de la place de la Croix-Rouge, à une portée d'eau bénite de ce séminaire de Saint-Sulpice où il a fait d'excellentes études mais a acquis une fâcheuse réputation d'esprit libre, François de Bernis en a gros sur le cœur. Il pense à son père, à sa famille qui ont placé en lui leurs espoirs et leur confiance. Ils doivent se lamenter devant ce brillant sujet incapable de se faire une place, n'ayant de réputation que dans la chronique galante ou littéraire. On doit être maussade à Saint-Marcel, dans cet austère village du Vivarais, blotti contre son château lui-même arc-bouté, faisant le dos rond pour se protéger du mistral qui scie les oreilles et les nerfs. De la terrasse, au loin, on voit le Rhône et Pont-Saint-Esprit.

Le château vu de l'extérieur n'a pas dû beaucoup changer depuis la jeunesse de Bernis. Même si le mobilier a été dispersé au gré des pillages et des successions, si la rigueur des temps a dépeuplé le lieu de ses servantes, couturiers, palefreniers, maréchal-ferrant, cuisinières, valets, qui animaient les couloirs, frais dans la canicule, glacés en hiver, ce château a belle allure. De grands salons, des boudoirs, dont l'ombre l'été est propice à la rêverie, des caves voûtées où apparaissent les fondations de l'ancien château fort familial, un parc à la française, des vergers, des vignes.

La châtelaine d'aujourd'hui, Carmen de Zayas, descendante des Bernis par sa grand-mère maternelle, et dont la mère est née d'Harcourt, affronte l'époque moderne et ses vicissitudes avec la même vaillance dont sa demeure a fait preuve face aux révolutions, aux dévastations, aux envahisseurs. Elle vit seule avec son fils. Sans personnel de maison, elle subvient à tout, armée du fatalisme des aristocrates qui sont conscients d'appartenir de toute façon à l'histoire, quels que soient les accidents pécuniaires qu'ils subissent. Le verbe haut, la cordialité espagnole, Carmen de Zayas ignore superbement l'absence de chauffage central avec la même équanimité qu'elle opposerait à la fortune, si d'aventure celle-ci tombait du ciel. De ces ancêtres croisés, les Pierre de Bernis, elle a hérité un caractère rude, peu compréhensif aux maraudeurs tentés de dérober les objets rescapés des temps prospères. Ne lésinant pas sur les moyens, elle a acquis une mitraillette Kalachnikov, dont elle ne s'est séparée à regret qu'à cause de ses petits-enfants. Mais elle demeure parfaitement outillée pour décourager l'intrépide cambrioleur qui se risquerait au château. Les gendarmes de Saint-Andéol ont d'ailleurs surnommé cette championne de l'autodéfense « Ma Dalton ».

C'est dans ce vaste château, sans grandes ressources, où il est né le 22 mai 1715, que François de Bernis a passé son enfance et a forgé ses ambitions. Un père austère, à l'affection parcimonieuse, ennemi des effusions, qui fait penser au futur père de Chateaubriand. Ruiné, ayant gardé le ton du monde dans sa retraite, « gai chez les autres, de mauvaise humeur chez lui », il traite durement ses filles et ses fils et leur refuse aide et subsides. Une mère qui a de l'esprit et du goût pour les lettres. Le jeune François vit au contact de la nature, des paysans et de leurs superstitions. Il en gardera une attirance pour les voyantes et les cartomanciennes : « J'ai plus craint, pendant vingt ans de ma vie, les morts que les vivants. » Il est abandonné à des précepteurs médiocres et à des femmes de chambre qui exciteront ses sens et éveilleront sa sensualité. Témoin ce curieux aveu qui apparaît dans ses Mémoires : « Rien n'est plus dangereux pour les mœurs et peut-être pour la santé que de laisser les enfants trop longtemps sous la tutelle des femmes de chambre ou même de la société des demoiselles élevées dans les châteaux [...] les plus sages d'entre elles ne sont pas toujours les moins dangereuses. On ose avec un enfant ce qu'on aurait honte de risquer avec un jeune homme. J'ai eu besoin de tous les sentiments de piété que ma mère avait gravés dans mon âme pour préserver ma jeunesse d'une trop grande corruption de mœurs. »

Il ne faut pas prendre au pied de la lettre le commentaire un brin moralisateur de Bernis. Peut-être même doit-on le lire comme une antiphrase — ce sera souvent le cas d'un certain nombre de passages des Mémoires touchant à sa vie privée. N'oublions pas qu'il a dicté ce texte à sa nièce pendant son exil à Vic-sur-Aisne pour l'édification de sa famille. Il n'y apparaît jamais prude, ni moralisateur mais il a souvent le souci de désarmer ceux qui, dans l'avenir, voudraient souligner ses frasques. En réalité il faudrait ajouter : « C'est là que j'ai contracté le goût des femmes et des voluptés que j'ai poursuivies toute ma vie. »

Avec l'amour de la nature, son autre penchant, c'est la lecture. Sa mère l'y encourage. Elle a pour lui les attentions qu'on réserve à un enfant un peu chétif — sa naissance a d'ailleurs failli lui coûter la vie. Elle lui récite des poèmes qui frappent sa jeune oreille par leur mélodie. Bientôt les rimes viendront sous la plume du jeune garçon aussi facilement que la prose. Il lit Ronsard dans un volume qu'il cache sous son lit et s'enivre de parfums mythologiques et d'évocations lascives. Puis il est livré aux précepteurs : un excellent éducateur d'abord, un nommé Lejeune, auquel il devra de bons principes en langue latine, puis un séminariste sadique et illuminé qui le contraint à des macérations et à des disciplines de trappiste.

On le renvoie et il est remplacé par d'autres précepteurs aussi mauvais, tous adeptes du coup de verge dont Bernis demeurera un adversaire résolu. Après une correction particulièrement sévère, n'y tenant plus, il cherche même dans un ouvrage de sciences occultes, *Le comte de Gabalis*, un appui auprès des puissances de l'enfer pour faire disparaître son tortionnaire. Mais c'est lui-même que ses invocations aux anges des ténèbres terrorisent. Elles le guérissent à jamais d'avoir recours à ce genre de pratique.

À dix ans, on l'envoie au collège voisin de Bourg-Saint-Andéol, tenu par des barnabites. Il y est vite premier de sa classe grâce à une méthode qu'il emploiera ensuite pendant toutes ses études : la stimulation par l'amour-propre. « Toutes les fois que, dans le cours de mes études, je trouvais des égaux, des rivaux et des supérieurs, je travaillais sans relâche nuit et jour, jusqu'à ce que je fusse parvenu à les mettre derrière moi ; alors satisfait d'avoir la première place, je me contentais de la conserver par un travail facile, sans m'occuper d'en mériter une plus élevée. »

Un jour, n'ayant plus d'espoir d'obtenir la croix de Malte, qui mène à la carrière militaire, sur un coup de tête, il opte pour celle des évêques. À quoi tient le destin ! Cette foucade va l'entraîner dans la carrière ecclésiastique. À douze ans, il est tonsuré ; à quatorze, son père l'envoie au collège des jésuites de Paris avec pour tout bagage des paroles qui se gravent à jamais dans son âme : « Mon fils, vous allez dans un pays où j'ai beaucoup vécu ; je ne vous y serai pas inutile encore. J'aurais bien voulu vous y conduire, mais je suis trop vieux. Souvenez-vous que, dans ce pays-là, vous trouverez beaucoup d'égaux et un grand nombre de supérieurs. Faites-vous aimer des premiers, et ne soyez jamais familier avec les autres : sachez les respecter, mais ne soyez jamais leur complaisant. Apprenez à obéir, mais souvenez-vous que vous n'êtes pas fait pour être le valet de personne. Si la crainte de Dieu ne vous éloigne pas du commerce des femmes, craignez au moins d'y perdre votre santé. »

Grâce à une recommandation du cardinal de Fleury, auquel son père a été lié dans sa jeunesse, François de Bernis est accepté au collège de Clermont, futur lycée Louis-le-Grand, en août 1729. À force d'obstination, il est admis en rhétorique. On se moque de son accent languedocien. En trois mois, en multipliant les exercices, il le perd et gagne les premières places. Là sous la férule du père Porée et du père La Santé, il poursuit d'excellentes humanités, sachant se faire apprécier de ses camarades plus fortunés et de ses professeurs. Il lie connaissance avec le fameux père de Tournemine, ami de Voltaire et des philosophes avec lesquels il discutait âprement sans parvenir à les convertir. Il achève sa classe de rhétorique par un coup d'éclat : un discours latin dans lequel il essaie de prouver combien l'éloquence est au-dessus de la philosophie. L'orateur obtient un grand succès mais provoque une dispute générale. De son expérience, il conservera une profonde reconnaissance envers les jésuites qui regardèrent cet élève comme un des meilleurs produits de leur éducation.

Au séminaire de Saint-Sulpice, les choses vont se gâter. Toujours brillant, appliqué, respectueux, Bernis révèle les premiers symptômes d'une liberté de penser qui, en lui assurant une réputation de lettré, de bel esprit, lui ouvrira les portes du monde mais va nuire à sa carrière dans l'Église. On ne décèle chez lui aucune vocation religieuse. Il est vrai qu'après une crise intense de mysticisme, excitée par des privations volontaires, des abstinences, où il a approché l'exaltation enflammée des saints, son bon sens l'a vite ramené à la raison. Ces divagations résultaient en réalité d'un vif besoin d'amour, propre à son âge et à son tempérament. Le mysticisme ne sera plus jamais son fort. Il ne cherche ni à s'en faire gloire, ni à camoufler ses doutes, s'il en a, sous des mômeries. Il n'est dans ce domaine ni arrogant ni dissimulé. Comme à son habitude, il ne prend pas les choses au tragique, certain que Dieu, à l'image de ses meilleurs ministres, est certainement quelqu'un avec lequel on peut trouver des accommodements. Mais une vie dissolue peut être compatible avec une foi sincère.

Le supérieur général du séminaire, l'abbé Couturier, à qui le cardinal de Fleury accorde sa confiance dans le choix des carrières religieuses, apprécie le jeune homme mais craint qu'avec tant d'intelligence il se montre trop indépendant. Bref, il préfère donner leur chance à des sots, à des cagots, et lui barre la route des promotions tout en l'assurant de son estime et de ses meilleurs sentiments. Il l'invite à aller voir sa famille en Languedoc en lui faisant la promesse de l'accepter à son retour. Bien sûr il ne tiendra pas parole. D'atermoiements en manœuvres dilatoires, il offre au jeune Bernis un beau spécimen de duplicité ecclésiastique. Mais celui-ci, méfiant, a prévu le coup.

Première époque vraiment noire. Logeant au collège de Bourgogne dans l'attente d'un hypothétique retour au séminaire ou d'une abbaye, il apprend bientôt que le cardinal de Fleury est décidé à ne rien lui accorder. Le prélat en a averti sa famille, qui en manière de rétorsion lui coupe les vivres. Du même coup, les parents et les amis qu'il voyait à Paris ferment leurs portes à ce garçon de dix-neuf ans sans avenir, dont on répète qu'il a gâché ses chances par son esprit frondeur et ses mœurs sans piété.

C'est dans ce genre de circonstances que Bernis nous plaît. Il tire le meilleur parti de l'adversité. Il ne se plaint pas, ne gémit pas, ne fait de reproches à personne. Il se forge le caractère, et son esprit lucide élabore des plans pour se sortir d'affaire. Sa traversée du désert sera longue. Mais il s'arme de patience et résiste à la mélancolie, au désespoir. Ce n'est pas un esprit chagrin. Pour survivre, il tente de jouer avec les seules cartes qu'il ait en main : son esprit, son talent littéraire, sa réputation, son nom : « J'ai su toute ma vie mieux qu'un autre apprécier le mérite fortuit de la naissance. » Il adopte, face aux circonstances défavorables, une disposition enjouée et positive qui lui gagne toutes les amitiés : « Ma situation m'humiliait, j'en dévorais l'amertume ; mais je savais bien qu'un visage triste intéresse peu de temps et fatigue bientôt. J'eus donc la force de garder mes chagrins pour moi, et de ne faire briller aux yeux des autres que mon imagination et ma gaieté. »

Grâce à la littérature, considérée comme un agrément providentiel et lucratif, il ne sombre pas : au contraire il se maintient dans un monde où confluent les gens de lettres et la meilleure société. Cette société intermédiaire gouvernée par les femmes, qui pousse ses racines dans les domaines les plus variés, des plus futiles aux plus sérieux, la mode, la galanterie, les idées, la politique, c est celle des salons. Bernis va y faire des ravages. Faute de mieux.

4

Une délicieuse salle d'attente

Provincial sans vraies relations, abbé sans bénéfices ecclésiastiques, n'ayant pour tout bagage qu'un nom, sa bonne mine et de la gaieté, Bernis part à la conquête des salons. Dans ce domaine, son coup d'essai est un coup de maître : le premier qu'il fréquente, celui de la duchesse du Maine à Sceaux, éclipse tous les autres par son prestige. Modèle des salons qui vont fleurir et se multiplier tout au long du XVIIIe siècle, il sera beaucoup imité. Quand on a le bonheur d'y être apprécié, on n'a aucun mal à être reçu partout ailleurs. Pour y pénétrer, il faut être parrainé, avoir un introducteur. Le jeune abbé nécessiteux a eu la chance de plaire à un de ses parents éloignés, le cardinal Melchior de Polignac. Fin politique, érudit, ancien ambassadeur, courtisan jusqu'au bout des ongles, le vieux cardinal — il a soixante-quinze ans lorsque Bernis fait sa connaissance — se prend d'affection pour ce jeune homme en qui il retrouve, en plus d'une vocation ecclésiastique hasardeuse, à la fois sa jeunesse, ses ambitions, son goût des lettres ; peut-être aussi devine-t-il chez lui quelques sympathiques faiblesses du côté du cœur. Amant de la duchesse du Maine, « par qui il s'était laissé aimer toute sa vie », il avait acquis toutes les connaissances et toutes les expériences. Personne ne pouvait être mieux placé que lui pour guider un jeune abbé ambitieux dans les dédales de la société et lui en éviter les embûches.

On sait à quel point les impressions de la vingtième année sont importantes. Nul doute que le jeune Bernis n'ait subi du vieux cardinal une influence marquante. Il a certainement rêvé de suivre ses traces et modelé selon ses conseils sa conception de la vie. C'est auprès de lui qu'il a contracté le goût de la chose publique et l'ambition d'entrer dans la diplomatie. Il y a tant de points communs entre leurs deux existences : la vie publique de Melchior de Polignac semble préfigurer celle de Bernis.

Il avait commencé sa carrière en Pologne, envoyé par Louis XIV comme ambassadeur extraordinaire. Nommé ensuite ministre plénipotentiaire à Utrecht, il s'était révélé un excellent négociateur. Il avait connu la disgrâce et l'exil : on l'avait soupçonné d'avoir trempé dans la fameuse conspiration de Cellamare ourdie par sa maîtresse, la duchesse du Maine, en 1718, avec l'aide de la cour d'Espagne, pour chasser le Régent et installer sur le trône son mari, le duc du Maine, bâtard légitimé de Louis XIV. Revenu en grâce par l'entremise du duc de Bourbon, on le retrouvait ministre à Rome où, pendant six années, il éblouit les Italiens par de magnifiques fêtes et par l'intérêt de ses recherches archéologiques. Ami du pape Alexandre VIII qui le tenait en particulière affection, celui-ci lui disait : « Je ne sais comment vous faites, vous paraissez toujours être de mon avis, et c'est moi qui finis par être du vôtre. » Élu à l'Académie française au fauteuil de Bossuet, nommé archevêque d'Auch, il s'était consacré à un poème fleuve qui ne fut publié qu'après sa mort, *L'Anti-Lucrèce*, qui comptait deux volumes et pas moins de dix mille vers. Cette réfutation de la philosophie d'Épicure passait pour assez indigeste. Mais l'homme recueillait tous les suffrages. On l'aimait, on l'adorait pour son esprit, sa culture, sa bonté. Dès l'âge de douze ans comme on le présentait à la fameuse courtisane Ninon de Lenclos, celle-ci avait émis un jugement prémonitoire : « Il aura un jour plus d'esprit qu'il ne lui en faudra et c'est bien dommage. » Mme de Sévigné, également subjuguée par son charme, écrivait : « C'est un des hommes du monde dont l'esprit me paraît le plus agréable, il sait tout, il parle de tout, il a toute la douceur, la vivacité, la complaisance qu'on peut souhaiter dans le commerce. »

Bernis, qui passait chaque jour deux heures à s'entretenir de politique et de littérature avec le vieux cardinal, n'a manqué aucune occasion de lui marquer sa reconnaissance : « C'était un dictionnaire universel, écrit-il, je dois à la confiance de cet homme célèbre et au plaisir qu'il avait de m'instruire une infinité de connaissances de détail qu'on ne trouve pas dans les livres. » Pourquoi cet homme si exceptionnel n'avait-il pas donné toute sa mesure comme homme d'État ? « Il ne lui a manqué pour être grand qu'un peu plus de nerfs dans le caractère », conclut-il. Avec l'âge le vieux cardinal devenu très bavard était prétexte aux moqueries. Voltaire, un jour qu'on le voyait levé dès l'aube et qu'on lui demandait où il allait, répondit : « Je vais entendre un monologue du cardinal de Polignac. » M. de Mairan, un bel esprit du temps, ami de Bernis, avait imaginé un tableau représentant le vieux cardinal assis dans un fauteuil avec une expression de profond ravissement, entouré d'une infinité d'oreilles : petites oreilles de femmes, grandes oreilles de philosophes, oreilles de théologiens ; et ce tableau s'intitulait *Le paradis du cardinal de Polignac.*

La duchesse du Maine, petite-fille du grand Condé, est une personnalité tout aussi exceptionnelle que son amant le cardinal. Ce petit bout de femme d'une extraordinaire agilité d'esprit, remuante, intrigante, extravagante, réunit autour d'elle les esprits les plus remarquables du temps. Elle passe si facilement du sérieux à la bagatelle que son amie lady Sandwich dit d'elle : « Si madame la duchesse avait eu le sceptre du monde, elle aurait trouvé le moyen d'en faire un hochet. » C'est au château de Sceaux que Bernis rencontre le déjà vieux Fontenelle, Mme du Deffand, Montesquieu, le chancelier d'Aguesseau et deux hommes d'État qui vont faire sur lui une grande impression : Bolingbroke, le grand ministre et écrivain anglais qui a connu l'exil et que Voltaire porte aux nues : « J'ai trouvé dans cet illustre Anglais toute l'érudition de son pays, et toute la politesse du nôtre ; cet homme, qui toute sa vie a été plongé dans les plaisirs et dans les affaires, a pourtant trouvé le moyen de tout apprendre et de tout retenir », et Torcy, le neveu de Colbert qui, après une belle carrière dans la diplomatie, a été le ministre des Affaires étrangères de Louis XIV. Il se consacre à cette époque à ses Mémoires. Tous ces hommes que Bernis rencontre et admire ont réussi à mêler les plaisirs, parfois une vie amoureuse bien remplie, le service de l'État et le goût des lettres. Il retient la leçon.

Les salons attirent Bernis comme une phalène fascinée par la lumière. Difficile d'imaginer une plus délicieuse salle d'attente pour un ambitieux. Aristocratiques comme celui de la duchesse de Luynes ou bourgeois comme celui de Mme Geoffrin, les salons, par leur variété, les distractions qu'ils apportent, sont le paradis de l'agrément et des talents. L'intelligence, le génie, la beauté, l'originalité, le savoir-vivre y sont également prisés. À condition d'avoir de l'esprit, de bonnes manières, on vous tient quitte de tout, on peut s'amuser, s'instruire et recomposer une société meilleure en dénigrant allègrement celle dans laquelle on vit. Les arts s'y déploient avec une profusion aujourd'hui difficile à imaginer. Tout y est conçu pour charmer les yeux, les oreilles, les sens. Ce plaisir qui prend tant de masques, y compris celui des carnavals et des bals costumés, dissimule l'ennui d'une société atteinte d'une mystérieuse consomption. On s'enivre d'amour, de bons mots ; on se toque de nouveautés, d'originaux, d'écornifleurs, d'illusionnistes qui promettent la pierre philosophale ou l'eau de jouvence. On aime les irréguliers mais à condition qu'ils y mettent des formes. On adore les systèmes, la réforme, le progrès. On est très émotif et très peu sentimental. C'est le siècle du « tout est possible ». Paul Valéry évoque, dans sa préface aux *Lettres persanes*, les conditions de cette efflorescence des plaisirs : « L'individu recherche une époque tout agréable, où il soit le plus libre et le plus aidé. Il la trouve vers le commencement de la fin d'un système social. Alors, entre l'ordre et le désordre, règne un moment délicieux. Tout le bien possible que procure l'arrangement des pouvoirs et des devoirs étant acquis, c'est maintenant que l'on peut jouir des premiers relâchements de ce système. Les institutions tiennent encore. Elles sont grandes et imposantes. Mais sans que rien de visible soit altéré en elles, elles n'ont guère plus que cette belle présence ; leurs vertus se sont toutes produites ; leur avenir est secrètement épuisé ; leur caractère n'est plus sacré ou bien il n'est plus que sacré ; la critique et le mépris les exténuent et les vident de toute valeur prochaine. Le corps social perd doucement son lendemain. C'est l'heure de la jouissance et de la consommation générale. » Le seul risque des salons, pour un ambitieux, c'est d'y laisser fondre ses résolutions dans la mollesse d'une existence suave et dissipée. Quand on se réveille il est trop tard. La fête va se terminer. Qu'a-t-on fait de sa vie ?

Les salons tels qu'ils apparaissent dans les années 1740, un peu avant la naissance de l'*Encyclopédie*, sont un lieu de brassage social intense : les bourgeois s'efforcent d'acquérir les manières aristocratiques, et les aristocrates s'embourgeoisent. Ce sont les femmes qui les dirigent. Elles appartiennent de plus en plus à la bourgeoisie riche et l'art de vivre qu'elles diffusent est bourgeois. Elles ont mis des fanfreluches et des agréments douillets au grand style austère qui régnait dans les vastes salons hantés par les courants d'air de l'ancienne noblesse. Le siècle se mignardise, se dorlote ; ces hôtesses raffinées et ambitieuses vont mettre à la mode la toile de Jouy, les damas, tout un luxe de meubles, de tentures, de sofas qui épousent délicieusement l'échine et adaptent au raffinement de l'esprit, l'opulence et l'agrément des mœurs.

Pour montrer patte blanche dans les salons, il faut plaire à la maîtresse de maison : un talent, une belle figure, un nom, une réputation suffisent. À la condition d'être amusé, on n'y est pas très difficile sur le pedigree : Casanova qui s'est promu comte de Seingalt, Beaumarchais, le comte de Saint-Germain, Cagliostro auront leur entrée tout comme Jean-Jacques Rousseau, fils d'un horloger de Genève, et un grand nombre d'irréguliers d'un bien moindre talent. Les femmes ont introduit une nouvelle mode : penser. On joue à penser comme on jouait autrefois à colin-maillard, à la main chaude. Les amuseurs ont été remplacés par des philosophes, des savants : Voltaire, Diderot, d'Alembert apportent la matière première, les connaissances variées, que les maîtresses de maison assaisonnent.

Cela devait être un spectacle souvent passionnant et parfois un peu ridicule de voir ces femmes, entichées de leur philosophe comme d'un toutou, s'embarquer sans grand bagage dans des querelles savantes sur le molinisme, le quiétisme, la philosophie de Leibniz, le système de Hobbes. Certaines discussions devaient être cocasses. Mais ces femmes ont beau jouer les savantes, elle n'en oublient pas pour autant leurs préoccupations de cœur — de cœur d'artichaut même — et leur inguérissable frivolité. Bernis, qui ne fut jamais dupe de leurs manèges, s'amusait de leurs faiblesses : « Je ne veux pas laisser croire à la postérité que la marquise du Châtelet, tant chantée par Voltaire qui commentait Newton et Leibniz, fût un grave personnage ; je l'ai vue occuper des heures entières à ordonner des ajustements d'une robe et à mettre en mouvement une armée de pagodes dont son appartement était couvert. »

Ces bourgeoises policées, ambitieuses, obstinées, qui de plus en plus occupent le devant de la scène, ont modelé leur corps grâce au maître de ballet et comblé vaille que vaille les lacunes de leurs connaissances en se goinfrant d'indigestes traités sur les sciences et la morale. Elles ont acquis de l'esprit par tous les moyens auxquels il vient aux jeunes filles : des amants, des amis, des fréquentations choisies. Reines du siècle, elles vont imposer l'ordre, les valeurs et les agréments de la bourgeoisie avec un ton de caprice, mine de rien, comme en se jouant. Quant à leurs maris à qui elles doivent si souvent l'insouciance et la fortune, c'est à se demander s'ils existent. Leur maintien raide, gauche, l'air austère que donne la pratique des affaires, un changement de statut social trop rapide ne les prédisposent pas à acquérir ce ton du monde qui s'épanouit en feu d'artifices dans les maisons dont ils sont les banquiers honteux. Tout juste si on les accepte à la fête. Mme Geoffrin, à qui l'on demandait : « Qu'est-il arrivé à ce vieux monsieur qui se tenait toujours en bout de table et qui ne parlait jamais ? », répondit froidement : « C'était mon mari, il est mort. »

Insidieusement un poison est versé dans ces salons sans qu'on y prenne garde. La confrontation quotidienne entre des gens devant tout à leurs œuvres, grands financiers, écrivains, philosophes, et ceux qui ne doivent d'être ce qu'ils sont qu'à leur nom révèle soudain une évidence ravageuse : le mérite ouvre difficilement le droit à des carrières ; appartenir à une lignée aristocratique vous vaut tous les privilèges. Autrement dit, travailler à illustrer les arts et les métiers de son pays apporte moins de considération et de revenus que vivre désœuvré en tirant des rentes sur un patronyme qui au mieux s'est illustré à l'époque des croisades. Cette injustice ne frappe pas seulement les victimes de cet état de fait mais aussi nombre de ses bénéficiaires : ceux-ci sentent en eux une sourde honte, un malaise. Une injustice aussi patente ne peut durer bien longtemps. Les fondements de la société sont mal assurés sur leurs bases. Les plus avisés s'en moquent ; la majorité préfère se distraire, jouir de l'instant en priant un Dieu bien malmené auquel on ne croit plus guère, afin qu'Il vous épargne par un de ses miracles tant décriés par les philosophes. Là encore les salons agissent comme les révélateurs de l'esprit nouveau.

Bernis a vu tout de suite le parti qu'il pouvait en tirer. Ils réunissent ce qui fait pour lui l'intérêt de la vie : l'amitié, l'amour, les plaisirs, l'ambition. Cela ne l'empêche pas de se méfier de leur futilité et de leurs engouements. Il est toujours sur ses gardes. Affable mais critique vis-à-vis des hommes de lettres, il les fréquente sans se départir de sa prudence : « Le caractère essentiel et distinctif des gens de lettres, c'est l'amour-propre. C'est aussi ce qui rend quelquefois leur commerce fatigant et dangereux : fatigant parce qu'il faut se résoudre à les louer sans cesse, ou à les entendre se donner des louanges ; dangereux parce que la moindre égratignure faite à leur vanité allume leur haine, excite leur vengeance. Aussi je conseillerai toujours à un homme sensé de ne jamais se brouiller avec les auteurs, et d'éviter leur commerce. »

Le jeune Bernis des années 1740 ne se contente pas de conquérir les salons, il court les théâtres. Il voit *Zaïre* de Voltaire, les opéras de Lulli. « Je fus à peine sorti du séminaire que la tentation d'aller au théâtre me prit, et j'y succombai. La Comédie-Française attendrit mon cœur, l'opéra séduisit mes sens. Dès lors, il s'alluma en moi une passion si vive pour les spectacles que le plus grand sacrifice que j'aie fait dans ma vie a été d'y renoncer. La fréquentation des spectacles produisit en moi une espèce de révolution d'idées et de sentiments d'où je dois conclure qu'elle est toujours dangereuse pour les jeunes gens. Je crois même que l'opéra ne doit être permis à aucun âge. »

Il omet de dire qu'il fréquente, tout autant, les coulisses que le spectacle, car il aime les actrices avec passion. Dommage que nous n'ayons sur ce chapitre rien à nous mettre sous la dent, hors des suppositions. Quels noms, quels visages d'actrices se dessinent sous cet aveu pudique : « Je passai trois mois dans le combat de l'innocence et des passions. » Dans les salons, son physique, sa prestance, son esprit séduisent. Il s'attache les cœurs des jolies femmes : « Je trouvai parmi elles beaucoup d'empressement et de préventions très favorables. Ce serait ici la place de l'histoire de mes erreurs, mais la peinture en serait peut-être plus dangereuse qu'utile. Heureux ceux qui n'éprouvent pas l'action de l'âme sur les sens, des sens sur l'âme ! Il est bien difficile d'être jeune et sage. » Faute d'aveux précis, on ne peut qu'imaginer des visages. Et on les imagine très bien.

Sa situation matérielle est toujours des plus médiocres. Une époque de vache enragée. Il vit de dettes, de travaux chez les libraires, notamment chez François Didot, rue Pavée, ainsi que de divers expédients. Sénac de Meilhan témoigne des aléas de son existence à la fois brillante et désargentée : « L'abbé dînait, soupait avec les plus grands seigneurs, et n'avait pas de quoi payer le soir une voiture. Il était dans une telle détresse, que M. de Ferriol, retiré de l'ambassade de Constantinople, lui prêtait les housses de ses mulets pour lui servir de couvertures ; enfin quand l'abbé allait souper en ville, on lui donnait trois livres en sortant pour lui payer son fiacre. »

5

La seule faiblesse d'une femme fidèle

Louise Dupin était l'une des plus belles femmes de Paris et aussi la plus riche. Fille adultérine du financier Samuel Bernard, elle avait épousé à l'âge de dix-sept ans Claude Dupin, fermier général de quarante-deux ans, veuf, qui s'était rendu propriétaire de ce fameux hôtel Lambert, à la pointe de l'île Saint-Louis. Il avait également acquis le château de Chenonceaux. Son fils, né d'un premier mariage, Dupin de Francueil, épousera sur le tard Aurore, fille du maréchal de Saxe : de cette union naîtra Maurice Dupin, le père de George Sand.

Mme Dupin ne se contente pas d'être belle. Généreuse, nullement prude, gaie, avenante, sans prétention, elle n'est ni bas-bleu ni médisante. On ne lui connaît aucune liaison. C'est une perle. Seule la perfide Mme du Deffand lui trouve des défauts, mais on peut mettre sa sévérité sur le compte de la jalousie : « C'est la sublimité du galimatias que l'esprit de cette femme », écrit-elle entre autres amabilités. Elle est bien la seule à ne pas être sous le charme. Jean-Jacques Rousseau, dès qu'il lui est présenté, tombe éperdument amoureux d'elle : « Elle me reçut à sa toilette. Elle avait les bras nus, les cheveux épars, son peignoir mal arrangé. Ma pauvre tête n'y tint pas ; je me trouble, je m'égare et bref me voilà épris de Mme Dupin. » D'abord ce trouble ne le desservit pas, puisqu'il devint le précepteur de son beau-fils, mais il lui écrivit des déclarations si brûlantes et si compromettantes que les choses se gâtèrent, malgré la meilleure volonté de M. Dupin.

Aristocrates et écrivains fréquentent l'hôtel Lambert. On y croise Voltaire, Montesquieu, l'abbé de Mably, Fontenelle, Duclos, l'abbé de Saint-Pierre et bien sûr Mme de Tencin et son frère le cardinal, la duchesse de Mirepoix, la marquise du Châtelet, la princesse de Rohan. Ce sont deux hommes de lettres, le vieux Fontenelle et Mairan, qui introduiront Bernis chez Mme Dupin.

Bernis a vingt ans quand il la rencontre ; elle vingt-huit. Mariée depuis onze ans, elle a montré une vertu qui étonne dans des temps où l'infidélité conjugale est de bon ton, où l'on raille même ceux qui ne badinent pas avec les sacrements du mariage. Bernis trouve ce préjugé solidement installé dans le grand monde : « J'y trouvai établi qu'il était ridicule à un mari d'aimer sa femme et à une femme d'aimer son mari ; les mœurs à cet égard étaient si générales, que La Chaussée se crut permis d'attaquer ce préjugé dans une comédie qui eut du succès. La foi conjugale n'était alors une vertu que dans l'esprit de la bourgeoisie. Cette dépravation de mœurs n'est plus aujourd'hui si à la mode : on n'est peut-être pas plus sage mais on est plus décent. » D'ailleurs à cette époque, les femmes sortent ordinairement sans leurs maris et vont à des parties de plaisir sans se gêner. Comme l'écrit Crébillon fils : « Comme on s'est pris sans s'aimer, on se sépare sans se haïr, et l'on retire au moins du faible goût qu'on s'est inspiré l'avantage d'être toujours prêt à s'obliger. » Tous les Mémoires du temps s'accordent sur ce point et mille anecdotes l'attestent : Mme d'Oberkirch raconte l'histoire d'un duc dont la femme venait de faire scandale en prenant ostensiblement un amant et qui se plaint à sa belle-mère : « Celle-ci lui a répondu avec le plus grand sang-froid : Eh ! monsieur, vous faites bien du bruit pour peu de chose. Votre père était de bien meilleure compagnie. » Sénac de Meilhan évoque, lui, ce mari qui autorisait à sa femme toutes les incartades : « Hors les princes et les laquais. Il était dans le vrai, ces deux extrêmes déshonorent par leur scandale. » Enfin on citait en exemple de bon ton et de sang-froid un mari qui surprenant sa femme dans les bras d'un amant s'exclamait : « Quelle imprudence, madame ! Si c'était un autre que moi ! »

Le cocufiage est donc un art majeur. Les liaisons hors mariage sont fréquentes. Toutes les femmes, quasiment, ont leur amant attitré — parfois deux comme Mme du Châtelet se partageant entre Voltaire et Saint-Lambert, cause de la grossesse funeste qui l'emporta. Tous deux la pleurent de conserve avec le marquis du Châtelet. Lauzun, connu, il est vrai, pour sa débauche, écrit ingénument : « J'étais d'une manière fort honnête et même recherchée avec Mme de Lauzun ; j'avais très publiquement Mme de Cambis dont je me souciais fort peu ; j'entretenais la petite Eugénie que j'aimais beaucoup. » La galanterie devient le passe-temps favori de ces dames. Elles y trouvent le piquant qui manque à leur existence oisive et fade. La galanterie ajoute de la fantaisie et du romanesque à ces soupers, ces bals, ces fêtes, ces spectacles qu'on joue et qu'on se joue pour fuir l'ennui dont la grande ombre plane sur le XVIIIe siècle. Comme si les ressources de l'amusement étaient épuisées, que la société dans son extrême raffinement arrivait à son terme : on a l'impression d'avoir tout compris, d'avoir connu tous les plaisirs et de n'avoir plus d'avenir. Étrange langueur qui perce sous la vie de fêtes, jetant les femmes dans les bras d'un amant, cette éternelle illusion d'un ailleurs.

Louise Dupin a beau avoir une vertu de Romaine, tout laisse supposer qu'elle a succombé au jeune abbé, plein d'esprit, discret comme un chanoine, avec lequel elle a de si fréquents entretiens. Il a tout pour lui plaire : sa jeunesse l'émeut, son dénuement orgueilleux l'apitoie ; son esprit a de la fantaisie ; de plus il est doué d'un caractère franc et honnête, et il montre un goût du secret qui la rassure. Non seulement il écrit de délicieux poèmes, mais il les lui consacre :

La finesse sans fausseté,
La sagesse sans pruderie,
L'enjouement sans étourderie,
Enfin la douce volupté
Et la touchante rêverie.
Un geste, un sourire, un regard,
Ce qui plaît sans peine et sans art,
Sans excès, sans airs, sans grimaces,
Sans gêne, et comme par hasard.

Louise ne peut pas mieux... tomber. Nul plus que le jeune abbé n'est digne de bénéficier de ses faveurs. Elle trouve dans la pauvreté du jeune homme, qu'elle allège de cadeaux, un motif pour émouvoir son cœur généreux. Bonne elle est, bonne elle restera, faisant sans cesse le bien autour d'elle, en cachette. Cette belle âme que l'esprit du monde n'a nullement abîmée découvre en Bernis un être vrai, au milieu d'une société frivole et frelatée ; instinctivement elle lui fait confiance ; elle passe des apartés aux confidences, puis aux aveux. Dans les tièdes soirées d'été du parc de Chenonceaux, alors qu'on entend au loin les mélodies que diffuse l'orchestre de trente musiciens entretenu par Dupin de Francueil, on abandonne par mégarde une main, un baiser vous fait frémir ; on voudrait s'enfuir ; déjà il est trop tard ; on s'abandonne au feu qui vous dévore.

Il faut croire que n'avoir eu qu'un seul amant était assez rare et original au XVIIIe siècle pour ne pas suffire à ternir une réputation. Du moins, c'est ce qu'on peut supposer, car si les familiers de Louise s'accordent à considérer Bernis comme son amant, personne cependant ne voit dans cette faiblesse un manquement à la fidélité conjugale. Mme de Tencin écrit à Louise des lettres qui en disent long ; il est vrai que la sœur du cardinal n'est pas précisément un prix de vertu : elle a accumulé les amants, du cardinal Dubois à Law en passant par Fontenelle — on dit même que cette ancienne chanoinesse défroquée a couché avec son frère : « Vous êtes une petite friponne, ma petite dame ; vous savez bien en votre conscience que cet abbé ne sera ni à moi ni à personne qu'autant que vous le voudrez. Le voilà attaché à votre char ; il est vrai que les chaînes sont de roses, ce sont cependant des chaînes, et je ne sais pas ce que dit la philosophie de voir un de ses plus chers nourrissons garrotté de cette sorte. Je n'ai pas besoin de vous vanter les douceurs de son commerce, vous le connaissez encore mieux que moi : il vous apprendra à maintenir votre âme en paix ; voilà une des grandes marques de sa bienfaisance, c'est à la lettre de rendre le bien pour le mal, puisque vous avez un peu troublé la tranquillité dont il avait toujours joui. »

Passés les premiers moments de son coup de cœur pour le jeune abbé, Louise dut avoir des remords. Son âme n'était plus en paix ; la jalousie, le feu de la passion la torturaient en secret. Cet écart la mettait en contradiction avec ses principes. D'ailleurs, chez elle, à l'hôtel Lambert ou à Chenonceaux, le sujet favori de la conversation était la difficulté de faire coexister l'amitié et l'amour. Elle prétendait que la passion et l'amour étaient nuisibles au bonheur, que seule l'amitié pouvait y conduire. Extrait des quinze cents textes que Louise dictera à Jean-Jacques Rousseau, un recueil, *Le porte-feuille de Mme Dupin*, contient un grand nombre d'aphorismes sur ces questions si légères et si graves ; des pensées qui expriment un délicat marivaudage ; on avoue les sentiments sans risque, on tente le diable en cachette. Ainsi écrit-elle : « L'amitié tendre va communément jusqu'à l'amour... et rarement l'amour s'élève jusqu'à l'amitié, il est enfermé dans son propre intérêt. » Ou bien : « Il n'y a dans le monde que de l'amitié et des désirs. » À quels recoins dissimulés des combles, à quels tiroirs cachés des salons du délicieux hôtel Lambert ou de Chenonceaux, Louise a-t-elle confié les aveux pleins de fièvre de Bernis ? Peut-être qu'un jour ces démonstrations d'amour et ces serments réapparaîtront dans un vieux coffre, à moins qu'ils n'aient pour toujours rejoint les cendres des cœurs qui les ont prodigués.

Bernis, lorsqu'il évoquera cet épisode délicieux de sa vie, et l'aimable femme qui aida ses commencements et l'aima de tout son bon cœur, aura des mots d'une dureté inhabituelle : « Mme Dupin qui a été fort jolie, et qui a toujours eu plus envie de penser qu'elle n'a pensé en effet, a travaillé dix ans de sa vie pour prouver que les hommes n'ont aucune supériorité, même corporelle, sur les femmes. Je ne crois pas que son ouvrage, s'il paraît jamais, change les idées reçues. » On s'attendrait à une autre épitaphe pour un tel amour. Le dépit, l'aigreur qu'on lit sous la plume du cardinal, qui écrit trente ans après leur rencontre, laissent entrevoir que cette liaison ne s'acheva pas en douceur. Il dut y avoir de part et d'autre des rancœurs, des tiraillements, des blessures trop longues à guérir. N'est-ce pas pour soigner les plaies de son cœur que Bernis, à cette époque, saisit le premier prétexte pour quitter Paris en cette fin novembre 1739.

Il a vingt-quatre ans. Il est nommé par protection au canonicat de Brioude en Auvergne, « une place convenable pour un gentilhomme, mais dont les revenus étaient fort insuffisants ». Atteint d'un mal dont les médecins n'arrivent pas à diagnostiquer la cause, las de la vie des salons, inquiet pour son avenir et certainement malheureux dans son amour pour Louise, Bernis s'exile pour plus d'une année. Il aime la vie à la campagne. Sa poésie s'enchante des thèmes bucoliques. Un peu plus tard dans ses *Réflexions sur le goût de la campagne*, il reviendra sur cette époque : « J'ai la sottise de croire qu'assis sur mon rocher, je goûte plus de plaisirs que dans le salon le plus délicieux de Paris. Je suis donc à moi, je puis même sentir renaître au fond de mon cœur cette paix, compagne de l'innocence, dont je commençais à perdre le souvenir. » Il rêve de s'y fixer, de faire venir des livres afin de ne pas « rompre entièrement commerce avec les hommes ». Il songe aux gentilles bergères avec lesquelles « il amusera son cœur », à l'une d'elles qui « vient de lui faire, en ramenant son troupeau, une révérence si naturelle et si profonde ». Mais un bruit de carrosse le tire de sa rêverie : dans la voiture, il y a une femme qu'il reconnaît : « C'est Thémire, oui Thémire, la plus aimable de toutes les femmes ; elle me reconnaît, elle m'appelle. Quel souper nous ferons ensemble ce soir à Paris ! Adieu mon rocher ! Adieu ma bergère ! Adieu mes prés, mes fontaines ! Vous pouvez émouvoir un cœur qui n'a point de passion, mais j'aime mieux renoncer à vos délices que d'étouffer le goût qui m'entraîne. Et d'ailleurs, je crois que la vie champêtre, si elle dure plus de huit jours, n'est belle qu'en peinture. »

Par tempérament et par philosophie, Bernis tire toujours profit des expériences nouvelles. Il observe une petite ville de province, les rouages ecclésiastiques, les minuscules intrigues politiques, avec la même pénétration qu'il a su employer dans la connaissance des usages de l'aristocratie et des salons. Il ne perd pas son temps. Il rencontre Massillon, le grand prédicateur, évêque de Clermont : « Je n'ai point connu d'hommes, écrira-t-il, qui avec l'extérieur le plus simple, inspirait plus facilement que lui la vénération et l'amour. » Il confie au vieil évêque ses déceptions. Celui-ci lui conseille de prendre les ordres. Mais

Bernis lui répond que, par honnêteté, il répugne à s'engager dans l'Église.

Pendant les longues soirées de solitude, sa fièvre poétique le reprend. Il compose un long poème qui doit s'intituler *La religion vengée* et s'attaque au pyrrhonisme. Il termine son poème chez ses parents à Saint-Marcel où il reste trois mois. L'accueil que lui réserve son père n'est pas très chaleureux. Ce fils comblé de dons a tout l'air d'un futur raté. Il doit encaisser les humiliations sans broncher et son amour-propre, à vif, en est écorché. Lorsqu'il rentre à Paris, sa résolution est prise : il va réussir coûte que coûte. Il s'y sent prêt. Son arme, la seule qu'il possède, tient tout entière dans un portefeuille de cuir renfermant les manuscrits de plusieurs poèmes. Il va se faire un nom et chercher la fortune par la littérature.

6

Réussir par les femmes

On imagine bien le jeune Bernis retrouvant la dureté du pavé parisien. Bruni par le soleil, l'esprit enflammé par des plans de conquête, il brûle de les mettre en œuvre. Lucide, il décide de contraindre sa mollesse naturelle, son inclination à une vie douce et insouciante. Du côté des bénéfices ecclésiastiques, la voie est coupée par l'intransigeance du vieux cardinal de Fleury. Il ne doit donc compter que sur ses propres moyens. Faisant une analyse exacte de sa position, Bernis sait que sa faveur auprès des dames ne durera pas toujours. Il cessera de plaire. Après les ivresses de la jeunesse, il risque d'être condamné à une vieillesse indigente. Un de ses protecteurs, Bussy-Rabutin, évêque de Luçon, l'en a averti : « Tant que vous êtes jeune, vous supporterez aisément la situation où vous êtes. Vous êtes aimable, vous serez recherché ; l'amour-propre et le plaisir vous tiendront lieu de tout. Mais souvenez-vous que rien n'est plus triste ni plus humiliant à Paris que l'état d'un vieil abbé qui n'est pas riche. » Cette exhortation l'a glacé. Son amour-propre piqué au vif, il se réveille de son indolence. Il a déjà trop perdu de temps : désormais, il faut réussir.

Il a connu des petits succès d'estime. La mode est aux abbés qui écrivent des vers plaisants, frisant la galanterie. Ce siècle décadent se donne des frissons avec des histoires de nonnes en sabbat, de moines paillards, de curés libertins. L'exemple du cardinal Dubois avec ses maîtresses et ses nombreux émules, joint au mouvement d'anticléricalisme sur lequel soufflent les philosophes en fait un thème d'actualité. On cherche dans les vers d'un abbé des tentations, des confessions, des allusions scabreuses, des pensées lestes et grivoises. L'interdit donne du piment, même si cet interdit n'en est pas un pour la plupart des abbés qui n'ont pas prononcé leurs vœux. Dans la littérature licencieuse, il faut toujours en rajouter si l'on veut continuer à émoustiller des lecteurs blasés.

L'œuvre poétique de Bernis va connaître un beau succès. Les recueils de ses poésies auront, au cours du XVIIIe siècle, onze éditions successives. On les citera encore souvent au XIXe siècle, au point que la réputation de leur auteur intéressera Sainte-Beuve et Barbey d'Aurevilly. Certes Sainte-Beuve ne porte pas précisément aux nues le poète des *Épîtres aux dieux pénates*, même s'il décèle chez lui des accents préromantiques : « Une certaine langueur harmonieuse qui a un faux air du premier Lamartine en ses plus faibles moments. Mais la note tendre se perd vite et se noie dans un gazouillement brillant et insipide. » Son style, il faut l'admettre, est peu original. Ses vers, souvent doucereux, ont parfois du charme, mais ils sont menacés par la mièvrerie des églogues mythologiques, des clichés bucoliques. Il y a trop de nymphes, de faux lacs, de frondaisons en carton-pâte et de chèvre-pieds bêlant des épithalames pour qu'on puisse le considérer comme un grand poète. Il n'atteint pas au génie de Parny même s'il ne souffre pas de la comparaison avec Gresset, dont il avoue s'être inspiré. En effet, en 1734, avaient paru les premiers ouvrages de ce poète, *Ver-Vert* et surtout *La Chartreuse* qui rencontra un grand succès. C'est en voulant l'imiter que Bernis écrit « en se jouant » l'*Épître sur la paresse* qu'on crut de Gresset et qui fut imprimée avec l'accord de son auteur. Vient ensuite l'*Épître aux dieux pénates* qui porte sa réputation hors de France, puisque Frédéric II émettra sur ses vers un jugement sévère. Certains sont empreints d'une fadeur qui est dans l'esprit du temps. Ils ne sont pas plus mauvais que ceux de Voltaire. Qu'on en juge :

Mais qu'une sagesse stérile
N'occupe jamais mes loisirs,
Que toujours ma muse fertile
Imite en variant son style
Le vol incessant de Zéphyre
Et qu'elle abandonne l'utile
S'il est séparé des plaisirs.

À cette épître succèdent le fameux poème commencé à Brioude *La religion vengée* puis les *Quatre*

Saisons. On y trouve ces vers qui n'installeront sans doute pas durablement son nom dans le Parnasse :

Auprès d'un foyer magnifique
On bénit le farouche hiver
Qui dans un salon pacifique
Respecte la douceur de l'air.

Si l'on en croit Diderot, la femme de son libraire, François Didot, rue Pavée, avait pour Bernis un vif penchant : tandis que le mari publiait ses ouvrages, elle subvenait aux dépenses de l'abbé, allant même jusqu'à lui payer son fiacre. Ses vers ont contribué à établir sa réputation auprès des dames du monde. Son esprit, sa belle apparence lui avaient déjà ouvert la voie. Mais on ne peut pas dire que le monde des lettres s'extasia devant ses productions. Marmontel, dans ses Mémoires, le traite avec la plus grande désinvolture : « L'abbé de Bernis, échappé au séminaire de Saint-Sulpice où il avait mal réussi, était un poète galant, bien joufflu, bien frais, bien poupin, qui amusait de ses jolis vers les joyeux soupers de Paris. » Quant à Voltaire qui le rencontre chez Mme Dupin, il ne paraît pas voir en lui en rival : « J'ai lu les *Saisons* de M. de Bernis, que cela est plein de verdure, de roses, de lis, de pivoines ! Cet homme est Babet la Bouquetière. » Babet était une fameuse marchande de fleurs qui exerçait son commerce au Palais-Royal, sur les marches de l'Opéra. Ce surnom devait lui rester.

L'amitié qui commence à se nouer entre Voltaire et Bernis fut l'occasion entre eux d'une joute amicale qui faillit mal tourner. Un soir qu'ils soupent en compagnie de l'écrivain Duclos, on vient leur apprendre la mort du cardinal de Fleury. Les trois compagnons décident de célébrer cet événement par un quatrain. Chacun propose le sien. Celui de Bernis est jugé le meilleur. L'épigramme n'est pourtant pas du meilleur goût :

Ci-gît qui, loin du faste et de l'éclat,
Se bornant au pouvoir suprême
N'ayant vécu que pour lui-même
Mourut pour le bien de l'État.

L'ennui, c'est que la nouvelle est fausse : Fleury est bien vivant. Il ne mourra que deux ans plus tard. L'épigramme circula, eut un grand succès, et Bernis craignit qu'on ne l'envoyât à la Bastille.

Si Bernis n'est pas un immense poète, il faut lui rendre cette justice qu'il n'a jamais été la dupe de son talent. Il a écrit des vers d'abord pour s'amuser, ensuite pour réussir dans le monde. Il a très vite abandonné un genre qui ne le satisfait pas. Il confiera à Voltaire qu'il y a renoncé quand il connut qu'il ne pouvait être supérieur dans un genre qui exclut la médiocrité. Il lui dira encore : « J'aime toujours les lettres : elles m'ont fait plus de bien que je ne leur ai fait d'honneur. » Comme on les aime, cette simplicité et cette modestie de Bernis qui lui font écrire : « La carrière des lettres où j'étais entré plutôt en amateur qu'en écrivain. » Il se plaît, quoi qu'il en dise, au milieu des écrivains. Outre Duclos, son ami, Voltaire, avec qui il restera lié toute sa vie et échangera une longue et belle correspondance, il rencontre Montesquieu, qui avait « toutes les apparences de la modestie ; on le voyait si simple qu'on cherchait toujours en lui le grand homme ». Il voit également d'Alembert, Marivaux, Crébillon, père et fils, se lie avec le vieux Fontenelle. Peut-être déjà commence-t-il à nourrir une petite arrière-pensée académique : cette Académie que l'abbé de la Bletterie avait désignée comme « le tabouret de l'esprit ». La déjà vieille coquette ne fera pas beaucoup languir cet impatient.

Bernis tente, à la mort du cardinal de Fleury, une nouvelle démarche pour obtenir un bénéfice. On lui ménage une audience avec Boyer, l'évêque de Mirepoix, qui détient la feuille des bénéfices ecclésiastiques. Le jeune poète imagine que son poème *La religion vengée* et ses attaques contre le pyrrhonisme vont lui valoir la bienveillance de l'évêque. Celui-ci le reçoit comme s'il avait fait les *Contes* de La Fontaine, et lui met le marché en main : « Sous-diacre, une abbaye ; prêtre, deux ans grand vicaire ; et puis évêque. » Quoique cette proposition nous paraisse aujourd'hui assez honnête — c'est bien le moins de proposer à un abbé qui souhaite faire carrière d'avoir les apparences de la foi — Bernis réfléchit et refuse. Il ne veut pas se déshonorer en feignant de prononcer des vœux auxquels il lui paraît difficile d'être fidèle. C'est un nouvel échec. Bernis préfère « une pauvreté noble à une opulence mal acquise ».

Il ne reste donc au jeune abbé d'autre issue que de réussir dans les lettres. Il s'emploie à se faire une place avec une ardeur redoublée. Objectif : l'Académie ; les moyens : les salons. Son petit collet voltige de souper en souper, de fêtes en bals, des mercredis de Mme Geoffrin, rue Saint-Honoré, aux réjouissances de Mme de Tencin. Les maîtresses de maison vont le choyer, le chouchouter : Mme de La Ferté-Imbault, fille de Mme Geoffrin, Mme de Forcalquier, Mme de Lauragais, la très belle et très imposante princesse de Rohan-Courcillon qui anonymement lui adressera 12 000 livres pour payer ses dettes, et dont il devient l'amant, la duchesse de Brancas, la duchesse de Nivernais. C'est en pensant à ces protectrices qui furent bonnes et généreuses pour lui que Bernis aura plus tard, dans ses Mémoires, ce commentaire mélancolique : « L'amitié des femmes est toujours jalouse ; mais il faut convenir aussi qu'elle est plus tendre, plus délicate, plus essentielle, plus généreuse et souvent plus fidèle que celle des hommes. Que d'exemples j'en pourrais citer ! Les amies que j'ai perdues et celles que je conserve font également le malheur et le bonheur de ma vie. » Ces femmes et aussi nombre de leurs amants et de leurs maris sont de la petite conspiration académique. Et ils mettent tout leur cœur dans cette campagne.

Rivale de Mme de Tencin et adversaire irréconciliable de Mme du Deffand, Mme Geoffrin occupe un bastion académique important. Mme Geoffrin, c'est la Mme Verdurin des Lumières. Mme du Deffand pourrait en être la duchesse de Guermantes. La première est « l'expression de l'ascension de la bourgeoisie éclairée, impatiente de faire valoir ses titres culturels », l'autre « l'expression du repliement sur elle-même de la noblesse la plus fermée, qui ne reconnaît qu'un impératif, la sauvegarde de son style et de son langage », écrit Benedetta Craveri[1]. Tenant salon dans son « royaume » de la rue Saint-Honoré, Mme Geoffrin est à la fois fine, bonne et pleine de bon sens. À la différence de Mme Verdurin. Elle est prodigieusement inculte ; la fréquentation de tant de beaux esprits ne lui a pas donné une orthographe élémentaire. Sainte-Beuve s'amuse dans ses *Lundis* à la citer. Jamais grande prêtresse des lettres n'a été aussi brouillée avec les règles de la syntaxe. Même si on était à cette époque moins à cheval qu'aujourd'hui, cela étonne de la voir écrire des phrases de ce genre : « Adieu, n'écrivé plus et allé a tous les diables : les pauvres Jésuites y sont. » Mais Sainte-Beuve, qui s'amusait à taquiner la malheureuse épistolière, lui rend justice : il considère qu'elle a créé l'un des plus remarquables salons du XVIIIe siècle.

Elle reçoit tous les lundis les peintres, Van Loo, Vernet, Boucher, La Tour, Lagrenée, et quelques

1. *Madame du Deffand et son monde.*

protecteurs des arts ; les mercredis sont consacrés aux gens de lettres, d'Alembert, Marivaux, Mairan, Marmontel, Morellet, d'Holbach, Grimm. Aucune femme n'était tolérée parmi les philosophes : « Ce sont, dit-elle, des éparpilleuses de conversations. » Seule Julie de Lespinasse est finalement admise après sa brouille avec Mme du Deffand, mais il est à craindre que ce soit au moins autant par désir de jeter une pierre dans le jardin de sa rivale que par charité qu'elle accueille la souffreteuse orpheline. Horace Walpole, si envoûté par sa rivale, Mme du Deffand, dont il est une sorte d'amant platonique, reconnaît ses mérites. Il écrit à son amie lady Hervey : « Je n'ai jamais vu, depuis que j'existe, personne qui atteigne si au vif les défauts, les vanités, les faux airs d'un chacun, qui vous les développe avec tant de netteté, et qui vous en convainque si aisément. Je n'avais jamais aimé à être redressé auparavant ; maintenant vous ne pouvez vous imaginer combien j'y ai pris goût. Je la fais à la fois mon confesseur et mon directeur. » Elle dit elle-même qu'elle détient son grand bon sens de sa grand-mère qui l'a élevée : suppléer avec de l'adresse et du sentiment à ce qu'on ne sait pas. Seul irréductible à ne pas être sensible à son charme, Paul Guth ; dans sa pétillante *Histoire de la littérature française*, il est franchement sévère avec elle : « Elle a la passion bourgeoise d'amasser. Elle amasse des gens célèbres. Elle ne voit rien, n'a rien lu. Elle écrit des lettres de cuisinière en rupture de fourneaux. »

Marmontel admire la science avec laquelle Mme Geoffrin sait amadouer et dompter les plus difficiles caractères de sa ménagerie illustre : les principaux collaborateurs de l'*Encyclopédie*, c'est-à-dire presque toute l'intelligence du siècle, prendront pension chez elle : « Elle avait le bel esprit de ne jamais parler que de ce qu'elle savait très bien, et de céder sur tout le reste la parole à des gens instruits, toujours poliment attentive, sans même paraître ennuyée de ce qu'elle n'entendait pas ; mais plus adroite encore à présider, à surveiller, à tenir sous sa main, ces deux sociétés naturellement libres ; à marquer des limites à cette liberté, à l'y ramener par un mot, par un geste, comme un fil invisible lorsqu'elle voulait s'échapper. » Grimm ironise sur tous les interdits qu'elle impose à la conversation. Il l'écrit avec drôlerie : « Mère Geoffrin fait savoir qu'elle renouvelle les défenses et les lois prohibitives des années précédentes ; et qu'il ne sera pas plus permis que par le passé de parler chez elle ni d'affaires intérieures, ni d'affaires extérieures ; ni d'affaires de la cour, ni d'affaires de la ville ; ni d'affaires du Nord, ni d'affaires du Midi ; ni d'affaires d'Orient, ni d'affaires d'Occident ; ni de politique, ni de finance. »

Cette femme s'habille sans grande recherche et se vieillit même. Certains en plaisantent : « Toutes les femmes se mettent comme la veille, il n'y a que Mme Geoffrin qui se soit mise comme le lendemain. » Elle a un cœur d'or. Elle donne une somme très importante pour renflouer l'*Encyclopé-*

die et dispense à ses amis dans la gêne la générosité la plus attentive. Dans ce milieu de libres-penseurs, d'agnostiques, d'athées, elle garde une âme pieuse : elle se rend à la messe en cachette. Marmontel dit d'elle : « Elle va à la messe aussi secrètement que l'on va en bonne fortune. » C'est grâce à sa voisine de la rue Saint-Honoré, Mme de Tencin, que Mme Geoffrin, fille d'un domestique de la Dauphine, certes mariée avec un très riche industriel en verrerie, a réussi à créer son salon. Son apogée a été de devenir assez intime avec Catherine II pour lui donner des conseils en matière d'éducation et de voir un des familiers de son salon, Stanislas Poniatowski, monter sur le trône de Pologne. Elle a la joie de recevoir de lui une lettre où il s'exclamait : « Maman, ton fils est roi. » Cela comme le reste ne lui tournera pas la tête.

Sa fille, Mme de La Ferté-Imbault, avec qui elle ne s'entend pas, est une des meilleures amies de Bernis. Elle a des foucades, un tempérament à l'emporte-pièce, mais elle a aussi des élans de générosité. C'est elle qui montre au jeune abbé le vide de la vie mondaine qu'il mène et le pousse vers les affaires publiques. En réaction contre sa mère si entichée des philosophes, elle va créer « le sublime ordre des Lanturelus », une société parodique qui tourne en dérision les spéculations philosophiques des Encyclopédistes, les Cacouacs. Sur le modèle de la franc-maçonnerie, elle suscitera des loges de Lanturelus qui essaimeront à travers l'Europe : Grimm et Catherine II y seront initiés.

La campagne de Bernis pour l'Académie part donc de ce salon. Bernis se montre lui-même assez modeste sur ses titres à être accepté par l'illustre compagnie : « Je désirais y prendre place plus en homme de condition qu'en écrivain. » C'est bien ainsi que les académiciens vont l'entendre. Pendant cette campagne il doit affronter les intrigues de Mme de Tencin qui soutient la candidature d'un concurrent, l'abbé Girard. L'ancienne abbesse, bien que sensible au charme de Bernis, lui reproche d'avoir été l'ami du cardinal de Polignac. Elle réussit à convaincre son frère le cardinal ainsi que les nombreux habitués de son salon : Marivaux qu'elle vient de faire élire contre Voltaire qu'elle n'aime pas, Montesquieu, Helvétius, Marmontel, Piron. Le duc de Richelieu reste partagé entre sa vieille maîtresse et son jeune ami. Quant à Fontenelle, il répond à Bernis lorsque celui-ci lui rend visite : « Vous savez combien je vous aime et vous estime, mais j'ai prêté serment entre les mains de ma patrie de ne dire jamais ni oui ni non. » Finalement l'abbé Girard l'emporte. Mais un autre abbé étant mort, l'abbé Gedoyn, Bernis se présente et cette fois est élu. Il est reçu solennellement le 29 décembre 1744 par Crébillon le Tragique qui prononce un discours glacial, dépourvu du moindre éloge ; qu'importe, le plus dur est fait. À vingt-neuf ans, le voilà immortel. Voltaire, lui, devra attendre encore bien des années avant de pouvoir rejoindre Babet la Bouquetière.

« C'est avoir bien jeune les Invalides », s'écria drôlement Piron le jour de l'élection de Bernis. Celui-ci ne cède ni à la vanité ni à la forfanterie. Il sait qu'il a simplement eu de la chance et que de cette chance il doit tirer parti : comme à son habitude, ce succès est pour lui l'occasion de définir un nouveau plan de vie : « J'en remplis les devoirs [de l'Académie], avec exactitude et assez d'éclat. Je devins bientôt l'ami de mes confrères et le bienfaiteur de ceux qui m'avaient été opposés. Content de m'être fait un nom dans les lettres, je ne voulus pas qu'on crût que je m'étais borné à les cultiver. Une assiduité trop grande aux séances de l'Académie aurait été nuisible aux vues que je commençais à avoir... » Il était temps de passer aux choses sérieuses.

7

Amour rime avec Pompadour

Une jeune femme en rose sur un phaéton couleur d'azur ou alors vêtue d'azur sur un phaéton rose ; pimpante avec un air plein de grâce tout à la fois badin et respectueux, elle joue négligemment avec un éventail sur lequel on aperçoit une scène suggestive représentant Henri IV au pied de Gabrielle. Elle attend le passage du roi, retour de la chasse, à la lisière de la forêt de Sénart. Ce spectacle ravissant qui se reproduit souvent égaie la suite royale. Quel contraste : les équipages, les meutes, les chasseurs épuisés par une journée passée à buissonner le cerf et le daim dans les futaies, le visage fouetté par les branches et le grand air, le sang remué par la course, les suées, les hourvaris, les cavaliers possédés d'une fièvre de chasse à mort que rafraîchit le crépuscule, après les clameurs et les sons des cors ; et cette apparition sur le bord du chemin, dans le cliquetis des éperons et des mors ; ce sourire qui a le charme d'une énigme, les séductions d'une galanterie raffinée.

C'est l'ébauche d'un de ces romans dont la cour raffole. L'amour serein qui s'épanouit sur le front de la dame en rose pique la curiosité car elle est de celles qui pourraient plaire au monarque. Le roi passe. Il la remarque et s'amuse de ce manège dont les courtisans s'empressent de tirer matière à flatteries. On jase. On se renseigne. On veut faire l'informé. Le mirage intermittent qui se produit à la forêt de Sénart devient peu à peu une anecdote plaisante ; puis à force d'en parler, les mots, toujours les mots, le cristallisent et le roi se prend à songer à la dame en rose.

La dame en rose se nomme Mme Le Normant d'Étiolles. Née Jeanne Antoinette Poisson, elle est la femme d'un de ces fermiers généraux, fers de lance d'une bourgeoisie conquérante. Elle a vingt ans. Elle est d'une beauté sur laquelle tout le monde s'accorde. D'une élégance rare, tous les perfectionnements de l'éducation et de l'art de vivre lui ont été inculqués. Elle joue à merveille la comédie, touche le clavecin, a appris le chant avec Jélyotte, la danse avec Guibaudet, la déclamation avec Crébillon et Lamour ; elle sait dessiner et graver sur la pierre fine. Elle a des lettres. Son esprit a été formé auprès de l'élite intellectuelle la plus raffinée, Voltaire, Montesquieu, Fontenelle, Marivaux fréquentent son salon et celui de son oncle. Elle possède tous les talents, toutes les grâces, celles qui s'apprennent et celles qu'on n'apprend pas.

Elle n'a, à dire vrai, qu'un handicap dans cette course vers le pouvoir auquel elle aspire de tout son être : sa mère. Mme Poisson, fille d'un boucher des Invalides, a d'abord un nom qui ne sonne pas agréablement dans une société où l'on veut se dessouiller de ses origines populaires. L'ennui, chez Mme Poisson, c'est que, malgré ses prétentions et ses efforts, elle reste Poisson : manières vulgaires, esprit terre à terre, arrivisme voyant. Sûrement une brave femme, mais elle en fait trop. Elle répète inlassablement que sa fille est « un morceau de roi » : son brillant mariage avec M. Le Normant d'Étiolles, neveu de M. Le Normant de Tournehem, n'a pas contenté ses ambitions. Ce dernier qui a été l'amant de Mme Poisson, et son bienfaiteur, est peut-être aussi le père de Jeanne Antoinette. Mme Poisson a l'excuse, il est vrai, d'avoir eu bien des malheurs. Son mari a fait faillite dans des conditions douteuses — détournement de vivres aux armées, indélicatesses diverses — qui lui ont valu d'être condamné par contumace à la pendaison. Il en a réchappé dans l'exil. Heureusement M. Le Normant de Tournehem a été l'homme providentiel, il a élevé Jeanne Antoinette et son frère, tous deux beaux comme s'ils étaient sortis du ciseau de Phidias.

Jeanne Poisson, Mme Le Normant d'Étiolles, incarne la nouvelle bourgeoise, impatiente, ambitieuse. Ce siècle va assurer son triomphe, non pas seulement à elle, future Mme de Pompadour, mais à ses congénères, qui chaque jour devant leur coiffeuse, enveloppées de mousselines raffinées, rêvent de conquérir la société, d'y imposer leur empreinte, d'y jouir de tous les avantages et des privilèges qu'elles attendent depuis tant de siècles qu'elles piétinent dans la roture. Ces belles chrysalides espèrent le miracle qui fera d'elles des papillons. Mme d'Étiolles va leur ouvrir la voie. Une voie qui passe par la couche royale.

Bourgeoise, Mme d'Étiolles l'est par toutes ses fibres, son tempérament, son histoire. Les femmes forment l'avant-garde de cette bourgeoisie conquérante, les hommes les suivront lourdement avec les bagages ; ils mettront plus de temps à se décrasser. Les femmes ont perçu les avantages qu'elles pouvaient tirer de ce siècle commerçant : les babioles, ornements, perruques, robes, toilettes, tous les agréments, les pommades, les parfums n'ont aucun secret pour ces Aspasie, qui n'ont point connu le mauvais lieu mais la boutique prospère, une morale stricte comme un livre de comptes bien tenu, le couvent. Elles vont apporter dans les mœurs une mesure, un côté douillet, propret, une gentillesse, une sincérité pas encore gâtée par la mondanité, un cœur qui bat sous leur mignonne poitrine. Ces qualités si fraîches vont émouvoir les vieux aristocrates dépravés ou confits dans les généalogies. Elles vont être les rivales des belles aristocrates fatigantes à force d'arrogance, de bon ton, de grand style, mondaines, sèches, vivant dans une chinoiserie de préséances et d'égards qui lasse leur entourage. La jeune bourgeoise apparaît comme un produit frais.

L'année 1745, celle du triomphe du roi à

Fontenoy, marque aussi le triomphe de Jeanne. Comment est-elle parvenue de ce chemin forestier, en bordure de la forêt de Sénart, jusque dans le lit du roi et, ce qui est moins facile, jusqu'à son cœur ? Ce qui l'a guidée, maintenue en haleine dans cette patiente quête de la couche royale, c'est la conviction. Une voyante, Mme Lebon, dont une rente sur la cassette royale récompensera plus tard les mérites, lui avait prédit, alors qu'elle n'était qu'une enfant, qu'elle serait « non pas reine mais presque reine ». Voilà de quoi enflammer une imagination de jeune fille. Ajoutons une mère à l'ambition enragée ; le père, qui a risqué les galères et la corde, lui inspire le désir de revanche qui aiguise la volonté. Mais ce désir de la jeune Jeanne Antoinette, toute l'époque le porte. La bourgeoisie est déjà presque reine. Il lui faut consommer sa victoire en entrant dans le lit du roi.

On a dit que Binet, le valet de chambre de Louis XV, vaguement apparenté avec elle, ménagea la rencontre de Jeanne Antoinette et de son maître. Celui-ci, désespéré à la mort de sa maîtresse, Mme de Châteauroux, s'ennuie. Des passades qui ne l'amusent guère ne font qu'accroître son désarroi. Il a remarqué la belle dame en rose dans la forêt de Sénart ; il l'a revue masquée à un bal, à Versailles, pour le mariage du Dauphin et de l'infante Marie-Raphaëlle ; revue encore à un autre bal donné à l'Hôtel de Ville de Paris où, en domino noir, elle aurait échangé avec lui un premier baiser.

Alors intervient Binet. Il introduit sa belle parente dans les Petits Appartements du roi pour le souper. Ensuite, tout va très vite : lorsque Mme d'Étiolles apparaît dans une loge à la Comédie-Italienne, proche de celle du roi, la cour prend feu ; on parie sur les chances de la Poisson. Son mari, alerté par les commérages, s'inquiète. Ce mari, si amoureux d'elle, Jeanne Antoinette n'éprouve désormais pour lui que l'aigreur que mérite un fâcheux. Alors qu'elle est tout près d'atteindre son but, il la gêne, l'ennuie de ses plaintes, de ses démonstrations de tendresse qui la laissent froide. En désespoir de cause, il lui adresse une lettre où s'exprime le chagrin d'un cœur malheureux qui tente de forcer le destin. Cet appel désespéré à faire frémir une pierre n'émeut pas sa destinataire. Soit politique, soit perversité, elle se contente de la montrer au roi qui, après l'avoir lue, la lui rend avec ces mots : « Vous avez, madame, un mari bien honnête homme. »

Le 15 juin 1745, une ordonnance sépare les biens des époux. Mme d'Étiolles reçoit 30 000 livres de dot sur sa rente et conserve la garde de sa fille Alexandrine qu'elle adore. Mme d'Étiolles, outre le titre de marquise de Pompadour que le roi lui accorde, est vite installée à Versailles comme maîtresse officielle. Pour marquer solennellement son nouveau statut, elle est présentée à la reine, Marie Leszczynska la reçoit selon l'usage, au cours d'une cérémonie où chacun épie les erreurs que va commettre la nouvelle favorite. Lorsqu'elle paraît dans l'appartement du roi, vêtue d'une robe de cour à traîne, magnifique de beauté et de grâce, il y a un mouvement d'admiration. Elle exécute plusieurs révérences dont une près du roi qui rougit et murmure des paroles embarrassées. Enfin, elle s'incline devant la reine : elle accomplit les trois révérences protocolaires et fait le geste de baiser le bas de sa robe. Au lieu de la morgue et de l'aigreur attendues de la part de la souveraine, celle-ci lui sourit et, loin de se contenter d'un compliment banal, elle entame une conversation à propos d'une de leurs connaissances communes, Mme de Saissac. Émue par un accueil si simple, Mme de Pompadour murmure : « J'ai, madame, la plus grande passion de vous plaire. » Le public des courtisans reste sur sa faim. On se contente, faute de mieux, de noter que l'entretien a été de « douze phrases ».

Trois mois plus tôt, lorsque le roi et le Dauphin sont partis aux armées en Flandre, Jeanne a dû se retirer dans sa propriété d'Étiolles, près de Fontainebleau. Pour meubler une solitude exigée par le roi, qui lui écrit chaque jour, elle a demandé l'autorisation d'inviter deux amis : le duc de Gontaut et l'abbé de Bernis. Cela lui a été accordé.

8

Le favori de la favorite

La fortune a enfin un visage : il ne pouvait avoir plus de grâce et un plus beau sourire. Quand Bernis rencontre Jeanne Antoinette d'Étiolles, au début de 1742, il est loin d'imaginer qu'elle deviendra la marquise de Pompadour et qu'elle sera l'agent du destin. C'est encore une jeune femme chaperonnée par sa mère, la redoutable et ambitieuse Mme Poisson, qui tente de s'introduire avec une implacable obstination dans les salons. Émerveillée par tant de talents, Mme de Tencin protège la jeune beauté de vingt et un ans : elle l'a entendue chanter le grand air d'*Armide* de Lulli à l'hôtel d'Angervilliers et l'a présentée à sa voisine Mme Geoffrin. Là, dans le « royaume » de la rue Saint-Honoré, Bernis fait sa connaissance. Il est séduit par sa beauté et ses charmes, beaucoup moins par son milieu d'origine où elle continue d'évoluer : ces financiers, fermiers généraux qui tentent de se donner des airs de la noblesse, ne l'attirent pas. Elle, au contraire, s'entiche du jeune abbé sans restriction.

Beau, d'une ancienne famille, il écrit des vers qu'elle adore ; il a de l'esprit et non seulement du vif-esprit mais du fond, de la réflexion. Et Mme d'Étiolles, en plus de tous les arts d'agrément qu'elle affectionne et pratique avec des dons évidents, a du goût pour le sérieux, la politique notamment l'intéresse. Elle y deviendra experte.

Voyant que Bernis refuse obstinément les invitations chez son oncle de Tournehem, le fermier général, elle confie sa déconvenue à Mme de La Ferté-Imbault, grande amie de l'abbé. Mme d'Étiolles ne désespère pas de faire la conquête de Bernis. Il est pour elle l'homme idéal (après le roi bien sûr, objet de sa passion et qu'elle est résolue à rencontrer). Bernis peut également l'aider à pénétrer à la cour. Il représente l'intercesseur parfait. Mme d'Étiolles fréquente une cousine de son mari, la comtesse d'Estrades, qui semble lui vouer une amitié passionnée ; en réalité, aussi laide de visage que d'âme, elle l'utilise pour attirer dans son salon les amateurs de jeunes beautés. Cette préfiguration de la cousine Bette profite de Mme d'Étiolles — et elle en profitera au-delà des bornes — tout en songeant au meilleur moyen de la poignarder.

Chez elle, Mme d'Étiolles retrouve Bernis, qui est toujours dans les mêmes dispositions : ravi de badiner avec elle — même si sa coquetterie l'exaspère —, enchanté de pousser plus loin ses avantages, si possible dans le boudoir, mais toujours décidé à ne pas la fréquenter chez son oncle de Tournehem, ni chez elle à Étiolles ou à l'hôtel de Gesvres. Bernis est on ne peut plus clair sur les raisons de sa résistance aux invitations de Mme Poisson et sa fille : « parce que la compagnie qu'elles voyaient ne me convenait pas ». Donc, son attrait pour elle l'amène à composer des vers galants dans lesquels il la célèbre sans obtenir ses faveurs. Mme d'Étiolles se considère exclusivement comme « un morceau de roi ». N'ayant apparemment rien obtenu de ce qu'ils attendaient l'un de l'autre, leurs relations se refroidissent quelque peu.

Cette rencontre entre l'abbé de Bernis et la future favorite a suscité maintes versions. La légende est allée bon train. On a dit que le jeune abbé nécessiteux avait dû emprunter des culottes à un de ses amis pour se rendre à Étiolles. On a aussi laissé entendre que c'est en allant voir une lingère dont il était amoureux dans la région, qu'arrivant par le coche d'eau, avec un petit paquet sous le bras, il se serait retrouvé chez elle. On n'a pas cessé de broder sur cet épisode, qui a intrigué beaucoup de mémorialistes et de curieux.

Pendant deux ans, Bernis et Mme d'Étiolles suivent chacun le chemin de leur ambition, par des voies différentes. Vers 1745, ils connaissent l'un et l'autre la consécration de leurs efforts : Bernis entre à l'Académie et Mme d'Étiolles dans le lit du roi. Celle-ci voit alors l'occasion de renouer avec le jeune abbé : il lui apparaît comme un appui indispensable dans sa nouvelle fonction ; on hésite à employer ce mot mais le rôle de maîtresse du roi, reconnu par l'étiquette, étant donné le caractère particulier du monarque et les circonstances, est devenu aussi important que celui d'un Premier ministre occulte.

C'est Mme d'Estrades qui sert d'intermédiaire. Elle invite Bernis à dîner et lui dit tout à trac que Mme d'Étiolles est la maîtresse de Louis XV, qu'elle désire que Bernis devienne son ami et qu'il partage sa retraite à Étiolles pendant les campagnes du roi dans les Flandres. Le roi, lui-même, approuve ce projet. Bernis manifeste à Mme d'Estrades la plus grande répugnance à se prêter à un arrangement qui paraît peu compatible avec son état. Elle insiste, lui accorde un délai de réflexion et l'invite à souper huit jours plus tard chez Mme d'Étiolles pour sceller leurs retrouvailles.

Bernis, manifestement, hésite. Il réfléchit et consulte ses amis. Mme de La Ferté-Imbault balaye ses scrupules de manière amusante : « Je lui dis que passant sa vie avec des femmes galantes et fort galant lui-même, je trouvai qu'il y avait plus à gagner pour lui d'être le confident du roi et de sa maîtresse que de l'être de tous les beaux messieurs et belles dames à la mode. Personne, au reste, n'avait alors l'idée du rôle que Mme d'Étiolles jouerait à la cour et je me mettais en fureur quand on me disait qu'elle en jouerait un grand. » Ainsi se noue cette alliance. Bernis soupe avec Mme d'Étiolles qui lui explique l'importance de son rôle, le bien qui peut en résulter pour les affaires du pays et pour lui-même : « Je me déterminai donc. On me promit et je promis une amitié éternelle. On verra que j'ai tenu parole. »

Aucun pacte ne connut des commencements aussi idylliques. Les deux nouveaux amis donc se retrouvent au château d'Étiolles en compagnie du duc de Gontaut. C'est l'été. Il faut imaginer ce magnifique château sur les bords de la Seine, près de la forêt de Sénart, que l'oncle de Mme d'Étiolles a conçu comme un chef-d'œuvre architectural et un sommet de l'art de vivre : un théâtre où les invités peuvent jouer la comédie ; une profusion de tableaux des plus grands maîtres ; des meubles magnifiques ; une table somptueuse et pour parfaire tout cela, Mme d'Étiolles. Quand elle ne grave pas sur la pierre fine, elle chante, danse, joue du clavecin ; elle écoute avidement ses deux invités qui rivalisent d'esprit et de galanterie. Ils lui composent des madrigaux. Sans doute Bernis l'aide-t-il également à rédiger la correspondance qu'elle entretient quotidiennement avec le monarque. Elle reçoit plus de quatre-vingts lettres du roi cachetées avec la devise : « discret et fidèle ». Bernis est le premier à lui offrir des vers, lorsqu'elle reçoit du roi une lettre adressée « à la marquise de Pompadour » :

Ainsi qu'Hébé, la jeune Pompadour
A deux petits trous sur la joue,
Deux trous charmants où le plaisir se joue
Qui furent faits par la main de l'Amour.

Voltaire vient souvent à Étiolles faire sa cour. Il les égaie de ses facéties, de ses méchancetés, de son esprit et de ses ragots. Lui non plus ne lésine pas lorsqu'il parle de la nouvelle favorite. Il lui écrit :

Sincère et tendre Pompadour
Car je peux vous donner d'avance
Ce nom qui rime avec Amour.

Dans son roman *L'amour et le pouvoir*, Pierre Kast a imaginé une liaison à cette époque entre les deux reclus volontaires d'Étiolles. Les circonstances s'y prêtent : l'été, la clarté et la douceur des nuits ; la jeunesse, la beauté et le charme des deux nouveaux amis. Il est difficile cependant de les imaginer l'un et l'autre jouant avec le feu, même si aucun d'eux n'a une conception étroite de la morale et si la galanterie ne fait peur ni à l'un ni à l'autre. La Pompadour, puisqu'il faut l'appeler désormais ainsi, touche au but ; son rêve inouï se réalise ; Bernis voit se profiler enfin l'occasion d'une fortune considérable. Pourquoi auraient-ils pris le moindre risque ? L'amour ! Un abandon subit est toujours possible. Mais si aucun des deux amants — s'ils le furent — n'a laissé la moindre trace, le moindre aveu sur cet épisode brûlant, il est loisible de croire à des péripéties galantes. En l'occurrence, elles ne paraissent guère plausibles, même si Bernis, au cours de son existence, n'a guère manifesté beaucoup de scrupules en matière amoureuse : cette fois-là, le danger est vraiment trop grand. Il a beaucoup trop à perdre. Cela refroidit les tempéraments les plus combustibles.

Avec le retour du roi à Versailles, après la victoire de Fontenoy, l'installation de la favorite dans les appartements du château, commence pour Bernis une période qui, si elle marque pour lui le début de la faveur et de la fortune, ne lui est pas forcément agréable. Ami intime de la favorite, il se sent humilié : le nom qu'il porte, la famille à laquelle il appartient, son état ecclésiastique, ainsi que son caractère franc et honnête, toutes ces conditions le rendent impropre au rôle qu'on lui fait jouer. Il décide de prendre son mal en patience. Il n'imagine pas que cette situation à la fois incertaine et malséante va durer six années ; six années à tenter de conjurer les intrigues, à faire face à la malveillance, à être la cible des courtisans qui le jalousent. Rien ne le prédispose à affronter ce monde vide de la cour, en proie aux intrigues, au désœuvrement, à une médiocre galanterie. L'oisiveté lui pèse ; il ne rêve que de s'illustrer. Mais les occasions tardent à venir.

Analysant sa situation sans s'illusionner, Bernis en mesure la précarité et les dangers. Il en voit également les avantages. Il obtient un logement au Louvre et une pension de 1 500 livres provenant de la cassette royale. Mais sur Mme de Pompadour, son amie et sa protectrice, il a un jugement qui ne trompe pas : « Un amour-propre trop aisé à flatter et à blesser, et une défiance trop générale, qu'il était aussi facile d'exciter que de calmer. » Connaissant son caractère, il décide d'être avec elle sur le pied de la plus grande franchise, de ne rien lui cacher de ce qui peut lui être désagréable, de lui être fidèle mais sans bassesse, ni esclavage, de ne lui sacrifier aucun de ses amis même s'ils lui déplaisent : « Pour ne lui point donner d'ombrage, je résolus de n'être attaché qu'au roi, qui était mon maître, et de n'employer pour ma fortune, qu'elle seule, qui était mon amie. » Pendant cette longue et harassante période, Bernis montre beaucoup d'habileté et de diplomatie pour désarmer les préventions sans pour autant renier Mme de Pompadour. Au contraire en la servant avec loyauté. Ainsi, a-t-il à cœur de dissiper les inévitables malentendus qui peuvent surgir entre la favorite et la reine, le Dauphin, les filles du roi. Il sait vite se faire apprécier de la famille royale.

Le génie de Mme de Pompadour va consister à durer. Il n'y a pas d'emploi plus précaire que celui de maîtresse du roi. Surtout d'un roi au tempérament à la fois voluptueux et casanier, et qui a tendance à s'ennuyer à la cour, malgré les tentations qu'offrent mille jeunes femmes ardentes à lui plaire. Il ne trouve pas plus de ressources auprès de la reine : Marie Leszczynska, femme intelligente, lettrée, mais ingrate, bigote et triste, s'entoure de la compagnie la plus grisâtre et la moins affriolante. Son époux, après lui avoir témoigné une certaine ardeur amoureuse, l'a délaissée. Elle est confite en dévotions, s'amuse à de petits jeux de société plus assommants les uns que les autres. Elle passe ses soirées à ses appartements ou avec des familiers, comme le duc et la duchesse de Luynes. Il y a là le président Hénault, le cardinal de Luynes, qui s'assoupit devant le feu ; le chien de la reine ronfle également sur un coussin. On papote, on parle de l'éducation des enfants royaux. Il y a de longs, d'interminables silences, « comme chez les Anglais ». Avec une femme aussi revêche, il aurait fallu que le roi fût un saint pour ne pas avoir de maîtresse, et Dieu sait que Louis XV n'est pas un saint. Sa fidélité conjugale aura tenu neuf ans. S'il a décidé de ne plus toucher les écrouelles — ces scrofules que les rois avaient le pouvoir de guérir —, il envisage plus allègrement de caresser les jolies femmes. C'est, avec la chasse, la seule vraie passion qu'on lui connaisse.

La marquise de Pompadour réveille son ardeur amoureuse qui s'étiole depuis la disparition de Mme de Châteauroux, la précédente maîtresse en titre ; elle réveille aussi sa curiosité et sa bonne humeur. Elle règne peu à peu sur sa vie privée : son domaine, ce sont les Petits Cabinets, ces appartements qu'elle meuble et orne avec un goût rare et qui, derrière la façade majestueuse du palais, ménagés à l'écart des grands salons surdorés, des fastes et des pompes, permettent au roi et à ses familiers de se retrouver dans un décor sans solennité, et d'avoir une vie à peu près normale autant que cela est permis à un roi.

Louis XV découvre avec ravissement les plaisirs

et les agréments d'une liaison bourgeoise. L'humanité, la bonhomie, la simplicité apparaissent comme des délices à ce monarque, las du faste et de la grandeur. Grâce à sa maîtresse, il oublie l'angoisse devant les tâches à accomplir, les périls qui menacent le trône, à l'intérieur et à l'extérieur, les intrigues de la cour, les querelles des ministres. Bien sûr la marquise n'a pas le ton du monde de ses précédentes maîtresses. Elle emploie des expressions qui sentent encore la roture. Elle n'a pas percé tous les secrets de la bienséance. Loin de s'en offusquer, le roi s'en réjouit : « C'est, dit-il, une éducation à faire dont je m'amuserai. »

9

Les sables mouvants de la cour

Louis XV, en cette année 1745, qui marque la faveur de Mme de Pompadour, a trente-cinq ans. Il mérite alors en tout point son surnom de « Bien-Aimé ». Il est beau : il a une allure virile adoucie par des traits fins, des lèvres sensuelles, de grands yeux noirs naturellement tristes, un regard un peu langoureux. Il est aussi populaire. Sa maladie en 1744 a suscité la consternation générale et la liesse qui a accueilli son rétablissement a montré la faveur dont il jouissait dans le pays. La victoire de Fontenoy, dernier triomphe de la monarchie, lui a apporté cette gloire militaire sans laquelle le règne d'un grand roi est incomplet. Sur le plan intérieur, il a des difficultés avec le parlement de Paris, animé par l'influence gallicane et janséniste qui tente de rogner son autorité.

Si la situation du royaume est apparemment bien assise, le roi ne semble pas jouir du pouvoir qu'il a reçu. Il le ressent comme une lourde charge, ennuyeuse, solennelle. Le comte de Kaunitz assure qu'il s'ennuie à périr au cours des conseils, qu'il y bâille beaucoup et que « pour lui faire sa cour, à force d'abréger les affaires, on les y étrangle communément. Incapable d'application, il n'a aucune idée de ce qui s'appelle gouvernement ». Ces conseils deviennent plus courts. On l'entend dire, par exemple, que les affaires du parlement « l'ennuient plus qu'elles ne le chagrinent ». Pierre Gaxotte, réagissant contre les excès de l'histoire républicaine, a tenté de réhabiliter Louis XV avec talent et beaucoup d'arguments pertinents : il a mis en relief sa sagacité politique et ses capacités de travail. Mais sur ce dernier point il ne réussit pas à nous convaincre.

Ce que le roi aime vraiment, c'est sa famille et la chasse, le grand air, l'exercice physique qui fouette son sang, donne un dérivatif à son tempérament. Il aime aussi les femmes, mais s'il prend des maîtresses c'est à condition qu'il n'ait pas de grands efforts à faire, et qu'on les mette dans son lit : comme les trois sœurs Nesle, Mme de Mailly, Mme de Vintimille et la dernière, la duchesse de Châteauroux, dont la mort l'a si durement frappé. Parlant avec justesse de sa liaison avec ces trois sœurs dont il a été successivement l'amant, Sainte-Beuve note un manque d'impétuosité, « tant l'habitude et une sorte de routine le dominaient jusque dans l'inconstance ». Ses maîtresses affichées, frivoles et dépensières, ont parfois porté atteinte à la popularité du roi. Encore ne se mêlaient-elles que de très loin de politique.

C'est à partir de 1749, à cause des excès de dépenses de Mme de Pompadour, que l'impopularité rongera la monarchie.

Jusqu'en 1743, le gouvernement a été conduit par le cardinal de Fleury. Cet ancien précepteur du jeune roi dont il a su se faire aimer a fait peser sur lui une sorte de tutelle dont on dit que celui-ci a souffert. Peut-être. Néanmoins, ce grand Premier ministre s'est montré très habile tant en politique extérieure que dans ses relations avec le parlement de Paris qu'il a réussi à apaiser. La mort de ce Premier ministre tout-puissant, qui a exercé le pouvoir jusqu'à quatre-vingt-dix ans, a laissé le roi à la fois soulagé et secrètement désemparé. Il voudrait prendre les rênes, mais il se sent mal à l'aise pour affronter directement les ministres. Le roi est timide. À la fois entêté et irrésolu, il ne supporte pas qu'un homme, un ministre lui impose sa manière de voir. Il veut être le maître, mais, en même temps, être dirigé, secrètement orienté. Il doute de lui-même et reste prisonnier des principes et des idées qu'il a reçus : « Je n'aime pas défaire ce que mes pères ont fait. » Curieusement, il se sent moins en état d'infériorité devant une femme. Une autorité féminine ne blesse pas son amour-propre. C'est dans cette faille de caractère que va s'engouffrer l'ambitieuse Pompadour.

Pour Mme de Pompadour, les Petits Cabinets ne sont pas seulement une distraction, c'est une politique. Rarement femme aussi frivole, aussi douée pour les enchantements de la parure, les agréments de la société, d'un goût aussi sûr et raffiné pour les arts de la maison, aura eu une tête aussi politique. Bernis l'avait noté : elle a l'âme froide, et tous les autres sentiments très enflammables. Cette froideur n'est pas seulement dans son âme, elle est au cœur de sa vie intime. Elle est froide comme une « macreuse », aurait dit le roi peu galamment, en la comparant à un palmipède qui donne une viande maigre.

Même si son manque de tempérament ne comble pas les exigences voluptueuses du roi, celui-ci se montre très attaché à elle. Sans doute apprécie-t-il son caractère fort. Et comme les autres hommes, il est sensible à sa beauté qui fait d'elle le joyau de la cour. Le lieutenant des chasses, Le Roy, a laissé d'elle un portrait qui la peint dans tout son éclat : « D'une taille au-dessus de l'ordinaire, svelte, aisée, souple, élégante ; son visage était bien assorti à sa taille, un ovale parfait, de beaux cheveux plutôt châtains clairs que blonds, des yeux assez grands, ornés de beaux sourcils de la même couleur, le nez parfaitement bien formé, la bouche charmante, les dents très belles et le plus délicieux sourire ; la plus belle peau du monde donnait à tous ses traits le plus bel éclat. Ses yeux avaient un charme particulier qu'ils devaient peut-être à l'incertitude de la couleur ; ils n'avaient point le vif éclat des yeux noirs, la langueur tendre des yeux bleus, la finesse particulière aux yeux gris : leur couleur indéterminée semblait les rendre propres à tous les genres de séduction et à exprimer successivement toutes les impressions d'une âme très mobile. »

Le portrait moral est plus complexe. On ne peut lui contester une vive intelligente, mais sans envergure, bornée au détail. Elle ne voit jamais au-delà de ses intérêts. L'abnégation n'est pas son genre. Dotée d'un orgueil toujours sous les armes, elle n'a pas conscience de ses limites. Généreuse autant par caractère que par politique, elle est capable d'élans envers ses amis qui profitent de ses largesses. Pour eux, pour sa famille, ses protégés, ses obligés, elle accapare tout : cadeaux, argent, places, prébendes. En revanche elle exige de leur part une fidélité sans faille. Au moindre manquement, elle les passe à la trappe. Malheur à qui s'oppose à elle : il devient aussitôt un ennemi. Trop sensible à la médisance, elle s'entoure d'espions qui avivent sa méfiance et la font vivre dans une atmosphère oppressante de complot. Son plus grand défaut est un amour-propre maladif. Elle est prête à toutes les indulgences dès qu'elle croit qu'on est amoureux d'elle. Sous la douceur des apparences, elle offre un caractère tranché, sans nuance, intraitable. Ses défauts, son avidité se dissimulent encore sous sa beauté, les charmes de la jeunesse, les illusions de l'amour et des commencements. Elle cache une détermination d'acier sous un masque de frivolité. Elle veut tout. Mais elle sait attendre. Pour l'instant, son objectif est d'enchanter le roi, de s'en faire aimer avant de l'enchaîner.

Elle y réussira fort bien. Son seul échec sera de

ne pouvoir inviter à Versailles les artistes et les écrivains dont elle admire le talent et qu'elle aurait aimé rassembler pour la plus grande gloire du roi. Elle se heurtera au refus de Louis XV. C'était pourtant la seule, comme le dit Sainte-Beuve, qui « pût diminuer le désaccord criant entre le moins littéraire des rois et la plus littéraire des époques ». Lorsqu'elle posera pour son fameux portrait par La Tour, celui-ci la représentera avec à ses pieds le tome IV de l'*Encyclopédie, L'esprit des lois* et *La Henriade*. Faisons confiance à Pompadour, ces livres ne se trouvaient pas là par hasard. Elle avait dû mûrement réfléchir avant de les choisir. « "Comment était fait François Ier ? demandait-elle un jour au comte de Saint-Germain, qui avait la prétention d'avoir vécu plusieurs siècles ; c'est un roi que j'aurais aimé". Mais Louis XV ne pouvait s'accoutumer à l'idée de compter les gens de lettres et d'esprit pour quelque chose, et de les admettre à la cour : "Ce n'est pas la mode en France, disait ce monarque de routine, un jour qu'on citait devant lui l'exemple de Frédéric ; et, comme il y a ici un peu plus de beaux esprits et plus de grands seigneurs qu'en Prusse, il me faudrait une bien grande table pour les réunir tous." Et puis il comptait sur ses doigts : "Maupertuis, Fontenelle, La Motte, Voltaire, Piron, Destouches, Montesquieu, le cardinal de Polignac. — Votre Majesté oublie, lui dit-on, d'Alembert et Clairaut. — Et Crébillon dit-il, et La Chaussée ! — Et Crébillon Fils, dit quelqu'un, il doit être plus aimable que son père ; et il y a encore l'abbé Prévost, l'abbé d'Olivet. — Eh bien ! dit le roi, depuis vingt-cinq ans tout cela aurait dîné ou soupé avec moi !" [1] » « Tout cela » : Voltaire, Diderot, Fragonard, Montesquieu, Rousseau, Boucher, La Tour, Van Loo, oui, tout cela ne méritait pas ce qu'obtenait si facilement son entourage, qui, quelques éminentes personnalités exceptées, comptait tant de nullités.

Cependant grâce à sa politique des Petits Cabinets, la marquise va conquérir Versailles, puis la France. C'est avec sa beauté et son charme dont elle connaît le caractère éphémère, son arme pour s'attacher le roi, la clé de son maintien au pouvoir. Elle a compris que le roi aime la vie de couple illégitime, à la fois conjugale et libre, bourgeoise, raffinée, pleine d'esprit et de gaieté. Avec intelligence, elle lui ménage ces instants où il peut cesser d'être le monarque pour être un homme : les Petits Cabinets, ce sont les pantoufles royales, confortables, coquettes, douillettes, qu'on chausse au coin du feu au retour de la chasse ou de la guerre, qui est une chasse un peu plus longue, un peu plus dangereuse. Peu à peu Louis XV se laisse prendre à ce charme engourdissant. Après avoir excité ses sens, Mme de Pompadour devient un besoin, une habitude. Il ne pourra plus s'en passer.

Un tel résultat ne s'obtient pas sans une volonté de fer et une attention de tous les instants. La marquise s'épuise pour la tranquillité et l'agré-

1. Sainte-Beuve, *Causeries du lundi.*

ment du roi. Elle lui consacre toutes ses forces, n'apparaissant jamais ni fatiguée, ni lasse, ni malade, ce que déteste le monarque. Car il faut une énergie incessante pour sortir le roi de cet ennui qui le ronge comme il ronge le siècle. Tout le monde, et le souverain en tête, est blasé ; on a l'impression d'être arrivé à la fin d'une époque, d'avoir joui de tout et de ne pas avoir en soi de ressources pour se renouveler. Un sentiment qui a l'air d'une prémonition. Il explique cette sorte de suicide qui conduira les élites et le régime à leur perte.

Pour durer, Mme de Pompadour doit être une Schéhérazade et maintenir toujours le roi en haleine. Elle a l'idée d'agrémenter l'époque maussade du carême en la mettant en scène à la manière d'un opéra ; elle donne des concerts spirituels où elle chante elle-même avec Mme Marchais, Mme de La Salle, le vicomte de Rohan et bien sûr quelques jolies cantatrices, Mlle Fel ou Jélyotte, qu'accompagnent les musiciens attitrés des Petits Cabinets. Elle raconte au roi des livres à la mode, fait construire de délicieux petits châteaux autour de Paris afin qu'il puisse être sans cesse dépaysé : ainsi naissent Bellevue, les ermitages de Compiègne et de Fontainebleau, les résidences de Crécy et de La Celle. Quand elle inaugure le « petit château », au mois d'août 1748, elle organise une fête nocturne d'un grand raffinement : sur le canal, des gondoles sont illuminées ; les bois qui entourent la demeure sont éclairés par des lanternes ; les quelques invités, triés sur le volet, ont reçu des billets ainsi libellés : *Bon pour entrer.* Au dessert, alors que le roi est toujours à table, la marquise de Pompadour apparaît dans le costume de la Nuit et chante : « Venez, venez, suivez-moi tous ! » Les invités sont conduits dans les bois illuminés où un ballet est représenté par de petits enfants ; M. de La Salle, habillé en berger, fait l'éloge du roi qu'il compare au soleil ; enfin on offre aux invités des dominos et des masques et on se disperse sous les frondaisons.

C'est par un subterfuge aussi fort que l'amour, qui donne comme lui des émotions fortes, vives, des extases, des larmes, des attendrissements, qu'elle va s'attacher son auguste amant : par le théâtre. Dans le ménage bourgeois qu'elle forme avec le roi, le théâtre ajoute le sel, le poivre, les condiments qui commencent à manquer. Là aussi, c'est l'époque, elle-même folle de théâtre, qui, grâce à la marquise de Pompadour, pénètre dans une cour confinée, où l'on ne s'amuse plus. Et le spectacle apporte au roi un remède à l'ennui, le divertit de ses lourdes charges, excite sa nature apathique. Ce théâtre n'est rien d'autre que la transposition à Versailles des plaisirs et des jeux qui faisaient le ravissement des habitués du château d'Étiolles. On y joue la comédie entre soi : les rôles n'y seront plus tenus par tel ou tel financier ou fermier général, tel avocat au parlement, par des bourgeois, tout juste débarbouillés de leur roture, mais par Mme de Pompadour et ses amis. C'est un petit club très chic, très amusant et très fermé. Au point qu'il y aura souvent plus d'acteurs titrés que de spectateurs pour les admirer.

Ainsi naît, dans une galerie attenant au cabinet des Médailles, une scène que l'on appelle le théâtre des Petits Appartements. La marquise de Pompadour l'inaugure avec *Tartuffe*, une vieille bombe mais qui possède encore assez de poudre. Le 17 janvier 1747, quatorze personnes sont assises autour du roi sur de simples chaises. Il y a là la crème de la crème de la cour : selon les critères de la marquise qui a sélectionné ses invités avec la plus insolente partialité. Ainsi le prince de Conti, le maréchal de Noailles, le comte de Noailles qui avaient manifesté leur souhait d'assister au spectacle n'ont pas été admis. Certains acteurs sont d'anciens habitués du théâtre d'Étiolles : Mme de Sassenage, la duchesse de Brancas, Mme de Pons, le duc de Nivernais, qui dame le pion aux plus grands acteurs professionnels, le duc d'Ayen et bien sûr la marquise de Pompadour, éblouissante dans le rôle d'Elmire. Louis XV, à la fin de la représentation, lui fait un beau compliment : « Vous êtes la plus charmante femme qu'il y ait en France. »

Forte de ce succès, Mme de Pompadour joue un mois plus tard dans *Le préjugé à la mode* de La Chaussée, puis en présence du Dauphin et de la Dauphine, dans *Les trois cousines* de Dancourt où elle tient le rôle de Colette. Elle interprétera ensuite Lise dans *L'enfant prodigue* de Voltaire, Lisette dans *Le Méchant* de Gresset. Les représentations se multiplient sur un rythme trépidant pour les spectateurs, certainement épuisant pour celle qui les organise. On inaugure un nouveau théâtre sous l'escalier des Ambassadeurs, où l'on joue *Les surprises de l'amour*, des opéras, *Acis et Galatée*. Puis le spectacle est transporté au château de Bellevue à Meudon pour couper court à la médisance des jaloux. C'est peine perdue : les courtisans, humiliés de n'être pas invités, se vengent par des épigrammes et dénoncent les fortunes englouties dans ces plaisirs futiles. Il est vrai que la troupe des Petits Cabinets entretient à plein temps plusieurs chanteurs, des danseurs, un copiste de musique, un perruquier, sept tailleurs, des habilleuses, des magasins d'habillement. On a fait dessiner par Cochin de spirituels billets d'entrée. Cette cour dans la cour, organisée par la marquise de Pompadour, exaspère ses détracteurs. Ce caprice coûteux excite leur envie, leur haine, leurs sarcasmes. Car pour être admis aux spectacles des Petits Cabinets, il ne suffit plus d'avoir un nom, d'être riche mais il faut aussi bénéficier de la faveur de la maîtresse du roi. Dans ce domaine, elle règne. Et le roi lui délègue le pouvoir sur ses plaisirs et ses émotions.

Mme de Pompadour a eu tout de suite deux sortes d'ennemis, que son caractère entier et son goût du faste ne contribuèrent pas à désarmer : les grands et le peuple. Les grandes familles avaient pris l'habitude d'avoir le roi pour elles seules : il choisissait ses maîtresses parmi elles. Soudain il a rompu ce pacte occulte, prenant une maîtresse officielle dans la bourgeoisie, non pas la parlementaire, pire, la bourgeoisie d'argent. Même Bernis, si attaché à la faveur de sa protectrice, ne pouvait, lui, descendant des Pierre de Bernis, dissimuler complètement un haut-le-cœur — le roi acceptait de fréquenter une femme et un milieu que lui-même, tout provincial et jeune abbé qu'il était, jugeait médiocre.

Si l'aristocratie méprisait Mme de Pompadour, le peuple, lui, la détestait. Dans les milieux populaires, les maîtresses n'ont jamais eu la réputation de faire diminuer les impôts, comme le disait un contemporain avec humour. Celle-ci avait en plus un goût immodéré du faste ; il lui fallait bâtir sans cesse. Chez elle c'est une manie, presque une folie : ainsi naîtra l'École militaire, dont elle voulut faire un pendant architectural aux Invalides. À ces griefs, le peuple ajoute le reproche d'immoralité : cette société qui donnait le ton, si méprisante, si hautaine, menait une vie de bâton de chaise. Pourquoi le roi, qui avait reçu l'onction de la sainte ampoule, offensait-il par un adultère voyant les principes sacrés de la religion ? Le peuple aime qu'on donne le bon exemple. Une maîtresse discrète ne l'eût pas choqué : une maîtresse affichée, régnante, lui semblait une provocation.

Sur ces braises de rancœur et de haine, le clergé jetait de l'huile. Mme de Pompadour représentait la pécheresse, la Bethsabée, la femme adultère. Le parti janséniste se voilait la face d'horreur ; les jésuites, qui auraient pu s'accommoder — une seconde nature chez eux — de ce manquement aux principes, ne lui pardonnaient pas de soutenir et de subventionner le parti des philosophes, qui voulait la dissolution et l'anéantissement de leur ordre. Au Conseil du roi, plusieurs ministres exaspérés par ses interventions ont juré la perte de la marquise : Maurepas, qui, sous un sourire de façade, l'humilie à chaque occasion, fait circuler sur elle des chansons malveillantes et lui répond un jour avec hauteur : « J'ai toujours respecté les maîtresses du roi de quelques espèces qu'elles fussent. » C'est lui qui alimente les « poissonnades », des libelles diffamatoires qui circulent à la cour et à Paris. Autre ennemi de taille : le comte d'Argenson, grand ministre jaloux de ses prérogatives, qui enveloppe le roi d'une « tyrannie doucereuse ». Il sait le flatter et, cynique, considère qu'il n'y a que deux sortes de gens, « les fripons spirituels et les honnêtes imbéciles ». Pour perdre la Pompadour, il ira jusqu'à s'allier avec la comtesse d'Estrades, la perfide cousine de la marquise dont il devient l'amant et qu'il fait entrer dans son jeu.

Enfin plus redoutable encore, le duc de Richelieu. Grand seigneur, don Juan, ami du roi, mais aussi de Voltaire, qui, entre les guerres, les parties de plaisir et quelques séjours à la Bastille, notamment pour avoir participé à la conspiration de Cellamare, veut chasser la « grisette » pour mettre à sa place une maîtresse sur laquelle il ait barre. Il agace le roi qui lui demande avec un air plein de sous-entendus : « Depuis quand date votre dernier séjour à la Bastille ? » Magnifique soldat — il a été avec le maréchal de Saxe l'artisan de la victoire de Fontenoy et sera celui de la prise de Minorque —, il est d'une vénalité légendaire, qui se révélera fatale dans les circonstances graves. L'endroit où il fait le plus de victimes, en dehors du champ de bataille, c'est l'alcôve. Tout lui est bon : de la duchesse à la femme de chambre jusqu'à la prostituée. Ce pervers jouit du mal qu'il fait. On dit que Choderlos de Laclos s'est inspiré de lui pour le personnage de Valmont. Mais Valmont apparaît comme un adolescent naïf et un sentimental en comparaison de ce corsaire de l'amour sans foi ni loi. Il aime les bourgeoises, qui, elles, ne sont pas libertines ; il aime violenter leurs principes, vaincre leurs scrupules, attiser leurs remords. Les frères Goncourt ont finement noté : « Ce que l'adultère fait perdre à la bourgeoisie, ce n'est pas ce que les grandes dames appellent de ce grand mot : l'honneur ; c'est ce que les petites gens appellent de ce mot étroit mais précis : l'honnêteté. » Ainsi agit Richelieu avec la délicieuse femme d'un miroitier de la rue Saint-Antoine, Mme Michelin. Elle est blonde, elle a dix-huit ans. C'est une toute jeune mariée qu'il croise à la messe. Il va dans sa boutique, endort le mari avec de bonnes paroles et, par un subterfuge, fait venir la jeune femme dans un lieu discret. Il la séduit sans peine. Elle pleure, elle s'attache à lui. Elle essaie de le quitter. Elle s'écrie : « Ah ! c'en est fait, je suis malheureuse. » De ce combat avec elle-même, elle va mourir. Deux jours après son enterrement, Richelieu croise le mari en deuil ; il le fait monter dans sa voiture pour l'écouter pleurer. Voilà l'homme qui exprime toute la noirceur de ce siècle d'or des amours. De lui, la Pompadour ne parviendra pas à avoir la peau. Il est beaucoup trop coriace.

Face à tant d'ennemis déclarés ou sournois, sur qui la marquise peut-elle s'appuyer ? Le roi, bien sûr, mais avec le temps leur amour devient une habitude et de l'amitié. Elle fait surtout confiance à son petit groupe d'amis, que l'on voit jouer sur le théâtre des Petits Cabinets, à Bernis et aux frères Pâris, les financiers qui tirent les ficelles du règne. Ils sont quatre, originaires de Moirans, dans le Dauphiné, où leur grand-père était hôtelier. Ils doivent leur fortune à la fourniture des vivres aux armées. Antoine a été directeur général des vivres ; le Régent a fait de ses trois frères ses conseillers pour les affaires financières. Outre Claude, dit La Montagne, patronyme de sa mère, le plus connu, le plus intéressant des frères Pâris, c'est Joseph, dit Pâris-Duverney. Le ministre Maurepas l'appelait « un vaurien de belle stature ». Il a eu une jeunesse encore plus orageuse que celle de Richelieu : ses frasques ont obligé ses frères à le faire engager dans les gardes de Villars. Il doit son élévation à la Régence et au cardinal Dubois : de 1736 à 1757, il sera contrôleur général de l'extraordinaire des guerres. Très lié avec Bernis, et, comme lui, arrivé par les femmes, Mme de Prie, Mme de Châteauroux, la Pompadour. Son alliance avec la favorite se révélera bénéfique et solide. Il patronnera et dirigera le fameux projet de l'École militaire, si cher — dans tous les sens du terme — à la marquise, qui se verra obligée de le payer sur sa cassette personnelle. Ce Pâris-Duverney a toutes les séductions de l'esprit et les agréments de l'argent, instruit, il aime les arts, et n'a qu'un seul défaut bien pardonnable : une indulgence coupable envers ses amis.

Autre appui de la Pompadour, plus aléatoire celui-là, les philosophes, Voltaire, Diderot, Marmontel, d'Alembert. En dépit de leurs sourires, de leurs compliments, les philosophes ont pour la marquise une passion tout à fait intéressée : ce qu'ils flattent en elle, c'est le mécène, la distributrice de prébendes royales, l'amie compréhensive qui les reçoit chez elle à Versailles aux soirées de l'Entresol et fait lever l'interdiction pesant sur l'*Encyclopédie*. Comme beaucoup de mondaines de l'époque, la marquise voue aux philosophes, particulièrement à Voltaire, une admiration qu'ils ne lui ont pas rendue. Pauvre marquise, qui avec beaucoup d'intelligence, a parfois peu de jugement : elle croit s'attacher ses amis et ses relations par des bienfaits. Naïveté émouvante chez ce cœur sec qui explique sa déception et sa rancœur dès qu'elle a le sentiment qu'on l'a trompée.

Et Bernis ? Que devient celui que la marquise appelle familièrement « mon pigeon pattu » —, allusion à ses longues jambes et à son abdomen prospère. Ce rôle de favori l'exaspère. Il a hâte d'être jugé enfin non plus sur sa réputation mais sur ses mérites. Il ronge son frein, las des fêtes, des bals, des soupers, écœuré par les intrigues, les cabales, la médisance. Aspirant à l'air pur de l'action, il attend qu'on lui donne sa chance. Elle tarde à venir. Car il a beau être officiellement le confident et le conseiller de la marquise, il n'a aucun emploi important, ni aucun bénéfice.

On lui trouve d'abord un logement au Louvre, caravansérail encombré de toutes sortes d'artistes et de bohèmes, qu'il échange vite pour un autre dans une dépendance des Tuileries, cul-de-sac Saint-Vincent (aujourd'hui rue Saint-Roch) ; enfin il emménage dans un bel appartement aux Tuileries que Voltaire lui envie. Certes, les avantages pleuvent : il a un habit à brevet qui lui permet d'être des voyages de la marquise avec le roi au cours des excursions dans leurs résidences autour de Paris. Il est présent à toutes les chasses ; il a une place réservée au théâtre des Petits Appartements ; il est invité à tous les bals masqués. À défaut de l'action à laquelle il aspire, sa vie amoureuse est agitée : il y a au moins deux femmes dans sa vie, appartenant aux horizons sociaux les plus opposés. D'abord la princesse de Rohan-Courcillon, qui lui est venue en aide pour payer ses dettes : cette femme magnifique, belle, généreuse ne s'entend plus avec son mari dont elle vit séparée. Il a également une liaison avec la délicieuse Éléonore Guichard, une Normande qui lui adresse des lettres tendres et émouvantes. Elle a vingt ans lorsqu'il la rencontre. Cette jeune maîtresse aimante lui inspire des vers passionnés. Elle lui répondra par un madrigal triste :

Vous m'aimez, dites-vous : ah ! votre cœur volage
N'est pas assez sensible à mes vœux empressés :
Vous pourriez m'aimer davantage ;
Vous ne m'aimez donc pas assez.

Elle mourut en 1751, à trente et un ans. Cette mort, qui désola Bernis, attendrit Voltaire : « Voilà cette pauvre petite fleur, si souvent battue par la grêle, à la fin coupée pour jamais... Cette pauvre petite Guichard valait mieux, la mort ravit tout sans pudeur. »

Toujours timide devant les beaux esprits, le roi a fini par s'habituer à Bernis. Mis en confiance, il lui parle et c'est le début de la faveur. Un jour que le jeune abbé sort de chez la Pompadour avec une précieuse toile de Perse qu'elle lui a donnée pour meubler son appartement des Tuileries, il rencontre le roi dans l'escalier. Celui-ci lui demande ce qu'il porte et Bernis doit exhiber la tapisserie. Le roi, à la fois amusé et attendri par l'impécuniosité de l'abbé, lui tend un rouleau de louis en lui disant : « Voilà pour les clous. » Mme de Pompadour lui obtient en plus une pension de 1 500 livres sur la cassette royale.

Quelle place lui donner ? On pense à la direction de la *Gazette de France*, mais le projet échoue. La Pompadour s'en désole et confie sa déception à Pâris-Duverney : « Je n'ai encore pu faire de bien à l'abbé, c'est le seul de mes amis qui soit dans le cas. »

Faute de recevoir le salaire de la faveur, Bernis s'efforce de faire fortune par ses propres moyens dans la carrière ecclésiastique. Il pose sa candidature au chapitre de Lyon, en apportant les preuves d'une filiation sans mésalliance depuis quatre cents ans, c'est-à-dire jusqu'en 1316, et d'une parenté avérée avec le roi rapportée dans le procès-verbal. Le 18 juillet 1749, au cours d'une cérémonie magnifique, coiffé de la mitre, il reçoit la croix émaillée, attachée au cordon rouge, liséré de bleu, symbolisant les ordres du Saint-Esprit et de Saint Louis. Un honneur insigne, qui le fait entrer dans un des corps prestigieux de l'Église, et qui s'accompagne en outre d'une rente de 5 000 livres. Cette promotion lui coûte une passion qui lui était chère : il renonce aux spectacles. Un cruel sacrifice. L'évêque de Mirepoix, qui a la haute main sur les bénéfices, ayant toujours refusé ses requêtes, il décide d'agir en faisant intervenir son ami le duc de Nivernais, ambassadeur à Rome, qui obtient du pape un bénéfice en Bretagne. Ce qui permet à Bernis de fanfaronner et de dire à l'évêque de Mirepoix : « Le pape vient de lever l'interdit que vous avez mis sur moi. » Un mot, qui, lorsqu'il est connu de la cour, ridiculise Mirepoix.

Un jour que Bernis rencontre le cardinal de Tencin, ministre d'État, celui-ci en apercevant sa toute nouvelle croix de Saint-Louis, lui déclare : « Vous serez ambassadeur ! » Bernis ne répond pas. C'est aussi la pensée qui l'agite et qu'il s'empresse de confier à sa chère amie, Mme de La Ferté-Imbault : « Je ne veux point rester le confident complaisant de la marquise, me donner l'air d'un intrigant et d'être responsable vis-à-vis de la cour et de la ville des effets de son crédit qui seront peut-être très condamnés et très condamnables... Je veux entrer dans les Affaires étrangères ; si je fais bien, je mériterai des récompenses pour ma besogne, et si je réussis, ce sera ma faute si je ne fais pas une petite fortune. Je ne pourrai m'en prendre qu'à moi... Je ne veux faire de fortune que par des moyens honnêtes, et je veux, avant tout, l'estime des honnêtes gens. »

En quittant la marquise au faîte de la faveur, il veut montrer à la cour qu'il n'est pas un intrigant et qu'il a des ambitions raisonnables. Ce parti digne, courageux, prudent également, n'empêche pas les envieux de se réveiller. Ils se déchaînent contre cet homme jeune, beau, aimé des femmes, académicien à vingt-neuf ans, favori de la favorite, apprécié par le roi et promis aujourd'hui à une carrière flatteuse. Bernis note : « La jalousie a marqué tous les pas que j'ai faits vers la fortune et la réputation. » Le roi lui fait savoir qu'il est prêt à lui accorder un poste diplomatique. Bernis demande l'ambassade de Pologne. Le roi la lui refuse. On lui fait miroiter l'ambassade de Suisse, mais elle va finalement à M. de Chavigny. Le 31 octobre 1751, le roi lui accorde l'ambassade à Venise. On imagine l'enthousiasme avec lequel Bernis apprend cette nomination. Enfin on lui rend justice. Il sort de la condition infamante, pour lui, de courtisan. C'est le pied à l'étrier, le premier pas vers la gloire dont il rêve.

10

L'amant de Venise

Venise ! Quelle belle proie on donnait à dévorer à sa jeune ambition. Devant la cité des Doges, Bernis dut avoir un moment d'ivresse. À la beauté somptueuse du spectacle qui s'offrait à ses yeux, en ce mois de novembre 1752, s'ajoutait le grand pari qu'il se lançait à lui-même. Et si l'envie le prenait de distraire son ambition dans les voluptés, mille courtisanes se tenaient prêtes à le délasser, sans compter les patriciennes, dont la vie dissolue était proverbiale, et les belles religieuses qui jetaient si facilement leur cornette aux orties. Venise offrait un luxe de plaisirs faciles, au dire du président de Brosses, qui en revenait : « Il n'y a pas de lieu au monde où la liberté et la licence règnent plus souverainement qu'ici. Ne vous mêlez pas du gouvernement et faites d'ailleurs tout ce que vous voudrez. Je ne parle pas de la chose dont nous tirons notre plaisir et notre origine, de la chose proprement dite par excellence. On ne s'en choque pas plus ici que de toute autre opération naturelle. » En effet si l'on acceptait de respecter un certain nombre de règles qui fixaient les apparences, on était parfaitement libre.

Le carnaval durait six mois, avec tous les débordements possibles. Les périls que l'on courait à Venise ne tenaient pas aux voleurs — la peur panique de la police du Conseil des Dix faisait régner la sécurité. Il ne fallait pas s'exposer à contester le pouvoir, à importer des idées philosophiques, à jouer les esprits forts. Mais le véritable danger que représentait Venise, c'était d'y attraper la vérole : elle y sévissait et punissait les excès plus sévèrement que le Conseil des Dix.

Bernis, lui, pour l'instant, songeait à autre chose : « Le seul risque que je courais était d'y être oublié », dit-il plaisamment. On lui fait confiance : il n'a pas si ardemment attendu cette place pour laisser filer sa chance. Il sait qu'à Versailles ses ennemis ne laisseront passer aucune de ses erreurs, que celles-ci seront exploitées pour discréditer sa protectrice. M. de Puysieulx, ancien ministre des Affaires étrangères, qu'il est allé consulter avant son départ, ne lui a pas dissimulé qu'il s'était opposé à sa nomination à tous les postes qu'on lui proposait ; et il n'avait donné son accord pour Venise que parce que, s'il y commettait des erreurs, les conséquences n'en seraient pas trop graves.

La position de Venise entre Vienne et Rome lui apparaît stratégique. Il a lu les dépêches diplomatiques, interrogé les compétences, consulté des ouvrages politiques, des mémoires. Quand il est arrivé à Venise, près d'un an après sa nomination, il a eu le temps de comprendre son organisation politique, sa position commerciale ainsi que les attentes, les aspirations, les craintes, les intérêts de la Sérénissime République. Il a un grand avantage : les précédents ministres, envoyés par le roi, M. de Froulay, notamment, ont considéré ce poste comme une sinécure ; ils ont passé plus de temps avec les voluptueuses religieuses de Murano qu'à écrire des dépêches et à réfléchir à la situation politique.

Pour séduire Venise et ses dirigeants, Bernis ne lésine pas. Il s'installe à la Madonna dell'Orto, au nord de la ville, face à Murano. Sans doute se souvient-il du judicieux conseil que lui a donné avant son départ le cardinal de Tencin, qui l'a pris en affection : « Dans la carrière où vous entrez, souvenez-vous qu'on ne fait pas tout avec du talent. » Il faut frapper les imaginations, se faire une légende, sculpter une réputation. Son palais ne vise qu'à cela : en mettre plein la vue aux Vénitiens. Jamais jeune homme démuni n'a fait étalage de plus de faste, de goût de la décoration. Il y apporte un soin particulier, en bon élève de la marquise de Pompadour. Son fidèle secrétaire, l'abbé Dehaizes, et Chatillon, son valet de chambre-tapissier, qui l'ont précédé, ont, selon ses directives, donné la plus belle allure à sa résidence. Les appartements sont tendus de damas vert et bleu et de velours de Gênes. Une antichambre, décorée d'une toile de Vienne à fond bleu, ouvre sur une salle qui comporte un billard de douze pieds sur six. Dans la salle à manger, la table peut accueillir trente convives. Partout des lustres en cristal de Bohême ou en verre de Murano dont les lumières se reflètent sur de grandes glaces. « La chambre du roi » est d'un luxe inouï : le garde-meuble lui a prêté quatorze pièces de tapisseries en soie de Bruges. Dans le jardin, le pavillon d'été, le Cazin, est orné de tableaux et de statues. Bernis a planté des orangers et des lauriers-roses. Ses gondoles, amarrées derrière le palais à des pieux peints, décorés de fleurs de lys, témoignent de la même recherche fastueuse.

Le train de maison est à l'avenant : un valet de chambre, sept valets de pied, un premier gentilhomme, un boulanger, un suisse, cinq gondoliers, un garçon rôtissier, des lingères. Mais celui que Bernis a choisi avec une attention extrême, c'est le cuisinier. La table de l'ambassadeur sera l'objet des appréciations les plus flatteuses de tous les gourmets de passage à Venise, notamment Algarotti, l'un des esprits les plus brillants du siècle. Où qu'il aille, Bernis ne lésinera jamais sur la qualité de la chère. Ce sera chez lui une préoccupation constante autant par plaisir que par intérêt bien compris : un estomac satisfait incite à la confidence, à l'indulgence, à la louange. Il faut des mets exquis pour conjurer, auprès des nombreux convives venus de toute l'Europe, cette malveillance qu'on ne cesse de semer sous ses pas, notamment en publiant et en estropiant ses anciens vers un peu lestes. Les cabales de ses ennemis le font souffrir, même s'il tente de les accueillir avec philosophie : « Il faut que l'envie ronge toujours quelque chose ; j'aime mieux qu'elle ronge mes vers que mes os. » Cette dépense excessive est une politique : il considère les étrangers de passage comme « ses trompettes » qui vont semer ses louanges à travers l'Europe et jusqu'à Versailles ; il espère que tout cela lui reviendra en abbayes et en dignité : « Je place mon argent à fond perdu à un denier fort avantageux. »

Ce faste a pour conséquence immédiate de faire apprécier le nouvel ambassadeur par l'aristocratie vénitienne, qui finit par le saluer, faveur qu'elle n'accorde pas aux autres diplomates. Les Français ne sont pas aimés à Venise. On lance des insultes et des quolibets sur leur passage. On leur reproche d'être arrogants, méprisants. Une rixe ayant éclaté entre ses valets et des gondoliers, Bernis congédie les domestiques coupables. En outre, il met fin à la contrebande plus ou moins discrète à laquelle se livrait le personnel diplomatique, ministres y compris. Aucun laisser-aller. La réputation de l'ambassadeur avant tout.

Ainsi s'efforce-t-il de déjouer les pièges : on imaginait un homme jeune qui, sans fortune, aurait une représentation médiocre ; sa réputation d'auteur licencieux laissait supposer qu'il allait s'adonner à la vie galante et scandaleuse et délaisser une charge dont il n'avait aucune expérience. Il s'efforce de faire le contraire de ce qu'on attendait de lui. Il est chaste — du moins au début pour installer son crédit : « On fut fort étonné de me voir insensible au charme des femmes dans un pays où cette faiblesse n'est pas regardée comme un vice. » Il montre une grande application dans son travail diplomatique qui ne péchera jamais ni par le dilettantisme ni par l'amateurisme.

Cette aptitude aux choses sérieuses qu'on lui contestait, il va montrer à quel point il peut y exceller. Il s'empresse de conclure de main de maître les affaires les plus délicates, restées pendantes depuis de longues années. Ainsi, il règle dès son arrivée la question des sucres provenant de nos colonies que les Vénitiens taxaient de manière excessive pour favoriser le sucre portugais. Son prédécesseur, M. de Chavigny, n'avait pu obtenir aucune amélioration. C'était une affaire délicate où l'ambassadeur jouait gros : à la moindre erreur, le Sénat de Venise pouvait exprimer son mécontentement et le ministre des Affaires étrangères, M. de Saint-Contest, qui n'aimait pas Bernis, aurait été enchanté de prendre ce prétexte pour le rappeler et mettre fin à sa carrière. Le mémoire que Bernis adresse au Sénat est un petit chef-d'œuvre d'habileté et de diplomatie. Il a pris garde de ménager l'amour-propre chatouilleux des Vénitiens. Contre toute attente, il obtient gain de cause. Cette première victoire assoit sa réputation de négociateur. Bien entendu, M. de Saint-Contest se gardera bien d'évoquer ce succès du jeune ambassadeur au Conseil du roi.

Ministre incompétent et sans bienveillance, il dissimule les dépêches politiques perspicaces du jeune ambassadeur et ne fait état que de ses arides mémoires techniques, ce qui ne tarde pas à exaspérer Bernis impatient de montrer ses mérites. Mais on lui fait confiance pour tenir Mme de Pompadour informée de ses succès et rétablir ainsi l'équilibre auprès du roi ! Heureusement pour lui, cette situation désagréable ne durera pas. M. de Saint-Contest, après lui avoir donné pendant un an et demi bien des désagréments et lui avoir gâché son travail, fait ce qu'il avait de plus utile à faire : il meurt subitement, au soulagement de tous les ambassadeurs en poste. Il est remplacé par M. Rouillé, qui agit avec plus d'intelligence : soit honnêteté, soit intérêt, il révèle au Conseil du roi la substance des dépêches et des vues politiques enterrées à dessein par son prédécesseur. Cet excellent procédé envers le protégé de la favorite ne nuisit certainement pas à sa carrière.

La grande idée politique que Bernis veut faire connaître au Conseil, c'est d'amener la République de Venise à demander la protection du roi, afin d'assurer la domination française sur l'un des « portiers », un des verrous de l'Europe : Venise est le passage obligé de l'Allemagne et de l'Autriche vers l'Italie. Mais il faut réussir à convaincre les Vénitiens à la fois peureux et d'une susceptibilité exacerbée par le sentiment de leur décadence. Pour parvenir à ses fins, il agit en sous-main, suggérant habilement cette idée au Sénat. Quand elle aura fait son chemin dans la tête des sénateurs, Bernis, sans en avoir l'air, les épouvante lors du mariage projeté de l'archiduc d'Autriche avec la princesse héréditaire de Modène, en leur brossant un tableau effrayant des menaces qui pèsent sur la République. Le Sénat finit par lui demander d'intercéder auprès du roi afin d'obtenir la protection de la France. Mais le ministre des Affaires étrangères, Rouillé, ne jugera pas bon d'y répondre favorablement. C'était sans doute une erreur de la part de la France, mais incontestablement un succès pour Bernis. D'ailleurs ses talents de négociateur sont suffisamment appréciés pour que le Sénat le choisisse comme arbitre dans un différend l'opposant à Gênes, au sujet d'une rixe sanglante entre matelots. Bernis arrange l'affaire à la satisfaction de toutes les parties.

Que ce soit par le faste qu'il déploie, par son intelligence, par son talent, il excelle à se forger une solide réputation, condition de toute réussite diplomatique, surtout à Venise. Pour cela il va particulièrement choyer les visiteurs de marque, ainsi le duc de Penthièvre, petit-fils de Louis XIV et fils du comte de Toulouse. Bernis le fait accueillir par la République de manière somptueuse, contrairement à tous les usages en vigueur. Deux nobles sont mis à sa disposition ; logé dans la résidence de Bernis, il est reçu, honneur insigne, par le Grand Conseil au palais des Doges. Cette visite spectaculaire d'un prince du sang est une réussite. Le prince quitte Venise ébloui et plein d'estime et de reconnaissance pour le fastueux ambassadeur. C'est certainement grâce à l'amitié du procurateur Emo et de

Mme Barbarigo que Bernis a réussi à obtenir ces dérogations et ces faveurs marquées, en violation de toutes les lois de la République.

Il entretient également les meilleurs rapports avec ses collègues. Ainsi, ce qui se révélera très important dans la suite de sa carrière, il se lie avec l'ambassadeur de la cour d'Espagne, M. de Montalègre, duc de Salas, ancien Premier ministre à Naples : « Pour son plus grand agrément et pour mon plus grand profit », note Bernis sans modestie. C'est un proche de M. de La Ensenada, qui joue à Madrid un rôle de premier plan et n'a aucun secret pour lui : camarades de classe, les deux hommes sont restés amis « autant que peuvent l'être des ministres ambitieux ». Bernis apprend de sa bouche des secrets concernant les affaires d'Espagne, ignorés par le représentant de la France à Madrid, le duc de Duras. Il en fait part à Rouillé. Et on prend l'habitude à Versailles de considérer l'ambassadeur à Venise comme très au fait des intrigues de la cour d'Espagne. Encore un mérite à ajouter à son crédit.

Ses succès ne sont pas de trop pour désarmer ses ennemis, qui à Paris continuent de tenter de le discréditer. Chaque jour lui apporte son lot de dénigrements, de libelles, de diffamations. Mais Bernis ne s'abuse pas : il sait qu'à travers lui, c'est la marquise qu'on vise : « Jamais persécution ne fut plus marquée. Je sais bien que ce n'est pas à moi tout seul à qui on veut nuire et qu'on poursuit de si loin ; mais c'est moi qui en souffre. » Heureusement ses amis ne l'oublient pas. Rien de plus tendre que les lettres qu'il échange avec le financier Pâris-Duverney ou avec le comte des Alleurs, ambassadeur à Constantinople, et avec sa charmante épouse ; la Pompadour ne manque aucune occasion de marquer son affection à ce protégé qu'elle couve afin de le transformer un jour en protecteur. De toutes les façons Bernis sait que, quoi qu'il fasse, Venise ne sera jamais le théâtre de grands exploits diplomatiques. Même s'il peut donner la preuve de ses compétences, ce n'est pas là qu'il obtiendra la gloire. Aussi dans ses lettres à Pâris-Duverney passe-t-il souvent de l'enthousiasme au découragement : « Je vois clairement que par ces artifices on trouvera le secret de me faire rester les bras croisés dans mon cul-de-sac. » Il se plaint de l'inaction des bureaux de Paris : « Ma plus grande peine n'est donc que d'aspirer à être utile, d'en ouvrir modestement les voies, et d'être toujours renvoyé à l'inaction et à l'inutilité : voilà pour le moral. »

Mais il a des compensations. Au milieu de ce dédale d'intrigues, Bernis a recours à divers expédients. Il décide d'acheter des renseignements confidentiels. Rien de plus facile car, avec les courtisanes, ce qu'il y a de moins rare à Venise, ce sont les espions : ils pullulent malgré les risques ; toutes les cours d'Europe ont le leur ; parfois — le plus souvent — celui-ci travaille également pour le Conseil des Dix, agent double, triple... Les archives du Grand Conseil accumulent les renseignements les plus indiscrets sur chaque citoyen. Tout le monde est fiché, suivi, espionné depuis le lever du jour jusqu'au coucher compris. Mais là encore avec un peu d'entregent, de la discrétion, quelques pièces sonnantes, on peut n'être pas vu.

Pour savoir ce qui se trame entre les différentes cours, surtout celle de Vienne, l'ambassadeur fait appel à un homme d'une rare perspicacité. D'une moralité plus que douteuse, aimant le luxe, les jolies femmes, le jeu comme un démon, snob, se vantant de ses relations autant que de ses succès féminins et de son érudition, c'est un de ces aventuriers qui courent les rues à Venise. Celui-ci a une stature exceptionnelle : exceptionnellement hâbleur, exceptionnellement vénal, si l'on en croit les demandes de subsides de l'ambassadeur au ministre pour payer les renseignements de son coûteux indicateur. Il arrive de Vienne où il s'est fait des relations fructueuses dans l'aristocratie. Bernis apprend par lui que l'Autriche cherche à s'agrandir en Italie. La politique des Habsbourg n'a, grâce à ses renseignements, plus de secrets, pour le plus grand bénéfice du Conseil du roi.

Cet espion est lui-même espionné par un *confidente* des Inquisiteurs, un certain Manuzzi, qui, dans un de ses rapports, trace ce portrait de lui : « Il s'est fait prêtre mais a quitté l'habit. On le dit lettré mais on dit aussi que son esprit est fécond en cabales ; qu'il s'est introduit chez *ser* Bragadin et qu'il lui a mangé beaucoup d'argent ; qu'il a voyagé en Angleterre ; qu'il a été à Paris où il s'est poussé auprès des cavaliers et des femmes dont il a retiré des profits illicites car ce fut toujours sa coutume de vivre aux dépens d'autrui et de cultiver les gens crédules ou qui se livrent au libertinage en secondant leurs passions déréglées. Il est joueur. C'est un hyperbolique [un bluffeur] qui a extirpé beaucoup d'argent à *ser* Bragadin en lui faisant croire qu'il ferait apparaître l'Ange de la Lumière[1]. » Bien sûr, derrière le masque de ce personnage énigmatique, grand amateur de romanesque, grand tricheur devant l'Éternel, on n'a aucun mal à découvrir un homme à la figure plaisante dont les yeux noirs sont dardés en permanence vers les jolies femmes ; ce flibustier de l'amour, le domaine avec l'espionnage où le mensonge est le plus utile, on l'a reconnu : c'est Giacomo Casanova.

La rencontre à Venise entre deux séducteurs de haute volée, réunis par les nécessités du renseignement diplomatique, ne pouvait que déboucher sur des terrains plus lascifs. On commence par écouter aux portes et on finit dans un lit. L'alcôve, chez ces deux séducteurs qui luttent à armes égales, n'est jamais loin. L'un et l'autre ignorent que ce rendez-vous va asseoir leur légende dans les annales du libertinage.

1. Giovanni Comisso, *Les agents secrets de Venise au* XVIIIe *siècle.*

11

Les voluptés masquées de Murano

Au XVIIIe siècle, Venise, c'est le plus délicieux des lupanars. Pour lutter contre la mélancolie de la décadence, qui perce sous l'opulence économique, la terreur de l'avenir, comme s'ils pressentaient la fin de leur splendeur et bientôt de leur indépendance, les Vénitiens s'adonnent à un remède qui tient de la panacée : l'amour. Une farandole masquée par les travestissements du carnaval autorise les plaisirs : courtisanes, femmes de patriciens, habituées des parties fines dans leur casino — comme la procuratesse Venier dans sa garçonnière du Rio dei Barratei, qui existe toujours — bourgeoises en goguette, religieuses aux sens exaltés par une clôture bien symbolique, femmes du peuple qui dans cette chaude ambiance prennent elles aussi du plaisir, quitte à y trouver quelques avantages en argent. Sous le masque, la licence se donne libre cours. *Carnavale* : la chair prévaut. L'amour rôde incognito sous la *bauta*, le domino. La moralité n'étouffe pas Venise. On se demande si les Inquisiteurs du

Conseil des Dix qui espionnent les Vénitiens et les nobles étrangers ne sont pas plus à la recherche de ragots et de potins salés pour distraire les dignes magistrats que réellement intéressés par les délits de mœurs, les divers trafics et la divulgation des secrets d'État.

Tout à Venise incite à la volupté ; la religion n'est plus un frein à la débauche. Des oratoires, des chapelles servent de lieu de rendez-vous et parfois même de lieu de plaisirs. Même Dieu et ses saints semblent s'en mêler. Lorsque le président de Brosses, incapable de résister au charme d'une ravissante courtisane, lui demande si elle n'est pas vérolée, elle lui répond des conséquences en jurant par la Beatissima Madonna di Loretto. La volupté éclate sur les murs des palais, des églises et des *scuolas* comme celles des Carmini à San Barnaba où Tiepolo, pour peindre l'Assomption de la Vierge, a fait figurer sa maîtresse connue pour avoir été une fameuse courtisane. Elle s'étale dans les boudoirs surdorés, se rafraîchit à la campagne dans les luxueuses villas de la Brenta où, l'été, les patriciens ont l'habitude de se délasser. Tout y suggère les caresses, les baisers, les idylles : sur les murs peints à fresque, ce ne sont que nymphes, satyres, cupidons qui se poursuivent sur fond d'azur.

La volupté est au théâtre, ces théâtres qui naissent chaque jour comme des champignons après la pluie et se multiplient avec leurs actrices volages, comme la célèbre Cécilia Tron. Des figurantes raccompagnent après la représentation tel patricien ou tel procurateur dans son casino. Mais les loges des théâtres parfois suffisent. Elles sont très appréciées : mal éclairées parce qu'on craint le feu autant que la peste, elles sont propices à des conversations un peu poussées. Quelquefois après le spectacle, on y a même surpris des orgies. Oui, la volupté règne en maître, de San Marco à Sainte-Alvise, du Rialto à San Barnaba, avec ses deux complices, le carnaval et l'obscurité voulue qui enveloppe les Vénitiens et leur permet le secret, ami des plaisirs.

Les ambassadeurs de France et leur personnel ne sont pas en reste : la débauche ne leur a jamais fait peur, même si Paris semble austère par rapport à Venise. En France, seule l'aristocratie de la cour a tendance à se dévergonder ; la bourgeoisie y est plutôt sage. À Venise, aucune catégorie sociale n'est épargnée par ce vent chaud qui exaspère les nerfs et les sens. M. de Montaigu et surtout son secrétaire, Jean-Jacques Rousseau, ont succombé au charme des fameuses courtisanes : Rousseau a d'abord eu une aventure avec la Paodana dont il crut avec une frayeur imaginaire qu'elle l'avait « poivré » ; puis ce fut au tour de la fameuse Zulietta, une brunette de vingt ans, éblouissante, qui l'embrasse à pleine bouche et l'appelle bizarrement « mon cher Brémond ». « Ces grands yeux noirs à l'orientale lançaient dans mon cœur des traits de feu. » On sait qu'après avoir aperçu son « téton borgne », l'affaire se termina assez mal, la virilité de Jean-Jacques n'étant pas à la hauteur des exigences d'une grande courtisane vénitienne : après un piteux échec, celle-ci s'exclama d'un air dédaigneux en faisant claquer son éventail : « Zanetto, lascia le donne e studia la matématica. »

M. de Froulay, un des ambassadeurs qui avaient précédé Bernis, s'était montré, lui, plus actif. Outre deux religieuses du monastère de San Lorenzo, il était un familier des entremetteuses et des proxénètes qui lui fournissaient un important contingent de filles. Grâce aux rapports des espions des Inquisiteurs, nous n'ignorons rien de ses faits et gestes. Un dénommé Caimo Antonio rapporte en détail au Conseil les turpitudes de cet ambassadeur au couvent de San Lorenzo, avec une certaine Zuane, une certaine Zanetta et une certaine Rina, qui, en punition, ont « été privées des sacrements ». Un autre espion raconte les frasques du même ambassadeur avec une autre Zanetta qui demeure au Rialto : elle feint de le prendre pour un cavalier allemand et lui procure trois filles qu'elle prétend être des femmes de qualité et qui en réalité ne sont que des gourgandines. Le diplomate, cependant satisfait, quitte les trois coquines à l'aube après avoir distribué un bon nombre de sequins. Enfin il s'éprit follement d'une religieuse de San Lorenzo, Maria da Riva, qu'il avait remarquée au parloir du couvent. Elle le rejoignait chaque nuit dans sa gondole et ne revenait au couvent qu'à la pointe du jour. L'affaire devint bientôt publique, d'autant plus que la malheureuse religieuse tomba enceinte. Le tribunal ecclésiastique se vit obligé de sévir. Reléguée dans un couvent de Ferrare, la coupable se jeta dans les bras d'un colonel Moroni qui l'enleva et l'épousa à Bologne. Ignorant cette infidélité, l'ambassadeur alla jusqu'à Paris pour faire intervenir le garde des Sceaux qui fit des remontrances au gouvernement de Venise. C'est dire si Venise n'impressionnait plus les cours étrangères. Cette lâcheté, cet oubli de toute dignité suscitaient les lamentations du doge, Paolo Renier : « Nous n'avons plus de forces terrestres, plus de forces maritimes, plus d'alliances ; nous vivons au gré du destin et par accident ; nous n'avons plus qu'une pensée : prudence ! »

Sainte-Beuve, très gêné dès qu'il aborde ce sujet à propos de Bernis, s'entête à ne rien vouloir savoir : « On a écrit et imprimé bien des choses plus ou moins romanesques, où l'on a mêlé le nom de Bernis à la date de cette ambassade : nous nous en tiendrons à ce qui est l'usage des honnêtes gens. » Il est non moins certain que, devant la licence générale, Bernis a eu bien du mal à rester chaste. Mais la véritable question n'est pas de savoir s'il le demeura jusqu'à la fin de son séjour — nous savons que non — mais combien de temps durèrent ses sages et prudentes résolutions ? Dans ses Mémoires, qui se veulent édifiants, évoquant les débuts de son ambassade il confesse : « Je n'avais point de maîtresse et les soirées étaient longues. » Dans une lettre à son ami, le comte des Alleurs, ambassadeur à Constantinople dont la jeune femme deviendra sa maîtresse si elle ne l'est déjà, il a ce mot, parlant de sa continence : « J'ai plus fait pour le roi à Venise que je n'aurais fait pour Dieu à Paris... Je mène la vie d'un chartreux et j'y ai d'autant plus de mérite qu'il s'en faut bien que j'en aie la sainteté. » Mais faut-il le croire ? Bernis sait que ses amis parlent, que sa réputation est entre leurs mains. Or il doit à tout prix avoir une image sérieuse. D'où quelques pieux mensonges. Ainsi après nous avoir dit, lorsqu'il a été admis au chapitre de Lyon qu'il renonçait à son goût pour les spectacles, il nous avoue qu'à Venise, il est presque tous les soirs au théâtre ou à l'opéra. Et s'il ne l'avait pas avoué, les rapports des espions l'attestent.

Une réputation se joue toujours sur la première impression. Dans ses débuts à Venise, Bernis a voulu se montrer austère, se donner une image de travailleur acharné, inaccessible aux tentations. Il a ainsi impressionné favorablement, comme il le souhaitait, les nobles vénitiens, un peu lassés des turpitudes des ambassadeurs que la France leur envoyait. Comme si Venise avait si peu d'importance politique que les seules lettres de créance qu'on y exigeait consistaient à être un fieffé débauché.

La discrétion de Bernis plut. Il traita les Vénitiens avec une considération à laquelle ils n'étaient plus habitués et qui fut un baume pour leur amour-propre. En outre le jeune ambassadeur était capable de plaider leur cause et de leur rendre des services non négligeables. Il fallait donc tout faire pour garder ce Français comme on n'en avait pas vu depuis longtemps. Et comme, en plus du carnaval, Venise excellait dans l'art de l'hypocrisie, Bernis comprit vite qu'à la condition d'y mettre des formes, d'être discret, il avait toute licence de s'adonner à la vie voluptueuse ; on feindrait de ne s'apercevoir de rien. Pourvu qu'il consacrât ses jours à redorer la gloire de Venise, on fermerait pudiquement les yeux sur ses agissements de la nuit. Inutile de dire que Bernis ne se le fit pas dire deux fois : on n'avait pas besoin de lui accorder des permissions : il connaissait le chemin des plaisirs. C'est même un chapitre sur lequel il était difficile de lui en remontrer.

Dans une lettre à sa chère Mme des Alleurs, la pétulante comtesse née Lubormirska, il lui parle d'une religieuse qu'elle connaît, qui vient de sauter les murs de son couvent pour se réfugier à Padoue. Il lui avoue que non seulement il a été la voir mais qu'elle viendra le soir même dîner dans la maison des champs qu'il loue sur la Brenta. Ces entretiens en tête à tête entre la religieuse en rupture de ban et le jeune abbé ne furent pas forcément très catholiques.

Sur le chemin du plaisir — un peu encombré à Venise — il a rencontré, on l'a vu, un autre grand amateur : Casanova. On peut d'ailleurs supposer que c'est au cours de parties fines que Bernis a décidé d'employer son partenaire pour des tâches d'espionnage. Par quelle porte Bernis est-il entré dans ce monument de libertinage que sont les Mémoires de Casanova ? Si l'on en croit le Vénitien, un soir, une belle religieuse qui venait de succomber dans ses bras, une certaine M.M. (Maria Madgalena Pasini), appartenant à l'une des plus anciennes familles de Venise, lui avoue qu'elle est depuis un an la maîtresse d'un étranger qui a tout pour être aimé : « beauté, esprit, douceur dans le caractère et les procédés ». Casanova ne tarde pas à deviner le nom et les qualités de son prestigieux rival qu'il convie à souper avec M.M. dans son casino de Murano. Les deux hommes se reconnaissent : ils ont eu l'occasion de se rencontrer à Paris. Au cours de la conversation brillante et piquante, M.M. parle avec chaleur de sa délicieuse amie de couvent C.C. (Cattarina Capretta), âgée de quinze ans, dont Casanova est amoureux et qu'il veut épouser. Bernis manifeste beaucoup d'intérêt pour C.C. Et bientôt tous les quatre se retrouvent dans le casino de Murano pour souper à nouveau. Bien entendu C.C. plaît beaucoup à Bernis, ce qui enchante Casanova en qui l'amoureux le dispute toujours à l'entremetteur : « C.C. parut un prodige à Bernis, et contradiction du cœur humain, j'en jouissais et pourtant je tremblais qu'il n'en devînt amoureux. » Il sent que la jeune fille n'est pas insensible au charme de l'ambassadeur qui possède « au suprême degré l'art de dorloter l'amour ».

La suite que conte Casanova va tourner à son désavantage. Un prochain souper est fixé dans un casino que Bernis loue pour M.M., mais au dernier moment les invités reçoivent un billet de l'ambassadeur retenu par la réponse qu'il doit donner à un courrier extraordinaire. Dépités, les convives n'en passent pas moins une excellente soirée : Casanova invite les jeunes femmes à se mettre nues dans le grand lit. Il les y rejoint prestement et, leur montrant une gravure licencieuse, il propose de copier la scène au naturel. Elles acceptent de bon cœur : les voilà l'une et l'autre enchevêtrées de la manière la plus délicieuse : « D'abord simple spectateur du combat stérile que se livraient mes deux bacchantes, je jouissais de leur effort et du contraste des couleurs, car l'une était blonde et l'autre brune ; mais bientôt irrité moi-même par tous les feux de la volupté, je me jetais sur elles, et tour à tour je les fis expirer d'amour et de bonheur. »

Le lendemain Casanova, toujours curieux, se rend à l'ambassade de France. Il interroge le concierge : pas le moindre courrier extraordinaire n'est parvenu de France ; Bernis a soupé la veille chez l'ambassadeur d'Espagne. Tout s'éclaire : il comprend le piège où il est tombé ; et le lendemain, où rendez-vous a été pris pour remettre le souper de la veille, Casanova, pour ne pas être en reste d'élégance, se décommande à son tour. Au cours de ce souper, comme une lettre de M.M. le lui apprendra, l'ambassadeur se livre au même jeu que Casanova qui enrage de dépit. Car C.C. est tombée amoureuse du Français. Le récit que fait M.M. à Casanova de sa nuit d'orgie achève de le désespérer : voilà le séducteur en face de plus séducteur que lui. Le stratège de l'amour a trouvé son maître en érotisme dans un futur cardinal, qui ne se contente pas de ces parties fines : Casanova nous apprend également qu'il est voyeur. Un œil-de-bœuf astucieusement dissimulé dans la cloison lui permet d'assister aux ébats de M.M. Mais Casanova ignore là aussi qu'il a affaire à plus roué que lui, que l'ambassadeur a largement profité des charmes de celle-ci avant son arrivée.

Ces égarements des sens n'empêchent pas l'amitié. Bernis aide financièrement les deux amis et leur donne avant son départ son casino de Murano. Ils se reverront envore souvent, et Bernis partant pour Parme invite Casanova et M.M. à la prudence : « J'ai de fortes raisons de soupçonner que notre commerce est connu des Inquisiteurs d'État qui dissimulent par politique, mais je ne répondrai pas que ce secret ne soit bientôt dévoilé quand je ne serai plus ici. » Il faut croire que Casanova ne suivit pas ces conseils. En juillet 1755, deux mois après le départ définitif de Bernis, les archers de Messer Grande vinrent l'arrêter. On l'accusait d'avoir fait circuler des livres interdits par la censure et d'avoir créé une loge maçonnique. Il fut transféré dans la fameuse prison des Plombs d'où il s'échappera un an et demi plus tard de façon rocambolesque. Quant à la fameuse M.M., Maria Madgalena Pasini, qui avait vingt-deux ans à l'époque, elle deviendra abbesse du couvent de San Giacomo di Galitzia à Murano en 1785.

Cette rencontre entre Casanova et Bernis, si polissonne et si amusante, n'a pas été du goût des austères commentateurs de Bernis. Frédéric Masson, qui a publié les Mémoires, est tellement choqué dans son amour aveugle pour le cardinal qu'il ne veut pas l'imaginer se livrant à de telles turpitudes. Serge Dahoui, dont la biographie de Bernis est remarquablement documentée, voit dans cet épisode « un fatras d'invraisemblances » et refuse lui aussi de croire que l'ambassadeur a eu des fréquentations amoureuses douteuses. Un autre biographe de Bernis, René Vaillot, partage cet avis. Tous manifestent la même pruderie. Charles Samaran, éminent casanoviste, également. Et pourtant ! Comme sonne juste le portrait brossé par Casanova du sémillant ambassadeur ! Il faut l'avoir bien connu pour le décrire ainsi. Et comment expliquer les rapports d'espionnage avec le cabinet de Vienne dont justement Casanova revenait ? Enfin pourquoi se serait-il à ce point démené pour lui lorsqu'il sera ministre des Affaires étrangères, afin de lui obtenir un poste lucratif auprès de son ami Pâris-Duverney ? Roger Vailland a raison de penser contre les érudits que sur ce point les Mémoires de Casanova ne s'éloignent pas beaucoup de la réalité. Et franchement, y a-t-il là de quoi fouetter un chat ? On voyait au XVIIIe siècle ce genre d'amusement un peu épicé avec moins de pudibonderie qu'aujourd'hui.

Avant de quitter définitivement Venise, Bernis va à Parme en février 1755 faire sa cour à l'infante Louise-Élisabeth, cadette des filles de Louis XV, qui a épousé l'infant d'Espagne. L'infante Louise-Élisabeth n'était pas ce que l'on peut appeler une jolie femme, mais elle plaisait malgré un gros nez, un visage grêlé par la petite vérole et un air un peu hommasse. Brune piquante, intelligente, elle avait hérité de son père un tempérament de feu. Son énorme poitrine excitait l'imagination de Voltaire. Cette grande et forte femme avait du charme : généreuse, franche, sans détour, il émanait d'elle une chaleur qui réchauffait les visiteurs ; son mari, l'Infant, bien que très épris de son épouse qui le méprisait, avait au su de tous une maîtresse attitrée, mais on le disait surtout porté sur les garçons.

L'Infante succombe à l'irrésistible Bernis : elle trouve enfin en lui l'homme viril qu'elle peut admirer. Il lui plaît tant que ses lettres à sa famille, au roi, ne cessent de chanter les louanges de l'ambassadeur. Elle voudrait le garder à Parme ou dans sa délicieuse résidence de Colorno. Bernis va demeurer près de quatre mois auprès d'elle. Tout sera bon pour l'empêcher de partir. Faute de prétexte, elle invoque la maladie de ses enfants. Enfin, lorsqu'il la quitte en mai pour fermer son ambassade, elle lui demande de repasser quelques jours à Parme avant de partir pour Paris. Inutile de dire que cette liaison amoureuse prestigieuse avec la fille du roi ne nuira pas à la carrière du jeune ambassadeur. C'est son côté Bel-Ami.

Les adieux de Bernis aux Vénitiens furent émouvants. Le Sénat, le Conseil des Dix, les patriciens lui témoignèrent toutes les marques les plus appuyées de leur estime et de leur reconnaissance. Ils perdaient un grand ambassadeur fait pour les comprendre, les aimer, les aider. Lui-même, toujours sensible à l'affection, dut retenir ses larmes. Son départ, dit-il, causa « une désolation universelle ». « Je fus tellement attendri des larmes que je voyais couler que je ne pus en soutenir le spectacle et que j'ordonnai à mes gondoliers de gagner les derrières de la ville, pour cacher une sensibilité dont je sentais que je n'étais plus le maître. Je ne me pique pas d'avoir un cœur de bronze, ni des entrailles de fer, et je ne connais le prix de la vie que par le bonheur d'aimer et d'être aimé. »

Sur le chemin du retour, il savait qu'il allait retrouver la faveur, les bénéfices d'une ambassade fructueuse, mais aussi les ennemis qui l'attendaient à la cour, les intrigues, la malveillance qui poussaient sous chaque pavé de Versailles. Mais il avait pris confiance en lui-même ; il savait que s'il le voulait rien ne pouvait lui résister : « J'ai toujours obtenu ce que j'ai désiré fortement. » L'ambition de faire de grandes choses qui le tenaillait l'emporterait-elle sur ce dégoût qu'il éprouvait de la médiocrité ? Pouvait-il imaginer à quel sommet du pouvoir il allait accéder mais aussi à quelles affres et à quelles humiliations ? Cet habitué des voyantes et des cartomanciennes de Venise était-il initié aux arcanes de son destin ?

12

Le ballet des ambitions

Pas encore le tumulte du triomphe, mais tous les agréments d'une reconnaissance éclatante. À son arrivée à Versailles, en ce mois de juin 1755, Bernis goûte un moment exquis : on l'applaudit, on le fête, on lui tresse des couronnes. Son absence de deux années l'a servi à la cour où ses mérites ont été magnifiés par l'éloignement. Il bénéficie du double avantage d'être à la fois un visage connu et d'apparaître comme un homme neuf, qui n'a trempé dans aucune intrigue. En plus, il apporte le dépaysement de l'étranger et les charmes mystérieux de Venise.

Le roi l'accueille chaleureusement. Louis XV a toutes les raisons d'apprécier Bernis : aux avantages de la naissance, le jeune ambassadeur ajoute maintenant des preuves incontestables de son mérite. Il s'est très convenablement sorti de la charge diplomatique qu'on lui a confiée. Le roi est également sensible à l'affection que lui témoigne sa fille, Madame Infante, à laquelle il est si tendrement attaché. Bernis lui apparaît donc comme un excellent élément, capable d'apaiser les malentendus et les querelles qui opposent sans cesse le clan de la Pompadour à celui de la Reine. Un climat d'agressivité qui semble au roi d'autant plus vain que depuis 1751 il n'a plus avec la favorite que des relations d'amitié. Ils connaissent désormais une douce entente de vieux couple après les orages de la passion.

Bernis est reçu d'une manière plus ambiguë par son ministre, M. Rouillé, qui lui adresse un étrange compliment, mélange de flatterie et de menace : « Je ne cesserai jamais de convenir que vous êtes le meilleur des ambassadeurs employés, quand même vous devriez être mon successeur. » Bernis comprend le message : plus que jamais il doit se tenir sur ses gardes.

Mme de Pompadour lui témoigne, elle, toute sa satisfaction. Son retour est un soulagement ; enfin un appui, un ami solide pour lui servir de rempart et la conseiller dans la guerre impitoyable qu'elle livre à ses ennemis qui ne l'épargnent pas non plus. Elle se réjouit du succès de Bernis comme s'il était le sien ; n'est-il pas son protégé, son « pigeon pattu » ? Déjà elle nourrit pour lui les plus hautes ambitions. Bernis sent que la position de sa protectrice est devenue fragile. Elle n'est favorite qu'en titre. Le roi la délaisse. Du jour au lendemain, il peut s'enticher d'une autre maîtresse ; et la nouvelle venue ne manquera pas d'éliminer les amis de Mme de Pompadour pour favoriser les siens. Quel sera alors le sort de Bernis ? L'estime du roi, l'amitié passionnée de l'Infante suffiront-elles à le maintenir en place ? Il en doute.

À trente-trois ans, Mme de Pompadour est usée, physiquement et moralement. On le serait à moins. Son existence depuis dix ans n'est qu'un combat. Elle n'a pas cessé de se battre avec une obstination, un courage qui forceraient l'admiration si elle manifestait un amour plus désintéressé pour le bien de l'État au lieu de cette politique toute personnelle, souvent maladroite, qui ne vise qu'à flatter son amour-propre et sa passion frénétique du pouvoir. Que de chausse-trappes elle a dû éviter ! Sans compter les rebuffades qu'elle doit subir de la part du roi qui ne l'épargne pas. Il prend parfois un plaisir cruel à la remettre à sa place. Il la rabroue. Ainsi un jour qu'elle se plaignait de sa situation et regrettait de n'être pas née garçon car, disait-elle : « Je voyagerais, j'irais à la guerre, je ferais enrager les femmes », le roi la reprit sèchement : « Vous n'auriez rien fait de tout cela, car vous seriez resté un petit poisson. » Elle a affronté les campagnes de dénigrement — pas toutes injustifiées — mais aussi la médisance, la calomnie, les avanies conjuguées du parti religieux, de la famille royale, des ministres, du duc de Richelieu. À ce mépris que lui voue la cour, s'ajoute la haine du peuple pour la favorite, la Poisson, traînée chaque jour dans la boue. On fait circuler sur elle d'ignobles libelles, les « poissonnades », qui pullulent malgré les lourdes peines d'emprisonnement à la Bastille que risquent leurs auteurs. La cour, bien entendu, se régale de voir la favorite humiliée et insultée par la rue.

Le roi a beau s'être lassé du corps de sa maîtresse, il lui garde son affection. Ses sens ont trouvé le chemin du fameux Parc-aux-Cerfs, un logis discret de Versailles, véritable garçonnière où règne pour l'instant une délicieuse rousse d'origine irlandaise, Mlle O'Murphy, dite Morphise, âgée de vingt ans. La pensionnaire de cette maison changeait fréquemment. Mais on est loin de la légende du Parc-aux-Cerfs, lupanar royal que le valet de chambre du roi, aidé de Mme de Pompadour, aurait pourvu en nombreuses jeunes filles galantes. Cette légende tenace repose surtout sur le témoignage de Mme du Hausset ; dans ses Mémoires, celle-ci dénonçait la complaisance de la marquise — dont elle était la gouvernante — vis-à-vis des pensionnaires de ce harem. Il s'agit probablement d'une exagération : tel est en tout cas l'avis autorisé de Pierre Gaxotte qui a examiné de près l'histoire de ce manuscrit et de son auteur présumé. On ne prête qu'aux riches. Mais de là à prêter à Louis XV un harem, il y a une exagération manifeste. Le Parc-aux-Cerfs n'était bel et bien qu'une garçonnière garnie de jeunes maîtresses successives que le roi visitait discrètement.

Mme de Pompadour consulte Bernis sur la conduite à tenir : doit-elle renoncer, se retirer de la cour, écrire au roi pour l'avertir de ses intentions ? Bernis l'en dissuade. Il lui conseille d'éviter avec le monarque toute récrimination d'ordre amoureux mais de continuer à lui adresser des lettres sur ce qui touche aux affaires de l'État, domaine pour lequel elle manifeste beaucoup de goût même si elle n'y fait pas toujours preuve de clairvoyance. Bernis la convainc qu'elle peut jouer encore un grand rôle, qu'elle ne doit pas se soustraire à cette mission qui peut être l'occasion de rendre de grands services au roi. Renoncer ! Mais pour quel profit ? Ce langage amical — sans doute intéressé de la part de Bernis — c'est celui que Mme de Pompadour souhaitait entendre. Elle fut certainement heureuse de vérifier que son protégé lui restait fidèle et se souciait de son sort.

On peut comprendre le mouvement de lassitude de Mme de Pompadour. Sa défaveur amoureuse auprès du roi n'a été qu'une blessure d'amour-propre de plus. Elle a été durement éprouvée dans ses affections les plus chères : après sa mère, son jeune fils puis la petite Alexandrine, qu'elle adorait, sont morts. Ces deuils l'ont laissée désemparée même si elle s'efforce de n'en rien montrer. Quelques jours après la mort de sa fille, on la voit souriante au cours des soirées dans les Petits Cabinets, badiner avec le roi sans rien laisser paraître de son chagrin ; là est toute sa force. Mais cette contrainte permanente qu'elle exerce sur elle-même la mine.

Ses seules compensations, Mme de Pompadour les tire de ses ambitions politiques et architecturales. Elle espère que ses constructions, les embellissements de ses demeures, comme Bellevue,

Choisy, ou son projet d'École militaire parviendront à assurer sa gloire. Sa position lui permet également d'assouvir une autre de ses passions : l'amitié. Dans ce domaine, elle n'a pas toujours des choix heureux. Trop sensible à la flatterie, elle a connu bien des déconvenues. Beaucoup de ceux qu'elle a aidés la remercient en malveillance et en trahison. Le coup le plus douloureux lui est venu de sa propre cousine, Mme d'Estrades, dont elle a fait la fortune et qui cherche par tous les moyens à l'abattre. Ce complot de Mme d'Estrades contre sa bienfaitrice est un prodigieux résumé des mœurs de la cour. Le plus futile s'y mêle au plus sérieux. Les jalousies et les perfidies féminines côtoient les austères réalités de l'État. Le goût du pouvoir, la trahison, l'ambition vont se déchaîner dans une sorte d'opéra-bouffe qui se déroule à quelques pas du bureau où se tient le Conseil du roi.

Depuis longtemps la comtesse d'Estrades voulait perdre sa cousine, Mme de Pompadour, dont les bienfaits pour elle et pour sa famille avaient été innombrables et donc impardonnables. Après avoir longtemps joui et profité du succès de Mme de Pompadour, Mme d'Estrades commença son lent et sourd travail de démolition : il n'était vraiment pas difficile pour une telle besogne de trouver des alliés et des complices. Les ennemis de la favorite couraient les rues à Paris et à Versailles ; on en trouvait derrière chaque paravent chinois. C'est ainsi que Mme d'Estrades devint l'amie puis la maîtresse de M. d'Argenson, le ministre, solide adversaire de la favorite, intelligent, compétent mais infatué de sa puissance et s'imaginant indestructible. Mme d'Estrades avait, bien sûr, d'abord tenté de travailler directement pour elle-même en séduisant le roi : sa laideur étant un lourd handicap, elle avait profité d'une soirée où le roi était ivre pour parvenir à ses fins. Un reste de lucidité du roi fit échouer ce projet. C'est alors qu'elle pensa pour assouvir ses desseins à une délicieuse créature, très belle celle-là, mais toute aussi ingrate, Mme de Choiseul-Romanet.

Cette jolie personne de vingt ans, nièce de Mme d'Estrades, était mariée depuis un an avec le comte de Choiseul, cousin du futur ministre, grâce à la bienveillance de Mme de Pompadour qui l'avait généreusement dotée et lui avait prêté son château de Bellevue pour y passer sa lune de miel. Elle avait assuré ensuite sa position et celle de son mari à la cour. Charlotte de Choiseul-Romanet s'amusa d'abord à aguicher le roi, c'était assez banal à la cour. Elle agissait autant par coquetterie que pour obtenir en passant quelques avantages ; ainsi fit-elle nommer son mari maréchal de camp. Le roi se prit au jeu. Il écrivit des lettres enflammées, promit ce que l'on voulut, jura tout ce que l'on peut jurer, bref, se comporta comme beaucoup d'hommes dans les mêmes circonstances. Ce qu'il ignorait, tout roi qu'il fût, c'est que les péripéties les plus intimes de ce roman étaient rapportées à son instigatrice, Mme d'Estrades, qui, avec le comte d'Argenson, examinait attentivement les progrès de la passion royale et subséquemment leurs chances d'avoir une nouvelle favorite à leur dévotion. Chaque jour, les comploteurs en haleine tenaient conseil et encourageaient la coquette à faire monter plus haut les enchères. Il y eut des épisodes plus proches du vaudeville que du marivaudage : ainsi le roi se foula le genou en empruntant un escalier dérobé, mal éclairé, pour rejoindre la jeune femme dans son appartement.

Enfin le jour tant attendu arrive : le roi donne un rendez-vous sans ambiguïté à la jeune femme dans ses Petits Appartements. Celle-ci accepte de s'y rendre. Et les conjurés, Mme d'Estrades et M. d'Argenson, attendent dans la fièvre les résultats de cette coucherie de la plus haute importance. Après une longue attente, beaucoup d'angoisse, Mme de Choiseul-Romanet apparaît, échevelée, les vêtements en désordre, montrant les signes de sa défaite qui est aussi son triomphe. Mme d'Estrades se précipite vers elle et lui demande abruptement : « C'en est fait ? — Oui, c'en est fait, répondit la jeune femme en soupirant, je suis aimée, il est heureux. Elle va être renvoyée, il m'en a donné sa parole. » On boit du champagne, communiant dans cette liesse que procure aux ingrats une vilaine action envers qui leur a fait du bien. Comme les deux femmes doivent se sentir enfin délivrées du poids insupportable de la reconnaissance ! D'Argenson, qui a plus de hauteur de vue, ne songe pour sa part qu'à éliminer la marquise dont les interventions et l'influence sur le roi l'exaspèrent.

Un ennui cependant : Charlotte de Choiseul-Romanet a beau être ravissante, c'est une gourde, disons une tête d'oiseau pour ne pas être trop désobligeant. Elle veut en faire trop. Folle de vanité, elle a confié son bonheur à un cousin de son mari : le comte de Stainville, futur duc de Choiseul ; or c'est une maladresse. Choiseul, appelons-le ainsi désormais, même s'il ne prendra le titre de duc de Choiseul qu'en 1758, comprend l'avantage que la connaissance d'un tel secret peut avoir pour sa carrière. Car si Choiseul a beaucoup de qualités et même un certain génie, ce n'est pas l'abnégation qui l'étouffe. Il se fait confier par elle les lettres que lui a adressées le roi dans lesquelles celui-ci lui promet de chasser Mme de Pompadour de la cour. Il veut les étudier plus attentivement. Avec une grande ingénuité, Mme de Choiseul-Romanet les lui prête. Dès lors, elle est perdue.

L'ambitieux et cynique Choiseul est au plus mal avec Mme de Pompadour. Mais ce rapace a compris d'un seul coup d'œil où se trouve son intérêt. Futile et maladroite, sa cousine ne réussira jamais à asseoir durablement sa position auprès du roi. Le monarque, ses sens rassasiés, se débarrassera d'elle comme des autres. En revanche, beaucoup plus forte, Mme de Pompadour a des chances de durer longtemps. Choiseul n'hésite pas : il va tout de go lui porter les lettres de sa cousine. Cette félonie va lui assurer l'amitié reconnaissante de la favorite qui fait immédiatement bon usage de cette correspondance. Résultat : dix jours plus tard, le roi élève la marquise de Pompadour au rang de duchesse avec les prérogatives et les avantages attachés à ce titre. Quant à la petite intrigante naïve, elle est rejetée dans les bras de son mari. La malheureuse accouchera six mois plus tard d'une petite fille et mourra en couches. Les conjurés doivent ravaler leur rancœur. Mme de Pompadour leur mitonne une vengeance à sa façon : elle les fera exiler.

Un nouvel astre se levait sur Versailles. Bien sûr le roi n'a pas apprécié le procédé de Choiseul mais Mme de Pompadour a réussi à lui arracher sa nomination comme ambassadeur à Rome. Là, son entregent et ses compétences feront bientôt oublier son inélégance. On ne peut pas dire qu'à cette occasion il a été ravagé par les remords : « À Dieu ne plaise, dira-t-il, que je désavoue que cette circonstance de ma vie a été l'occasion qui m'a fait connaître Mme de Pompadour, qui m'a lié avec elle de l'amitié la plus tendre, et qui l'a intéressée à tout ce qui m'est arrivé[1]. »

Cet homme redoutable de trente-quatre ans, choyé par Mme de Pompadour, sera bientôt un rival, c'est évident, pour Bernis. Comme à son habitude, il va tenter de s'en faire un ami. Continuant de donner des conseils à sa protectrice, il s'efforce de la réconcilier avec d'Argenson, Machault et le maréchal de Richelieu. En vain. Mme de Pompadour a trop d'amour-propre pour s'abaisser à faire des concessions.

1. *Mémoires du duc de Choiseul.*

Puis après avoir rempli ses devoirs envers celle à qui il doit tant, Bernis s'occupe de lui-même. Miracle de la faveur : il obtient ce qu'il demande et même au-delà ; ses appointements d'ambassadeur sont doublés ; on lui donne la première place de conseiller d'Église ; le roi lui promet le cordon bleu le jour où il sera nommé ambassadeur en Espagne ; enfin l'abbaye royale de Saint-Arnould, près de Metz, étant vacante, il la demande. Boyer, l'intraitable évêque de Mirepoix, qui lui avait toujours tout refusé, la lui accorde avec mille politesses. Tant de chances, tant de faveurs ne peuvent que provoquer la jalousie et aiguillonner les haines. Bernis le sait. Il a hâte d'aller digérer ces solides avantages financiers loin de la malveillance et à l'abri des intrigues, dans une confortable ambassade. En ce mois d'août 1755, il est prêt à repartir pour Venise, l'ambassade d'Espagne ne semblant plus vacante. Dès qu'il rend publique la date de son départ, il voit les visages se rasséréner : les ministres sont enchantés de voir ce rival s'éloigner ; la jalousie des courtisans s'apaise comme par enchantement. Sa carrière apparaît désormais tracée : Venise puis, selon le projet secret du roi, l'ambassade d'Espagne pour remplacer le duc de Duras.

Bernis sent qu'en ayant pris le parti de s'éloigner, il l'a échappé belle : il aurait été à Versailles la proie des intrigues. Même sa protectrice commence à prendre ombrage de la faveur dans laquelle le tiennent non seulement le roi, mais la famille royale. Un malentendu peut suffire à le brouiller avec elle. Pris de vertige au vu des avantages dont il est comblé, il a un mot plein de saveur : « Jamais situation aussi dangereuse n'a été aussi brillante. »

Se préparant à partir pour Venise, Bernis imagine les agréments qu'il va y retrouver : ses amis, les Vénitiens qui l'adorent, ses religieuses polissonnes, C.C. et M.M., les gros seins de Madame Infante à Parme, le soleil, les arts de l'Italie, le bonheur, quoi ! Pourtant il est inquiet. La situation extérieure de la France est lourde de menaces. De tous les dangers, le plus grave, c'est la guerre avec l'Angleterre qui se profile sans qu'on y soit préparé. Bernis est effaré de l'incurie qui règne au Conseil du roi : « Il avait suffi de trois ans d'ambassade pour me faire regarder comme le ministre du roi le plus habile, et sa plus grande ressource : cela prouvait la disette d'hommes. » Ce qu'il craint au fond, c'est de devoir être entraîné un jour au cœur de ce pouvoir dans les conditions les plus catastrophiques. Aussi préfère-t-il fuir la tentation qui s'offre à lui. À quoi bon une gloire qu'on doit payer de désillusions et de souffrances ? Venise, C.C., M.M. et le petit casino de Murano ont plus de douceur et des attraits moins dangereux.

Et puis, à Versailles, les meilleures volontés se diluent ; le courage s'étiole après avoir été rabroué ; la médiocrité prospère ; les courtisans règnent ; de prétentieux inutiles se sont insinués dans les rouages d'un gouvernement qui offre tous les symptômes de la paralysie générale ? Bernis n'est pas loin d'approuver le diagnostic du marquis d'Argenson : « La cour, la cour, la cour ! Dans ce mot est tout le mal. La cour est devenue le seul sénat de la nation, le moindre valet de Versailles est sénateur, les femmes de chambre ont part au gouvernement, si ce n'est pour ordonner, c'est du moins pour empêcher les lois et les règles, et, à force d'empêcher, il n'y a plus ni lois, ni ordres, ni ordonnateur. La cour empêche toute réforme dans la finance... la cour corrompt l'état militaire de terre et de mer par des promotions de faveur... la cour empêche le mérite, l'autorité et la permanence des mérites[1]... »

Les bagages de Bernis sont faits quand soudain le roi change d'avis : ce ne sera pas Venise mais finalement Madrid. La menace anglaise est si forte qu'il faut à la France un ambassadeur d'une grande habileté pour convertir la cour d'Espagne à notre cause. Le ministre francophile La Ensenada était tombé en 1754 ; c'était un signe que l'influence anglaise redoublait. Deux ans auparavant, Louis XV a essayé de convaincre Ferdinand VI des avantages d'une alliance entre les deux royaumes contre l'Angleterre, le grand prédateur des empires coloniaux. Le roi d'Espagne a lâchement éludé cette proposition. Il a peur de l'Angleterre. Louis XV espère-t-il que l'entregent de Bernis fera des miracles ? Va pour l'Espagne ! Peut-être, là-bas, de délicieuses religieuses et des nuits tièdes lui apporteront-elles des consolations

1. D'Argenson, *Journal et Mémoires.*

et ne lui feront pas trop regretter les chères C.C. et M.M. Le départ est fixé pour dans huit jours.

Un soir, alors qu'il sort de chez le ministre, M. Rouillé, Bernis reçoit un billet de Mme de Pompadour dans lequel elle lui demande de venir d'urgence chez elle le lendemain pour une affaire importante. Lorsqu'il s'y rend à 10 heures, il ne sait pas qu'il a rendez-vous avec l'Histoire.

13

Les violons de Vienne

Jamais, même dans ses rêves les plus fous, Bernis n'aurait pu imaginer l'incroyable nouvelle que lui annonce Mme de Pompadour. Assise dans son boudoir qui exhale une luxueuse frivolité avec ses meubles en bois de rose, ses ravissantes toiles de Perse, ses indiennes chatoyantes, elle lui propose tout bonnement d'être l'artisan du bouleversement de la politique européenne élaborée par Richelieu et par Mazarin. Un projet qui ne vise pas moins qu'à rompre le système d'alliances qui nous protège de la maison d'Autriche, notre ennemie continentale depuis trois cents ans, et à nous allier avec l'ennemie d'hier.

Mme de Pompadour explique à Bernis les circonstances de cette prodigieuse affaire : elle avait reçu de l'ambassadeur d'Autriche à Paris, M. de Starhemberg, au nom de l'impératrice, une lettre qu'il lui demandait de transmettre au roi. Celle-ci contenait une proposition d'alliance entre les deux royaumes jusqu'alors hostiles. Contre toute attente, Louis XV n'avait pas repoussé cette offre. Il s'y montrait même favorable et était prêt à engager des pourparlers qui risquaient de nous brouiller avec notre allié, Frédéric II de Prusse. Pour mener à bien cette négociation aussi délicate que dangereuse, il avait besoin d'un homme habile, en qui il eût toute confiance ; et c'est lui, Bernis, que le roi avait choisi pour mener cette œuvre immense.

On imagine la stupéfaction de Bernis lisant la lettre de Starhemberg. Il y avait là de quoi ébranler la tête la mieux faite. Le roi mettait sur les épaules d'un ambassadeur de quarante ans, qui n'avait que trois années d'expérience dans la carrière, le poids d'une politique majeure. Bernis est à la fois flatté de la confiance du roi et effrayé par l'ampleur et la difficulté de la tâche. Il lui revient d'être le fossoyeur de la politique de Richelieu et Mazarin qui ont axé le système d'alliances de la France autour de la lutte contre la maison d'Autriche, et de reconstruire sur les ruines une politique solide et durable. C'est une gageure accablante.

Bernis expose alors son point de vue. Il montre à Mme de Pompadour tout ce qu'il y a à craindre d'une négociation avec la cour de Vienne, soit que celle-ci fût sincère ou qu'elle voulût nous abuser : « Dans le premier cas le roi risquait deux choses, la première de changer son système politique, mais encore celui de toute l'Europe, ce qui ne manquerait pas de révolter les esprits et de causer peut-être un ébranlement général. J'ajoutai que dans ce même cas il ne fallait pas douter que la cour de Vienne ne nous entraînât dans une guerre avec le roi de Prusse, et que cet embrasement ne devint peu à peu général, par la frayeur que causerait aux princes protestants une union des deux plus grandes puissances catholiques. Je fis sentir aussi que cette guerre, étrangère aux intérêts de la nation, déplairait à toute la France ; que le roi n'avait point de généraux doués pour conduire ses armées, ni des finances en assez bon ordre pour soutenir le poids d'une double guerre de terre et de mer. » Pour un jeune ambassadeur, c'était sagement vu. C'était même prémonitoire.

Soudain le roi entre dans la pièce. Il demande brusquement à Bernis son avis sur la lettre de M. de Starhemberg. Le jeune ambassadeur répète ce qu'il vient de dire à la favorite. Louis XV lui rétorque avec colère : « Vous êtes, comme les autres, l'ennemi de la reine de Hongrie. » Bernis se justifie et propose au roi de consulter ses ministres dans lesquels il a le plus confiance. Le roi prend un air de dépit : « Eh bien, il faut donc faire un beau compliment à M. de Starhemberg, et lui dire qu'on ne veut rien écouter. » Bernis propose au contraire d'entendre l'ambassadeur d'Autriche mais de faire montre d'une grande prudence dans la réponse qu'on lui apportera. Le visage du roi se détend. Il lui ordonne de rencontrer l'ambassadeur d'Autriche en présence de Mme de Pompadour et de continuer la négociation seul, étant entendu que personne au Conseil du roi ne sera dans la confidence. Bernis à ce moment commence à prendre peur. Et si le roi meurt ? Et si on l'accuse de trahison ! Pour se garantir, il demande à Louis XV un pouvoir écrit de sa main qui l'autorise à entendre l'ambassadeur d'Autriche. Le roi passe dans son cabinet, en revient le visage épanoui et lui remet le pouvoir qui désormais sera sa seule sauvegarde. « Je lui déclarai, dira Bernis, que j'agirais dans cette affaire avec les mêmes précautions que si je devais être arrêté dans trois mois et qu'on dût nommer des commissaires pour juger ma conduite. »

Le lendemain, à la sortie du Conseil, le roi s'approche de Bernis et lui dit qu'il a suivi son avis : il a interrogé de manière détournée deux de ses principaux ministres sur le danger d'une négociation avec la cour de Vienne. « Vous allez être bien content, ils ont pensé comme vous. »

Pourquoi le roi tient-il tant à cette nouvelle alliance, lui qui avait toujours « détesté défaire ce que [ses] pères avaient fait » ? C'est d'abord parce que les circonstances ont changé. L'Autriche n'est plus une puissance dangereuse pour la France comme elle l'a été autrefois. En revanche la Prusse de Frédéric II dotée d'un chef d'exception, grand stratège et grand diplomate, aventurier, et commandant la meilleure armée d'Europe, se révèle beaucoup plus menaçante. Louis XV en outre se méfie de Frédéric II qu'il n'aime pas. Même si le roi de France n'a pas une conduite exemplaire au regard de la religion, il reste profondément chrétien, et l'athéisme que professe le roi de Prusse lui est insupportable :

« Le cynisme du philosophe de Sans-Souci offusquait la dévotion agitée du roi Très-Chrétien. Louis était simoniaque à sa manière, et cherchait à couvrir par son orthodoxie le crédit illimité qu'il demandait à la morale[1]. » D'autre part Louis XV est agacé par le génie fantasque et turbulent du Prussien, par son caractère imprévisible. Dans son irritation entre peut-être aussi un peu de jalousie vis-à-vis d'un monarque si exceptionnel dont Michelet dit que « s'il n'eût été ni roi, ni général, il resterait encore un des premiers hommes du siècle ». Il n'apprécie pas plus son ironie surtout lorsqu'elle s'acharne dans des épigrammes d'un goût douteux sur la Pompadour. Il sait que le pacte d'alliance qu'ils ont conclu arrive à expiration. Pourquoi ne pas profiter de l'occasion pour choisir un partenaire moins incertain ?

Surtout, plus encore que la Prusse, c'est l'Angleterre qui est menaçante. À cette époque, écrit Albert Sorel : « La France avait tourné son activité vers le commerce et vers les colonies ; la rivalité des nations anglaise et française s'était réveillée, par-delà les océans, aussi ardente et aussi implacable qu'aux temps héroïques de la guerre de Cent Ans. C'était, en réalité, la souveraineté des mers et l'empire des Indes que l'on se disputait en Europe. » En juin 1755, la flotte anglaise a arraisonné des vaisseaux français dans l'Atlantique

1. Albert Sorel, *Essais d'histoire et de critique.*

provoquant la rupture des relations diplomatiques entre les deux pays.

Or l'Angleterre a une position importante en Allemagne, le Hanovre. L'alliance avec la Prusse ne se concevait que comme un moyen de la harceler sur ce territoire auquel les souverains anglais étaient attachés comme « à la prunelle de leurs yeux ». Mais pour cet usage, les Autrichiens pouvaient tout aussi bien faire l'affaire. Il ne s'agissait en tout état de cause que d'une alliance secondaire uniquement pour contenir le Hanovre, l'ennemi primordial restant l'Angleterre.

Beaucoup de motifs poussaient Louis XV à s'allier avec une impératrice catholique. L'influence de Mme de Pompadour est également appréciable ; celle-ci a été courtisée par Kaunitz maintenant chancelier lorsqu'il était ambassadeur à Paris. Cet homme séduisant a su habilement la flatter et l'a convaincue de l'estime que lui porte l'impératrice Marie-Thérèse. La reine de Hongrie pour obtenir ses services poussera la flatterie jusqu'à l'appeler dans ses lettres « mon amie, cousine ». Mme de Pompadour qui rêve de jouer un grand rôle politique voit dans ce renversement des alliances une occasion inespérée de sortir de l'état de semi-disgrâce dans lequel la tient le roi et d'assurer son pouvoir sur lui, mais aussi de se venger des moqueries du roi de Prusse. Le roi est poussé par sa maîtresse et il l'est aussi par sa fille, l'infante Louise-Élisabeth, dont les intérêts en Italie sont menacés par les Autrichiens. Elle rêve d'un établissement plus prestigieux en Flandres.

Quant à Bernis, après avoir fait taire ses craintes et ses préventions, il voit dans cette œuvre une occasion inespérée de gloire tout en conciliant la synthèse sentimentale à laquelle il aspire : quelle plus belle occasion lui sera jamais offerte de servir le roi, d'être utile à Mme de Pompadour à qui il doit sa fortune, d'être hautement apprécié de son amante l'Infante dont il défend les intérêts ? Enfin il pense pouvoir parvenir en négociant ce premier traité de Versailles à une paix continentale qui permettra à la France d'avoir les mains libres pour se défendre des mauvais procédés de l'Angleterre touchant notamment à nos colonies. Mais tout à son enthousiasme Bernis ne mesure sans doute pas la contradiction fondamentale qui sépare les deux royaumes qu'il veut unir par une alliance : « Il y avait un antagonisme à peu près absolu entre les intérêts de la France et ceux de l'Autriche, écrit Albert Sorel ; non seulement il était impossible aux deux États de s'entendre sur le système général de l'Europe, mais, dans l'alliance même qu'ils essayaient de nouer, ils avaient en vue des objets trop opposés pour qu'une équitable transaction pût les concilier. La France ne poursuivait que l'Angleterre, il lui fallait la paix sur le continent ; l'Autriche ne poursuivait que la Prusse, il lui fallait la guerre continentale. C'était une idée fixe chez Marie-Thérèse de reconquérir la Silésie. »

Tout cela Bernis ne l'ignore pas. Ne cède-t-il pas lui aussi à « l'envie qu'on avait d'embarquer une grande affaire au hasard de ce qui arriverait » ? Trop de violons, de facteurs sentimentaux l'entraînent dans cette aventure viennoise. Désormais les dés sont jetés. Il va se contenter de limiter les dégâts. Les pourparlers avec le comte de Starhemberg commencent au mois de septembre 1755 en présence de Mme de Pompadour au château de Bellevue dans un pavillon prévu pour les apartés que le roi appelait le « taudis » et la marquise « Brimborion » ou « Babiole ». On ne peut imaginer un cadre plus adorable que cet ermitage amoureux, orné des portraits de Van Loo, de Mignard, de Boucher pour entreprendre une négociation qui allait aboutir à la guerre de Sept Ans, à tant de malheurs pour les peuples. La guerre est souvent conçue dans des cabinets austères, là on la préparait à deux pas de l'alcôve royale qui avait scellé le destin de la favorite.

Écoutant l'ambassadeur d'Autriche, sans manifester aucune émotion, ni aucun signe d'approbation, Bernis et Mme de Pompadour prennent connaissance des propositions de Marie-Thérèse. Celle-ci suppose d'abord la France mécontente de la Prusse qui est en train de s'allier avec l'Angleterre. Cette nouvelle qu'elle croit connue à Paris provoque chez les négociateurs français une véritable stupéfaction. Starhemberg développe ensuite le plan d'alliance proposé par l'impératrice mais qui est en fait l'œuvre de Kaunitz. On contente d'abord en Louis XV le père de famille : l'Autriche promet pour l'Infant d'Espagne, gendre du roi de France, l'échange de ses petits duchés insignifiants, Parme, Plaisance, Guastella, contre un établissement important près des Pays-Bas, dans le périmètre de l'actuelle Belgique. C'était assurer et élargir notre frontière du nord, comme nous venions de procéder avec la Lorraine, grâce à Stanislas Leszczynski. En gage de sa bonne foi, l'Autriche donnerait immédiatement les ports de Nieuport et d'Ostende qui permettent de menacer ou du moins d'intimider les Anglais. Les amis de la France, le Palatinat, la Suède, la Saxe, ne sont pas oubliés dans le marché. Enfin on proposait d'aider le prince de Conti à obtenir le trône de Pologne. En échange, l'impératrice demandait, outre d'importants subsides, la rupture du traité qui unissait la France à la Prusse. Car l'Autriche voulait récupérer la Silésie que Frédéric II avait conquise en 1740.

Bernis conseille au roi dans sa réponse (toujours indirecte) la plus grande prudence. Louis XV ne s'engage pas à rompre avec Frédéric II : « Fidèle aux engagements et aux lois de l'honneur, le roi ne peut sans les motifs les plus graves et les preuves les plus claires, non seulement rompre avec ses alliés, mais mettre leur bonne foi en doute et les croire capables d'infidélités et de trahison. » Cette position fait l'effet d'une douche froide. Marie-Thérèse, déçue, demande au roi ce qu'il propose. Ce que souhaite Bernis, toujours conciliateur, c'est un ménage à trois : Louis XV, Marie-Thérèse et Frédéric II s'entendant par traité pour maintenir la paix en Europe. Une proposition difficile à réaliser étant donné l'opposition d'intérêts et les griefs entre les deux puissances germaniques. Mais la défection subite de Frédéric II, qui, le 16 janvier 1756, signe avec l'Angleterre le traité de neutralité de Westminster, change totalement les termes de la négociation avec les Autrichiens. Soudain la France n'a pas d'autres solutions que de s'allier avec eux ; ils n'ont plus aucune raison de lui apporter des cadeaux. Elle n'est plus en position de force pour négocier.

C'est sur ce fond de trahison de Frédéric II que doit jouer Bernis. On comprend ses sueurs froides, ses insomnies, ses angoisses. En quatre mois, depuis le début des pourparlers, on passe de l'enthousiasme à la peur panique. L'Autriche a sollicité l'aide de la France ; désormais c'est la France isolée qui a besoin de l'Autriche. Bernis demande au roi d'associer quelques ministres de son Conseil à la négociation. Celui-ci accepte. On imagine ces vieux ministres chevronnés apprenant de la bouche du roi qu'une négociation de la plus haute importance s'est ouverte depuis près de quatre mois, qu'on n'a pas cru bon de les tenir au courant et que le négociateur choisi est un ambassadeur sous leurs ordres. Cette nouvelle a dû faire grincer quelques dents. Bernis, sans aide, sans secrétaire, doit recopier de sa main tous les mémoires ; il passe ses nuits au travail tout en feignant d'être oisif pour ne pas alerter la cour. Il vit dans les transes d'une trahison et des chausse-trappes que peut lui tendre la cour de Vienne.

Le premier traité de Versailles est signé en mai. Ce traité purement défensif et de garantie scelle l'alliance de la France et de l'Autriche. Bernis obtient du roi que tout le Conseil soit mis au courant de la négociation afin qu'on ne puisse l'accuser « d'avoir conclu un traité d'alliance avec nos anciens ennemis sous le manteau de la cheminée et sans la coopération de tout le Conseil de Sa Majesté ». Bernis a pu obtenir du roi que ce traité soit non offensif. Il a également réussi à limiter l'apport du contingent français à vingt-quatre mille hommes. Un an plus tard, quarante-cinq mille hommes seront engagés. Puis cent mille...

La plupart des ministres se félicitent de cet accord et chacun tirant la couverture à soi tente d'en tirer des bénéfices. Rouillé, Mme de Pompadour s'en font une gloire. En réalité, c'est bien l'œuvre du roi comme concepteur et de Bernis comme négociateur. Si la France avait été capable de s'en tenir là sans s'engager plus avant dans l'aventure militaire contre la Prusse, ce traité aurait été regardé comme un acte plein de sagesse. Bernis, qui n'a pas toujours négocié de bon cœur et qui commence à entrevoir la duplicité des Autrichiens, reçoit la récompense de ses efforts : il entre au Conseil du roi, et on lui accorde une très importante abbaye, Saint-Médard de Soissons, dotée d'un ravissant château à Vic-sur-Aisne, qui lui permettra de prendre l'air et de restaurer sa santé. Ironie du sort, ce château deviendra le lieu de son exil trois ans plus tard.

Le traité est diversement commenté. L'Angleterre estime qu'il s'agit « d'une union monstrueuse et contre nature » ; Frédéric II feint de ne pas en mesurer l'importance. Ceux qui y voient une condition de la paix applaudissent. Les deux vainqueurs paraissent être les deux amis : « On vit dans cette affaire l'affermissement du crédit de Mme de Pompadour et mon élévation, écrit Bernis. Dès lors on commença à altérer notre union ; on n'y réussit que dix-huit mois après. »

Des notes discordantes apparaissent. Toutes intéressées. Trop de gens ont à cœur de faire échouer cette alliance. D'abord les Anglais et Frédéric II qui alimentent une campagne de calomnies contre la Pompadour et Bernis. On dit que la favorite a été grisée par les avances de l'impératrice, que sa vanité a été flattée par des lettres personnelles et par les cadeaux de Marie-Thérèse. Quant à Bernis, on le soupçonne d'avoir voulu se venger d'une épigramme de Frédéric II qui s'était moqué de ses vers de jeunesse : « Et je laisse à Bernis sa stérile abondance ». Anglais et Prussiens en rajoutent : cette alliance conclue par une amante voluptueuse et un abbé auteur de vers licencieux dans un château nommé Babiole ou Brimborion a un air de vaudeville et de légèreté bien dans le tempérament futile et inconséquent des Français.

Les critiques ne viennent pas seulement du parti étranger. En France où les Encyclopédistes comme Voltaire ou d'Alembert, qui ont reçu des pensions de Frédéric II, admirent le « roi-philosophe » et révèrent l'Angleterre comme le pays des libertés constitutionnelles, ce traité est mal jugé. On le trouve rétrograde. Pourquoi faire la guerre à ces grands protecteurs des *Lumières* que sont les Anglais et Frédéric II, pour l'impératrice d'Autriche qui n'a pas la faveur de l'opinion ? Les Encyclopédistes, qui professent l'incrédulité, préfèrent un prince protestant ou athée à une impératrice catholique.

Dans ses Mémoires, Choiseul laissera percer un profond mépris devant l'œuvre de Bernis : « Je ne laissais pas d'être inquiet qu'une besogne aussi vaste fût confiée à une tête aussi enivrée que l'était celle de l'abbé de Bernis. Je n'ai jamais vu personne aussi enthousiaste de son ouvrage que l'abbé de Bernis me le parut ; il avait l'air de me dire en me remettant ses papiers : Allez, vous conviendrez, quand vous l'aurez lu, que je suis le plus grand homme en politique qui ait jamais existé. » Et Choiseul continue de se moquer du maréchal de Belle-Isle qui applaudit en frappant le sol de sa canne à toutes les louanges que Bernis se donne à lui-même en se caressant le ventre, tandis que Mme de Pompadour lui fait sentir sa chance d'assister à un moment historique. Il passe la nuit à lire le traité. Voilà l'essentiel de son jugement : « Quel fut mon étonnement de voir tous les moyens que l'on avait entassés les uns sur les autres dans cette pièce ! Il y en avait d'impossibles, d'autres étaient contradictoires ; mais ce qui était le plus sensible était comment la France était sacrifiée dans tous les points pour une illusion. Il paraissait que ce traité, immense par le nombre d'engagements, n'avait d'objet réel que le sacrifice de presque toute l'Europe à l'agrandissement de la maison d'Autriche. »

Son jugement est si sévère qu'il prétend avoir hésité à accepter le poste d'ambassadeur à Vienne qu'on lui proposait afin de ne pas être l'« ambassadeur de la duperie ». Choiseul n'était pas homme à hésiter longtemps entre ses convictions et les intérêts de sa carrière. Ce jugement paraît assez cocasse venant d'un homme qui cédera tant à l'Autriche. Mais Choiseul n'était pas à une contradiction près. Sa sévérité est partagée par d'Argenson qui note dans son journal que ce traité peut se résumer à une affaire de femmes et de cour ; on a surtout pensé aux intérêts de la famille royale et pas du tout à ceux de l'État.

Y a-t-il eu de la légèreté dans la négociation ? On a peut-être été imprévoyant sur les moyens à mettre en œuvre ; on a mal mesuré l'état de l'opinion. Surtout on n'a pas voulu voir les conséquences que ce premier traité de Versailles si beau sur le papier allait entraîner. On a, dans l'enthousiasme, mésestimé les risques d'un affrontement avec la Prusse. Et les guerres se gagnent avec de bons généraux, des finances prospères, des parlements qui montrent leur bonne volonté, une opinion publique pacifiée. Rien de tout cela n'existait alors en France. Et Pâris-Duverney avait raison de répéter que, si l'on voulait engager des guerres avec quelques chances de les gagner, il fallait changer l'esprit public. Malgré cette carence, la France n'en gagne pas moins une première bataille.

Bernis propose de répondre à la saisie par l'Angleterre, en violation du droit, de deux de nos vaisseaux, l'*Alcide* et le *Lys*, au large de Terre-Neuve, le 10 juin 1755. Jusqu'à présent cet outrage n'avait suscité aucune réaction. Le Conseil du roi était partagé entre ceux qui voulaient répondre à l'Angleterre par terre et ceux qui voulaient lui répondre par mer, bref, on louvoyait et on ne faisait rien. Bernis prend l'initiative. Certain que l'Angleterre va déclarer la guerre (ce qui arrivera le 18 mai), il veut qu'on ne se laisse pas humilier. Il propose au roi un mémoire qui vise à toucher l'Angleterre dans ses forces vives à Minorque. Grâce aux frères Pâris, Duverney et Montmartel, il obtient des moyens militaires et financiers. Le roi adopte ce projet avec son préalable : une réquisition qui demande à l'Angleterre la restitution des vaisseaux, condition nécessaire au maintien de la paix entre les deux nations.

Le plan de Bernis consiste, en cas de guerre avec l'Angleterre, à leurrer celle-ci en massant des troupes dans la Manche pour lui faire craindre une invasion, tout en armant une flotte, qui, elle, envahirait Minorque que les Anglais n'auraient plus les moyens de couvrir. L'Angleterre refuse de céder : elle veut la guerre. Le maréchal de Belle-Isle et le maréchal de Richelieu, à la tête d'une expédition française, abordent l'île. Richelieu, avec une témérité qui le sert, ordonne un assaut général contre le redoutable fort de Saint-Philippe qui est enlevé le 28 juin 1756. Ce succès, dès qu'il est connu à Paris, provoque l'enthousiasme de l'opinion et consterne les Anglais.

Pour Bernis, en dépit des intrigues du maréchal de Belle-Isle qui s'attribue les mérites et l'initiative de l'expédition, c'est un succès. Jamais sa faveur auprès du roi n'a été aussi éclatante. Il fait une nouvelle proposition au Conseil ; il suggère d'engager avec l'Angleterre des pourparlers de paix sur les conditions suivantes : restitution des vaisseaux arraisonnés et liberté de circulation pour le port de Dunkerque en échange de Minorque. Le Conseil ne le suivra pas. Le roi et le Conseil vont peu à peu se désintéresser de la lutte si nécessaire contre l'Angleterre ; ils vont se laisser absorber par le combat stérile avec la Prusse : quand ils s'éveilleront de ce mauvais rêve, il sera trop tard.

14

Un couteau dans le cœur de la monarchie

Ce n'était qu'un banal couteau de Namur, un vulgaire canif. Rien du poignard assassin dont usent les régicides qui ne travaillent pas dans l'approximatif. Sa lame mesurait trois pouces, environ huit centimètres, une taille bien suffisante pour tailler des plumes d'oie, mais inopérante pour un crime de sang qui se respecte. Ce canif de Damiens a pourtant atteint les œuvres vives de la monarchie. Ce n'est pas tant le roi qui est touché physiquement que le système dont il est l'incarnation et le symbole. Une chiquenaude bien ajustée dans un moment de moindre résistance peut faire plus de dégâts qu'un coup d'arquebuse. La lubie sanglante du rouquin illuminé éclaire soudain d'une lumière violente la ruine qui menace de toutes parts ce grand vaisseau vermoulu, prenant l'eau, en proie aux vents contraires. Le coup de couteau, à cette date, agit comme un révélateur. Il pourrait être un avertissement salutaire, l'occasion d'une prise de conscience. Car à ce moment où vient de commencer une guerre qui va durer sept ans, rien ne va plus dans le royaume. Va-t-on tenter de comprendre la signification du geste d'un esprit follet, qui étrangement exprime la voix de l'opinion publique, ou va-t-on s'entêter dans les erreurs ?

Donc ce 5 janvier 1757, il fait très froid à Versailles. La nuit tombe. À six heures du soir, le roi, venu rendre visite à sa fille malade, se prépare à repartir pour Trianon où il doit fêter les Rois. Heureusement pour lui, il est chaudement vêtu. Au moment où, précédé par les porteurs de torches, il passe entre une haie de gardes pour rejoindre son carrosse, un homme coiffé d'un chapeau le bouscule. Il lui porte un coup de couteau entre la quatrième et la cinquième côte. Le roi s'exclame : « On vient de me donner un coup de poing. » Puis ayant porté la main à son côté et s'apercevant qu'elle est pleine de sang, il désigne l'homme au chapeau sur la tête, immobile : « Je suis blessé. Et c'est cet homme qui m'a frappé. Qu'on le garde et qu'on ne le tue pas. »

Le roi refuse l'aide du duc d'Ayen qui veut le soutenir. Il emprunte l'escalier qui mène à sa chambre. On l'allonge à même le matelas, enroulé dans une robe de chambre — toute la literie est à Trianon. Il demande un prêtre et un médecin. Il perd beaucoup de sang : « Je n'en reviendrai pas », dit-il. Après s'être confessé à un aumônier de fortune — on n'a pas réussi à prévenir son confesseur, le père Desmarets — il s'évanouit. Le chirurgien, La Martinière, sonde la blessure. Elle n'est pas mortelle. Aucune trace de poison. Mais ce diagnostic ne semble pas rassurer le roi, plongé dans des pensées moroses. Abattu, mélancolique, il semble moralement atteint. À un courtisan qui tente de le rasséréner en lui disant qu'il sera bientôt sur pied, que sa blessure n'est pas profonde, il répond gravement : « Elle l'est plus que vous croyez, car elle va jusqu'au cœur. »

À quoi songe ce roi qui vient de se confesser et à qui la crainte de mourir inspire le désir d'exprimer à la reine un profond repentir ? Profondément catholique, il est assez superstitieux pour interpréter ce parricide comme une punition divine. Sans doute aussi pense-t-il à toutes les lettres de menaces qui depuis quelque temps inondent Paris, certaines parvenant même jusqu'à Versailles, et sur lesquelles sont dessinés un poignard et un balai. Deux symboles qui parlent clairement : on y mêle l'assassinat du roi et le départ de la favorite exécrée. De semblables lettres avaient circulé avant le crime de Ravaillac. Damiens n'a réalisé que la moitié de la prédiction menaçante. Reste le balai. Que va-t-il advenir de la favorite ? Les augures de Versailles ne donnent pas cher de son maintien. De toute évidence, elle doit partir.

Mais le renvoi de Mme de Pompadour ne règle pas tous les problèmes du royaume, tant s'en faut, même si elle concentre sur elle les passions et les haines. Elle n'est que le symbole d'une politique qui depuis dix ans, date de l'entrée de la marquise dans le lit du roi, a comporté quelques bonnes intentions et beaucoup d'erreurs. Le résultat le plus visible, c'est l'amoindrissement de l'autorité royale, les mouvements de mauvaise humeur des parlements : ceux de Bretagne et de Paris notamment connaissent une fermentation dangereuse. Et si l'acte criminel de Damiens n'a pas été commandité, il en est l'expression. D'ailleurs Louis XV ne tarde pas à être informé des paroles prononcées par l'assassin au cours de son interrogatoire : Damiens dit avoir agi « pour que Dieu puisse toucher le roi et lui remettre toute chose en place et la tranquillité dans ses États ». Et il ajoute : « Il n'y a que l'archevêque de Paris qui est la cause de tous ces troubles. » Allusion aux billets de confession exigés par Mgr Christophe de Beaumont afin d'extirper les derniers germes du jansénisme qui s'expriment dans le refus de la bulle *Unigenitus*. Cette affaire avait gravement aigri les relations entre le parlement qui avait condamné l'archevêque de Paris et le roi qui l'avait soutenu avant de se résigner à l'exiler à Conflans.

Cette opposition du parlement au pouvoir royal avait son origine dans la promulgation par le pape Clément XI, à la demande de Louis XIV, de la bulle *Unigenitus Dei Filius*, qui condamnait cent propositions jansénistes. Le parlement de Paris l'avait enregistrée sans l'approuver. Ce fut Louis XV qui, en 1730, l'imposa comme loi du royaume. Mais cela ne diminua pas pour autant l'agitation religieuse. Depuis cette date les prêtres pouvaient priver de l'extrême-onction les agonisants qui ne pouvaient produire un billet de confession signé par un prêtre approuvé, c'est-à-dire non suspect de jansénisme. Mais le roi avait sur ce point fini par céder au parlement en décembre 1756 dans une déclaration qui retirait à la bulle *Unigenitus* la « dénomination, le caractère et les effets de règle de foi ».

Ce qui est suspect, ce sont les relations de Robert François Damiens. Il a servi chez plusieurs magistrats du parlement de Paris, notamment chez le conseiller Bèze de Lys, qui se montre un des plus enragés contestataires. Même si on ne peut retenir l'idée d'un complot, c'est bien au sein du parlement que le régicide a puisé l'esprit de fronde et de violence qui a armé son geste. Voltaire résume parfaitement la genèse du crime : « Le monstre est un chien qui aura entendu aboyer quelques chiens des Enquêtes et qui aura pris la rage. »

Cette fermentation du parlement, qui s'amplifie au fil des années, va constituer une opposition de plus en plus forte au pouvoir royal. Entre le roi et le parlement, le bras de fer est permanent. Pourtant le roi a trouvé un homme ayant suffisamment d'envergure pour mater la sédition des parlements et leur imposer des réformes, notamment fiscale, qu'ils regimbent à enregistrer : Machault d'Arnouville, fils d'un lieutenant de police à poigne qu'on surnommait « Machault coupe-tête ». Le roi s'est entiché de cet intendant de Valenciennes pendant la campagne de Flandre en 1745. Ce travailleur austère, dur à la tâche, mauvais caractère, bougon, taciturne, mais formidablement tenace et efficace, a entrepris une réforme fiscale qui est la grande idée de Louis XV. Mais le nouvel impôt, le vingtième — un prélèvement de 5 % sur les revenus nets —, révolutionnaire dans son principe puis qu'il établit l'égalité fiscale, a été torpillé par les parlements et par le clergé qui refusait de s'y soumettre. Le roi excluant les revenus du clergé de l'impôt, Machault, contrôleur général des Finances, a vu sa politique fiscale vidée de son contenu : et faute d'être menée à bien, elle n'a pour résultat que d'aigrir le parlement et de provoquer contre le clergé incivique une rancœur qui laissera des traces. Après avoir soutenu et encouragé Machault, le roi l'a vite abandonné. En 1754, celui-ci perd le contrôle général des Finances pour devenir secrétaire d'État à la Marine.

Louis XV aurait voulu faire de ce ministre son Colbert. Sans doute en avait-il l'étoffe. Mais Colbert avait pour le soutenir un roi résolu, opiniâtre, ferme dans ses desseins, alors que Machault ne trouve qu'un appui épisodique de la part d'un monarque irrésolu, craintif, qui cède toujours devant une volonté forte. Machault passant pour être le protégé de la marquise de Pompadour a un ennemi irréductible au Conseil du roi : le comte d'Argenson, secrétaire d'État des Armées ; un ministre brillant, pétillant d'esprit, politique habile, ouvert aux idées nouvelles, les philosophes lui ont dédié l'*Encyclopédie.* Rival de Machault, ennemi farouche de la favorite, il voudrait devenir le maître du jeu. Il a failli y parvenir grâce à l'intrigue fomentée par sa maîtresse,

Mme d'Estrades. Mais le complot a raté. L'attentat de Damiens rallume ses espoirs : les très peu fiables Mémoires de Mme du Hausset font état d'une lettre qu'il aurait adressée à sa maîtresse et qui aurait été saisie par les services secrets de Mme de Pompadour : « L'indécis [le roi] est enfin décidé. Le garde des Sceaux [Machault] est renvoyé. Vous allez revenir, ma chère comtesse, et nous serons les maîtres du Tripot. » D'Argenson n'a sans doute jamais écrit une telle lettre ; mais il y a de fortes chances pour qu'il en ait pensé tous les termes.

À ce climat délétère, s'ajoute le vent de contestation que font souffler les philosophes. L'*Encyclopédie*, dont les deux premiers tomes ont paru en 1751, n'attaque pas directement le principe de l'autorité monarchique, mais chacun de ses articles sape le terrain sur lequel il repose : Dieu, l'Église, les miracles, les articles de la foi, la religion, sont malmenés avec jubilation. L'esprit du temps va à l'incrédulité. La cour, l'entourage du roi, la Pompadour, le roi lui-même semblent contaminés par les idées philosophiques : Louis XV, on l'a vu, a renoncé à toucher les écrouelles. Prenant ses distances avec les rois thaumaturges, il s'écarte des sources religieuses qui fondent et confortent son pouvoir. Cette contestation philosophique des Encyclopédistes, les « Cacouacs », comme les appellent leurs ennemis, en développant l'esprit d'examen, isole encore un peu plus la monarchie, qui n'apparaît plus que comme un grand vaisseau enlisé au milieu des sables. Elle n'est plus adaptée aux éléments au milieu desquels elle évolue. Faute d'un plan de réforme d'ensemble et d'une volonté de le faire aboutir, chacun se dit que le geste de Damiens aura peut-être au moins un mérite : celui de crever l'abcès ; de donner une brève satisfaction à l'opinion publique en sacrifiant celle qui depuis dix ans incarne aux yeux de tous, peuple, clergé, parlement, la déficience monarchique : la Pompadour. Chacun attend la décision du roi avec une curiosité, un intérêt souvent teinté de malveillance.

Bernis apprend la nouvelle de l'attentat contre le roi par l'huissier de M. Rouillé — il vient de faire son entrée deux jours plus tôt au Conseil : « Mon sang se retira tout entier ; dans mon cœur je fus un moment en silence ; je le rompis pour demander au suisse si le roi était mort ; il me dit que non, mais qu'il était bien mal. Je montai chez le roi, après avoir fait toutes les réflexions que peut faire un ministre attaqué par la jalousie, chargé d'affaires importantes, qui a beaucoup d'ennemis, et pour seule amitié celle d'une femme. Et cette femme devait être chassée de la cour, selon les apparences, dans peu d'heures. » En quelques minutes, il examine tous les aspects de la situation. Quoi qu'il arrive, ses résolutions sont prises : il restera fidèle à la marquise de Pompadour à qui il doit son élévation. N'est-il pas à quarante-deux ans ministre d'État, pourvu d'une abbaye qui lui procure 30 000 livres de rente : « C'en était assez pour un cadet du Languedoc. » À quoi bon trahir sa bienfaitrice, pour quel profit ? L'idée ne lui vient même pas. Après avoir pris des nouvelles du roi dans sa chambre et trouvé la cour beaucoup plus préoccupée du renvoi de la marquise que de la santé du roi, c'est chez elle qu'il se rend.

Aussitôt la marquise se jette dans ses bras « avec des cris et des sanglots qui auraient attendri ses ennemis mêmes, si les courtisans pouvaient être touchés ». Il la réconforte et l'encourage à ne pas se laisser aller à l'abattement. N'est-elle pas l'amie du roi et la dépositaire d'importants secrets qui la rendent nécessaire à l'État ? Il lui promet de ne pas l'abandonner et de la tenir au courant heure par heure de tout ce qui se passe dans la chambre du roi et à la cour. Et il n'y manque pas.

Pendant onze jours, la marquise est sur des charbons ardents. Elle n'a reçu aucun signe du roi. Son désespoir laisse peu à peu place à la fermeté d'âme. Elle attend. Si son sort ne peut être comparé à celui du malheureux Damiens qu'on a mis à la question, il n'en est pas moins pathétique. Elle sent gronder la haine ; elle voit ses amis l'abandonner. Elle connaît l'amertume de la faveur qui s'éclipse. Quel ballet d'ingratitudes se déroule devant elle ! Tant de masques tombent ! Avec heureusement de rares exceptions : Soubise, Pâris-Duverney et bien sûr Bernis. Onze jours riches en péripéties et en coups de théâtre. Mme de Pompadour se terre dans ses appartements comme une bête blessée. Elle sait que le moindre de ses gestes sera mal interprété et risque d'entraîner sa perte. Elle fait la morte. Par l'intermédiaire de Bernis, très actif durant cette période, le Dauphin est pressenti pour présider le Conseil du roi, qui prend aussitôt des mesures concernant l'ordre public.

Une récréation cependant dans ces jours graves : Casanova ne trouve rien de mieux à faire que de débarquer à Paris. Il s'est évadé de la fameuse prison des Plombs à Venise. Même s'il n'a pas bien choisi son moment pour demander audience à Bernis, celui-ci le reçoit. Le séducteur à bout de ressources cherche un emploi rémunérateur. En souvenir de M.M. et de C.C., Bernis le recommande avec chaleur au contrôleur général des Finances qui le met en contact avec l'indispensable Pâris-Duverney. Et voilà Casanova chargé séance tenante d'organiser avec un de ses compatriotes, Calzabigi, une loterie pour sauver l'École militaire, qu'on a bien du mal à financer. Bernis en profite pour employer également son ancien espion de Venise : il lui confiera plusieurs missions secrètes en Hollande.

Peu à peu le roi se rétablit. Il appelle Bernis près de son lit. Mais à aucun moment il ne lui parle de Mme de Pompadour. Bernis a d'ailleurs scrupuleusement fixé sa conduite sur ce chapitre et n'a pas dissimulé sa position à sa bienfaitrice : « J'avais déclaré à Mme de Pompadour que si le roi me parlait d'elle et me demandait mon avis, je me défendrais de le donner ; mais si le roi l'exigeait de ma probité, je ne pourrais m'empêcher de lui représenter qu'il devait la regarder et la traiter éternellement comme son amie, et qu'il devait faire cesser le scandale en ne vivant plus avec elle dans la familiarité. Elle ne m'aima pas sans doute davantage de penser ainsi, mais elle ne put s'empêcher de m'estimer beaucoup. » Ce langage franc ne plaît sans doute pas autant que Bernis se l'imagine. La Pompadour au bord de la disgrâce attend de ses amis des engagements plus fermes en sa faveur. Car la menace qui pèse sur elle risque de plus en plus de l'anéantir et de la rejeter loin du pouvoir.

Dès qu'il commence à se rétablir, le roi de toute évidence penche pour son éloignement. La peur de son confesseur, la crainte superstitieuse d'une punition divine l'amènent à prendre une décision qui a l'avantage de rétablir la paix dans sa conscience et de satisfaire sa famille. Quant à ses ministres, il n'ignore pas que la majorité est favorable à son éviction. Sa décision arrêtée, le roi se demande comment procéder. Songe-t-il vraiment à demander au comte d'Argenson, ennemi déclaré de la marquise, d'aller l'informer de son renvoi ? En courtisan consommé et en habile politique celui-ci fait remarquer au roi « qu'ayant eu le malheur de déplaire à la maîtresse, il y aurait une sorte de barbarie à lui faire porter cet ordre par une bouche ennemie ; il lui conseillait d'en charger Machault qui adoucirait la sévérité de la mesure par les consolations de l'amitié. Le madré ministre pensait avec justesse que, si la maîtresse se maintenait, tout son ressentiment se tournerait vers Machault ».

Machault est également consulté par le roi. Il commet la maladresse de ne pas tenir informée la marquise de la teneur de l'entretien. On imagine la fureur de la malheureuse devant le procédé d'un ministre qu'elle a protégé en maintes circonstances. Le pire ne se produit que le lendemain : après un nouvel entretien avec le roi, Machault se fait annoncer chez la marquise l'air plus sinistre que d'habitude. Il dit d'un ton glacial : « Comment se porte Mme de Pompadour ? » Quand il sort de son cabinet une demi-heure plus tard, la marquise est en pleurs : « Il faut que je m'en aille, mon cher abbé », dit-elle à Bernis entre deux sanglots. Elle claque des dents de manière si violente qu'on doit lui administrer de l'eau de mélisse.

Tandis qu'elle donne l'ordre à son écuyer de préparer son départ et de prévenir les cochers, on annonce la maréchale de Mirepoix qui s'exclame : « Qu'est-ce donc, madame, que toutes ces malles ? Vos gens disent que vous partez ! — Hélas, ma chère amie, répond Mme de Pompadour, le maître le veut, à ce que m'a dit M. Machault. — Et son avis à lui, quel est-il ? — Que je parte sans différer. — Il veut être le maître, votre garde des Sceaux, et vous trahit... qui quitte la partie la perd. » Le ton assuré de la maréchale de Mirepoix convainc la marquise de demeurer en place en attendant un ordre formel du roi. C'est du moins la version de Mme du Hausset dont le récit trafiqué est sujet à caution. Mais l'important, c'est qu'après tant d'hésitations Mme de Pompadour décide finalement de rester et garde, vis-à-vis de M. Machault, qui lui a manqué, une rancune qu'elle ne va pas tarder à assouvir.

Enfin, après onze jours d'attente pour Mme de Pompadour et d'hésitations pour le roi, Louis XV descend dans les appartements de la marquise. Lorsqu'il en revient, son humeur maussade a disparu. Elle a réussi à le réconforter, à le distraire de ses pensées moroses. Plus question pour elle de partir. Non seulement elle est maintenue en place mais elle sort renforcée. Maintenant va sonner l'heure des règlements de comptes. D'abord ce sera le tour de Machault. Devant la façon dont le traite Mme de Pompadour, on comprend vite à la cour que le garde des Sceaux et secrétaire d'État à la Marine n'en a plus pour longtemps. Lui-même montre le visage triste d'un homme qui se sait perdu.

Bernis profite de cette occasion pour tenter de réconcilier Mme de Pompadour avec son vieil ennemi, le comte d'Argenson. Il a de bonnes raisons pour cela : d'abord assurer la position de sa protectrice qui, chassant Machault, perd le soutien d'un des plus influents ministres du Conseil. De plus ce ministre ayant l'oreille du roi et la charge de la guerre, il y va de l'intérêt de l'État d'assurer leur bonne entente. N'oublions pas que la France est en guerre sur mer avec l'Angleterre et sur terre avec la Prusse. Mme de Pompadour accepte de rencontrer le comte d'Argenson. Mais au lieu de saisir cette offre de réconciliation, le ministre de la Guerre y voit au contraire un aveu de faiblesse et, comme dit Bernis, « les derniers efforts d'une personne qui se noie et s'accroche où elle peut ».

L'entretien se passe mal. D'Argenson, hautain, méprisant, plein d'ironie et de sarcasme, accueille avec une mauvaise volonté évidente les offres de paix de la marquise. Celle-ci, exaspérée d'être humiliée sans succès, laisse éclater sa rancœur contre ce ministre qu'elle exècre car il n'a jamais voulu entrer dans son jeu : « Il y a longtemps, monsieur, que je connaissais vos dispositions pour moi, je vois bien que rien ne peut les faire changer. J'ignore comment tout ceci finira, mais ce qu'il y a de certain, c'est qu'il faudra que vous ou moi nous nous en allions. » Mme de Pompadour, après avoir décidé l'éviction de Machault, est désormais déterminée à écarter le comte d'Argenson. Mais, dit Bernis, « en prenant cette résolution, elle consultait plus l'intérêt de sa vengeance que celui de l'État ».

Deux jours plus tard, le roi renvoie les deux ministres. Machault, dont pourtant Louis XV avoue à sa fille qu'il est « l'homme selon son cœur », est évincé parce qu'on a jugé qu'il agaçait les parlements. Pour d'Argenson, on prend prétexte des agitations de Paris qui sont sous son contrôle. Mais peut-être le roi veut-il éloigner un homme qui a été le témoin de sa faiblesse pendant sa maladie au moment où il voulait se séparer de la marquise. Contre toute attente, Mme de Pompadour est sortie victorieuse de l'intrigue qui visait à l'écarter. Mais à quel prix ?

Cette crise, provoquée par le coup de couteau de Damiens, a pour conséquence d'affaiblir considérablement la royauté. La fermentation des parlements n'a pas diminué ; aucune solution n'est en vue pour régler les questions en litige et calmer les esprits surchauffés. La haine que suscite Mme de Pompadour n'a jamais été aussi vive dans l'opinion et pourtant la favorite sort avec un pouvoir renforcé de cette épreuve. Deux ministres essentiels chargés l'un, Machault, de la Marine, l'autre, d'Argenson, de la Guerre, ont été écartés sans motif valable alors que le pays s'est lancé dans une guerre impopulaire, dont la justification nationale n'apparaît pas évidente. C'est dans ces conditions désastreuses que s'engagent les campagnes militaires. On comprend les angoisses de Bernis.

Au moins, ce moment difficile aurait-il pu rapprocher Mme de Pompadour de son fidèle protégé. Il n'en est rien. Le caractère de la favorite s'est aigri. Elle est atteinte de la maladie de la persécution. Elle a tendance à voir la trahison partout. Au cours de ces onze jours où elle s'est crue perdue, elle a été agacée de voir Bernis au comble de la faveur, recueillant les suffrages du roi, du Dauphin, de la famille royale, tout en demeurant son ami. Elle lui fait grief de son succès : « Elle me dit un jour que j'étais bien fin, puisque j'avais trouvé le secret, en lui donnant les marques les moins équivoques d'attachement, d'enchanter la famille royale. Cette réflexion toute d'aigreur, de jalousie, d'inquiétude, me remplit d'indignation. Je lui répondis que cela prouvait que plus on était honnête homme, plus on était sûr de plaire à la famille royale. Elle sentit son injustice et chercha à la réparer. »

En réalité, il y a une grave fêlure dans cette association entre la protectrice et son protégé. D'abord parce que Bernis pense que la présence de la favorite, son influence nuisent à l'État. Mme de Pompadour l'a senti. Désormais Bernis n'est plus sa créature. Il a pris trop d'indépendance par rapport à elle. Il peut faire cavalier seul. Or à ce moment de son existence, devant les périls qu'elle doit affronter, ses ennemis n'ont jamais été aussi nombreux, elle se sent abandonnée. Il lui faut un homme tout à elle, sans les scrupules de Bernis ; un dur, un joueur, avec lequel elle puisse s'associer pour cette partie d'enfer qu'il va falloir jouer. Finie l'époque des attendrissements, des ambitions sentimentales, des facilités du pouvoir qui donnaient à Bernis tant de séduction. Aujourd'hui pour se soutenir face à la dureté des temps, elle a besoin d'un allié plus sûr, plus coriace, d'un ambitieux dépourvu d'états d'âme.

Bernis a conscience de cette menace. Il n'ignore pas qu'un grand prédateur, dans l'ombre, attend son heure. Sa position est d'autant plus fragile qu'avec le départ de deux poids lourds du Conseil du roi, aussitôt remplacés par des hommes liges de Mme de Pompadour, il n'y a plus de ministre d'envergure. Il va devoir être en première ligne et supporter le poids de la charge.

C'est seul, accablé de responsabilités, qu'il affronte la poursuite de la guerre, alors que monte l'étoile irrésistible d'un rival.

15

L'ami, le frère, le tueur

Ce prédateur redoutable, ce rapace de haut vol, c'est Choiseul. Il ne paie pas de mine. Avec ses petits yeux porcins, brillants de malice, ses lèvres épaisses, ce fameux nez au vent aux narines retroussées qu'on lui voit dans son portrait par Van Loo, il a une physionomie de chérubin lubrique ; court de taille, le front large et dégarni, ce rouquin ne s'embarrasse pas beaucoup de sa laideur — et ce handicap ne semble guère l'avoir gêné auprès des dames. Il aime le beau sexe à la folie. Les femmes pullulent autour de lui : il les chérit, pour les caresser, assurer sur elles son pouvoir, les humilier, les faire souffrir. Il les conquiert avec volupté et les trompe avec délice, leur joue mille comédies. Homme propre à se délecter de tout, du mal, du bien, de la trahison, de la bassesse, des beaux sentiments, des haines qu'il assouvit, des bienfaits qu'il prodigue généreusement, il s'adapte aux terrains les plus variés. Délicat et raffiné dans le monde, il se montre grossier, brutal, sans pitié, dès que son intérêt ou celui de sa politique l'exigent. Son principal défaut est l'indiscrétion. Garder un secret lui coûte : il trouve trop de volupté à le publier quelles qu'en soient les conséquences.

Travailleur infatigable ou plutôt infatigable pour faire travailler les autres — une leçon dont le jeune Talleyrand tirera profit —, prodigieusement intelligent, il se repose en s'amusant. Après une nuit passée à jouer, à faire la fête, on trouve ce débauché frais et dispos à son bureau examinant les dossiers. Il est très riche. De l'argent, il se soucie « comme de colin-tampon ». Il estime que le meilleur moyen d'en user est de le jeter par les fenêtres. Il y réussira si bien qu'il finira à demi ruiné. Un de ses amis, le baron de Gleichen, a bien décrit les attraits de ce grand séducteur : « Jamais je ne connus un homme qui ait su comme lui répandre dans son entourage la joie et le contentement ; quand il entrait dans un salon, il fouillait dans ses poches et semblait en tirer une abondance intarissable de plaisanteries et de gaieté [1]. »

D'une ancienne lignée originaire de Lorraine, il a fait un formidable mariage d'argent en épousant une ravissante jeune fille de quinze ans, Mlle du Chatel, dont le grand-père est le richissime Crozat. Petite, menue (Voltaire l'appelle « une Vénus en abrégé »), cette femme de poche, ce tanagra, ce colibri, l'aime en dépit de ses infidélités. Il la trompe avec tout ce qui passe, sans

1. Jacques Levron, *Choiseul, un sceptique au pouvoir.*

vergogne, et même, dit-on, avec sa propre sœur, la comtesse de Gramont. Cet inceste vrai ou faux fait parler et amuse la cour et la ville.

Parvenu à la direction des affaires, il trace de lui-même, dans une lettre à Voltaire, un portrait qui montre sa désinvolture et les distances qu'il sait prendre avec les événements les plus graves : « J'ai la réputation d'avoir de l'ambition et je n'en ai pas l'ombre, je hais les affaires à mort. En revanche, j'aime mon plaisir à la folie ; j'ai une très belle et très commode maison à Paris ; ma femme a beaucoup d'esprit ; ce qui est fort extraordinaire, elle ne me fait pas cocu ; ma famille et ma société me sont agréables infiniment ; j'aime à faire enrager d'Argental, à boire et dire des folies jusqu'à quatre heures du matin avec M. de Richelieu. On a dit que j'avais des maîtresses passables, je les trouve, moi, délicieuses ; dites-moi, je vous prie, quand les soldats du roi de Prusse auraient douze pieds, ce que leur maître peut faire à tout cela[1]. » Évoquant déjà avec Voltaire les soucis que lui donnait Frédéric II, il avait eu cette exclamation, allusion à sa folle passion pour la princesse de Robech : « Le cul de ma maîtresse me fait oublier tous ces objets. »

C'est un cynique. Il ne risque pas de tomber dans les pièges du sentimentalisme : ni l'amitié ni la reconnaissance ne freinent sa course vers le pouvoir qui est, au milieu de tant de passions frivoles, le seul but qu'il vise. Qu'importe si Gresset

1. Pierre Gaxotte, *Le siècle de Louis XV.*

s'est inspiré ou non de lui pour créer son personnage du Méchant : tous les contemporains l'ont cru, ce qui en dit long. Il possède les avantages et les défauts d'une longue lignée aristocratique : la conscience de sa valeur, le sens du monde, des manières exquises ; le courage, le goût de la guerre — il a été officier et s'est bien battu pendant la guerre de Succession d'Autriche. Il est aussi à l'aise à la cour que sur le champ de bataille. Politique dans l'âme, aventurier du grand monde, ce joueur sait que sa place doit être quoi qu'il arrive au-dessus de celle des autres. Pour l'instant, à trente-quatre ans, il est au second plan. Il piaffe. Cela ne saurait durer bien longtemps.

Entre le doux et sentimental Bernis et ce carnassier sans scrupules, la partie semble jouée d'avance. Ce pourrait être un jeu assez piquant si les pions n'étaient pas figurés par nos armées et les points perdus par nos défaites. Mais cette lutte pour le pouvoir n'est pas qu'âpreté et férocité ; les deux hommes s'estiment, et d'une certaine façon se comprennent : ils ne manquent aucune occasion de se dire qu'ils s'aiment, de se témoigner des marques d'attachement, de complicité et même de tendresse. Ce n'est qu'insensiblement que Choiseul passe avec Bernis du rôle d'ami, presque de frère, à celui de tueur.

Sans illusion sur les délicatesses du personnage, Bernis sait qu'il ne faut s'attendre de sa part à aucun cadeau. Tout lui sera bon pour atteindre son but. Mais on a beau l'avertir des risques qu'il court en favorisant le redoutable protégé de la marquise, il n'en a cure. A-t-il vraiment le choix ? Ainsi on le prévient des propos tenus par Choiseul au maréchal de Luxembourg qui évoquait la préférence donnée par Mme de Pompadour à Bernis sur les autres ministres : « Oh ! pour celui-là, il ne m'embarrasse pas, je le perdrai auprès d'elle quand je voudrai. » Bernis a soutenu sa candidature à l'ambassade de Vienne, poste éminemment stratégique : Vienne est la clé de la nouvelle politique. Et il le croit capable d'occuper cette place importante.

Ce rival qui dissimule sa jalousie sous des airs de franche amitié, Bernis a vu clair dans son jeu : « Le plus sûr pour lui, comme le plus utile, était non seulement de ne pas traverser ma fortune, mais de se donner le mérite à mes yeux d'y avoir contribué : il connaissait mon caractère ; il savait avec quelle bonne foi je rendais justice à ses talents, et ferais volontiers valoir ses services au Conseil. Il fit son plan d'avancer sa fortune en élevant la mienne et en travaillant à l'assurer ; si les circonstances changeaient, il se crut en état d'employer pour la détruire les moyens qu'il avait employés pour l'établir. On verra combien il fut fidèle à ce système. »

Avant de partir pour Vienne Choiseul a trouvé une occasion rêvée de mettre ce plan à exécution. Il refuse d'occuper son poste et menace de démissionner si on ne remplace pas M. Rouillé, le secrétaire d'État aux affaires étrangères, vieux et incapable qui dort au Conseil. Mme de Pompadour déclare que le roi ne se résoudra jamais à renvoyer le vieux ministre de peur de déplaire à sa femme. Choiseul va trouver Mme Rouillé et, en une heure, réussit à la convaincre de décider son mari à quitter son poste. Deux jours plus tard, grâce à l'extraordinaire entregent et à l'habileté manœuvrière de Choiseul, la place de ministre est vacante. Or, cette place, Bernis ne la souhaite pas. Très satisfait d'être au Conseil du roi, sans la charge d'un ministère, il sait qu'il assure ainsi sa sauvegarde. Ayant la responsabilité d'un département, il entrera forcément en conflit d'intérêts avec Mme de Pompadour qui aime agir par-dessus la tête des ministres et procède à des nominations sans leur demander leur avis. Il ne veut pas ajouter cette pomme de discorde entre lui et sa bienfaitrice. Mais Choiseul a habilement agi : c'est le roi lui-même qui adjure Bernis d'accepter les Affaires étrangères. Bernis est dans la nasse. Choiseul peut partir tranquille pour Vienne. Il laisse derrière lui entre Bernis et Mme de Pompadour une bombe à retardement. À la première occasion, le couple ne va pas manquer de se brouiller.

Il n'aura pas beaucoup à attendre. La guerre va en fournir le prétexte. Jusqu'à présent, les choses n'ont pas trop mal tourné sur le front continental. Bernis a si souvent coutume d'annoncer des victoires au roi qu'en le voyant passer, le peuple s'exclame : « Tiens, le voilà ! il a l'air d'une bataille gagnée. » Après le deuxième traité de Versailles, signé en mai 1757, qui conduit la Saxe, la

Suède et la Russie à rejoindre la France et l'Autriche, la situation reste favorable. Cela ne durera pas. Mme de Pompadour, requinquée par sa nouvelle faveur, ne veut pas être en reste. S'étant occupée de beaux-arts, d'architecture, de politique, il lui prend maintenant le caprice de vouloir nommer les chefs de guerre. Sa nouvelle coqueluche : le général de Soubise, un de ses amis qui s'est montré particulièrement fidèle au cours des heures sombres. Elle a la lubie d'en faire un maréchal de France.

La première victime de la cabale qu'elle ourdit en faveur de son nouveau favori est le maréchal d'Estrées. Le roi l'a pourtant choisi pour commander les forces en Allemagne. Mais il a contre lui des défauts de vieux soldats, son mauvais caractère, sa hauteur, son manque de souplesse et de diplomatie avec le munitionnaire général de l'armée, l'habile et indispensable Pâris-Duverney. Il ne s'entend pas bien non plus avec le ministre de la Guerre qu'il appelle « cet excrément de Paulmy ». Alors qu'il faudrait agir avec finesse, il se raidit, rue dans les brancards et ne perd aucune occasion d'humilier ce Soubise dont les prétentions l'exaspèrent — lui qui ne commande qu'une division timbre ses lettres : Armée de Soubise. Enfin, pour comble de malchance, sa femme se lance dans des intrigues maladroites qui ne réussissent qu'à irriter le roi. Ses jours sont comptés.

Comme il n'est pas possible d'imposer ce mirliflore de Soubise à la tête des armées sans offenser gravement les maréchaux de France et les officiers généraux, plus anciens que lui, la clique de Mme de Pompadour, habilement conseillée par Pâris-Duverney, avance le nom du maréchal de Richelieu, le vainqueur de Minorque. Celui-ci pourrait ainsi remplacer le maréchal d'Estrées en attendant que Soubise ait gagné quelques batailles. Mme de Pompadour se fait tirer l'oreille : elle déteste Richelieu depuis toujours ; surtout elle ne lui pardonne pas son attitude condescendante lors de sa récente disgrâce. Finalement Choiseul emporte la décision en lui montrant que cette nomination sert le mieux les intérêts de son protégé.

D'Estrées rappelé, Richelieu, flanqué du jeune Soubise, se voit placé à la tête d'une armée de trente mille hommes. Après quelques batailles prometteuses, qui lui permettent de s'emparer du Hanovre et de s'assurer la basse Saxe, le fastueux maréchal commet une énorme bourde : le 8 septembre, il signe avec le duc de Cumberland, qui sera désavoué deux jours plus tard, la convention de Closterseven. Au lieu d'exiger une capitulation sans conditions, il offre généreusement aux soldats des princes alliés à la Prusse de s'en retourner dans leur pays à la seule condition de prêter serment qu'ils ne porteront plus les armes contre la France.

Bernis est à son bureau le jour où il apprend la nouvelle de la convention de Closterseven. Il est d'humeur méditative. Il songe, nous dit Loménie de Brienne, aux circonstances qui l'ont porté à une si grande élévation et en même temps à la politique qu'il mène, aux intrigues, aux chances, aux victoires de Mahon et d'Hastembeck, à cette imbrication mystérieuse des événements et des hommes dont l'Histoire le rendra responsable ; ce jeu de la politique où se mêlent le talent et le hasard, les passions et les mesquineries, l'amour-propre, la vanité agitant des personnages si variés, Mme de Pompadour, le maréchal de Richelieu, Soubise, Choiseul. Ce mélange de gravité et de comédie lui inspire des idées mélancoliques : « Pauvre postérité ! Que sauras-tu ? Et comme la vérité, au fond, pourrait se moquer de toi. » Et soudain, il entend un fouet claquer à sa porte. C'est l'officier qui lui apporte le texte de la convention. Bernis ouvre la dépêche ; dès qu'il la lit, il en prévoit les suites catastrophiques : « Le rêve est fini... Ah ! parbleu ! La postérité n'est pas si à plaindre, elle ne sera pas dans le cas de s'étonner si mal à propos [...] Jamais, surprise ne fut égale à la mienne ; elle augmenta en voyant la manière dont cet acte était dressé. J'y vis à l'instant tous les malheurs qui devaient naître d'une si grande imprudence. »

Une candeur aussi imbécile de la part d'un chef militaire aussi roué que Richelieu se prêtait à des interprétations diverses : des plus grotesques aux plus déshonorantes. Son ardeur belliqueuse avait-elle été sapée par les flatteries de Frédéric II qui ne perdait aucune occasion de lui rappeler qu'un aussi grand capitaine ne pouvait ruiner la politique d'alliance de son grand-oncle, le cardinal de Richelieu ; ou plus ignominieusement a-t-il reçu du roi de Prusse des compensations financières importantes pour prix d'un accommodement qui avait toutes les apparences d'une trahison ?

Richelieu ajoute à « ce chef-d'œuvre de la maladresse et de l'imprudence » une autre faute : au lieu d'anéantir l'armée hanovrienne acculée à l'Elbe, il se dirige sur Halberstadt afin de torpiller l'offensive préparée par Soubise et lui souffler la gloire d'une conquête de la Saxe et d'une probable défaite du roi de Prusse. Puis, sans doute mécontent des commentaires sévères qu'inspire à la cour sa pitoyable convention, il décide de se désolidariser de Soubise. Celui-ci plein de dépit devant les occasions manquées, ne songeant qu'à se couvrir de gloire pour gagner les faveurs que sa protectrice lui fait miroiter, abandonne toute prudence. Il s'avance en Saxe et, obéissant à l'ordre pressant de Choiseul qui veut plaire à la fois à l'impératrice et à Mme de Pompadour, commet l'erreur fatale d'attaquer Frédéric II qui feint d'opérer une retraite. Celui-ci fait subitement volte-face et provoque la débandade des troupes. Le 5 novembre, c'est la catastrophe militaire de Rossbach. Frédéric II met en pièces l'armée du malheureux Soubise. Le soir même de la bataille, nous dit Michelet : « Par l'ordre exprès du roi de Prusse, les blessés furent recueillis et soignés. Il fit manger les officiers avec lui, à sa table, leur en fit les honneurs, s'excusant de n'avoir pas mieux. "Mais, messieurs, je ne vous attendais pas si tôt, en si grand nombre." Il dit encore : "Je ne m'accoutume pas à regarder des Français comme ennemis." Et en effet, entre nos officiers, tous enthousiastes de lui, il avait l'air du roi de France. » Au lieu d'un bâton de maréchal, Soubise, général défait, doit subir toutes les insultes : rarement un militaire vaincu aura été l'objet de tant de moqueries et d'avanies. Cela aussi est nouveau : quand un pays commence à s'amuser des défaites de ses troupes, c'est que quelque chose en profondeur ne va plus.

Mme de Pompadour est en pleurs. Elle a perdu le sommeil. Mais on ne sait pas si c'est la défaite de Rossbach qui lui cause tant de peine ou les malheurs de Soubise. Elle s'entête à soutenir le général malchanceux. Elle veut à tout prix qu'on puisse lui donner l'occasion de gagner son bâton de maréchal. Lorsque Bernis propose de réunir des troupes de Soubise à celles de Richelieu, elle se fâche. « Elle m'en témoigna son indignation, écrit Bernis ; je lui répondis que j'étais le serviteur de M. de Soubise, mais que ses intérêts m'étaient encore moins chers que ceux de l'État. Voilà l'époque où l'amitié de Mme de Pompadour pour moi commença à se refroidir, elle se ranima un peu la campagne suivante, quand je fus d'avis qu'on donnât à M. de Soubise vingt-quatre mille hommes à commander et à joindre aux Autrichiens. »

On comprend que de telles considérations en pleine guerre atterrent Bernis. Tant de frivolité, tant de puérilité dans des circonstances aussi graves le convainquent qu'on ne peut qu'aller au désastre. Peu à peu en lui se forge une conviction : il faut à tout prix arrêter la guerre, cette guerre coûteuse, impopulaire qu'il n'a pas voulue et à laquelle l'impératrice l'a contraint — « J'ai été trompé, écrira-t-il, sur l'espérance que tout serait fini en une campagne. » Il sait que la France n'a pas les moyens de la gagner, qu'elle l'affaiblit, tout en la détournant de ses véritables intérêts. Cette politique, c'est l'Angleterre qui en profite : elle a désormais quartier libre pour faire main basse sur nos colonies. Bernis comprend également qu'il ne faut pas négliger le rôle de l'opinion publique. Même si cette opinion le malmène en l'associant à Mme de Pompadour, il ne peut lui donner complètement tort. La monarchie est en train de ruiner son crédit auprès du peuple.

Pour limiter le désastre, Bernis décide d'en finir avec cette organisation néfaste où tout le monde commande à tout le monde, où personne n'est responsable de rien.

Il joue franc jeu avec la marquise. À quoi bon cette guerre qui la discrédite dans l'opinion et risque d'entraîner l'État à sa perte ? Il lui brosse un tableau prémonitoire des catastrophes qui s'annoncent et lui donne des moyens d'y remédier : « Je lui représentai que nous n'avions rien encore perdu dans la guerre maritime, mais qu'à la longue il était possible que les Anglais supérieurs en forces maritimes, ne vinssent à bout de nous enlever nos colonies, source et fondement de notre commerce extérieur ; qu'il n'était pas dans la puissance de nos alliés de nous dédommager de cette perte... Que nous n'avions plus de général, que la finance ne pouvait plus porter le poids des dépenses ; que nous devions nous occuper sérieusement de la paix de concert avec nos alliés ; que la reine d'Espagne, si opposée à entrer dans nos querelles, commençait à sentir combien il importait à cette monarchie que nos colonies ne tombassent pas dans les mains de l'Angleterre. »

Ces considérations, dit Bernis, « ne persuadèrent pas Mme de Pompadour qui voyait en enfant les affaires de l'État ». S'il y avait quelque chose que venait de comprendre cette femme attachée à l'alliance autrichienne comme à son unique chance de survie politique, et qui s'étranglait à l'idée de la paix, c'est bien que Bernis se séparait d'elle ; il n'était plus son homme. Dès lors elle prépare sa perte. N'a-t-elle pas un pion de rechange, Choiseul, qui à son ambassade de Vienne se tient tout prêt à remplir le rôle qu'elle voudra ? La paix qu'il conseille, Bernis tente de la mettre en œuvre en montrant au roi les avantages d'une concentration des responsabilités sur le modèle de la cour de Vienne qui a accordé à Kaunitz les pleins pouvoirs pour tout ce qui touche à la guerre. C'est encore une pierre dans le jardin de Mme de Pompadour qui ne veut pas de Premier ministre pour une raison très simple : il ne peut y avoir qu'un Premier ministre de fait ; et c'est elle.

La France avait déjà une guerre sur les bras. Elle doit aussi affronter un conflit entre Bernis, ministre des Affaires étrangères, qui attend du roi qu'il rende justice à la raison, et Mme de Pompadour, qui met autant de passion à perdre son ami maintenant qu'il la déçoit, qu'elle en avait mis à l'élever quand il servait ses desseins. Si la politique consistait à se ranger nécessairement du côté du bon sens et de l'intérêt national, Bernis aurait été nommé Premier ministre, aurait fait la paix avec la Prusse, la guerre contre les Anglais, et avec l'aide de l'Espagne la France aurait gardé ses colonies. Mais c'est tout le charme vénéneux de la politique d'être rarement raisonnable.

16

L'impossible ménage à trois

Imperturbable, Louis XV montre un visage serein dans ces jours si sombres. Il ne semble pas être éprouvé outre mesure par nos défaites, ni « embarrassé de nos embarras », ni inquiet des menaces qui pèsent sur le royaume. Il est toujours tel que l'a décrit Mme de Tencin dans une lettre au maréchal de Richelieu : « Ce que mon frère a pu lui dire a été inutile : c'est parler aux rochers. Je ne conçois pas qu'un homme puisse être nul, quand il peut être quelque chose. Ce qui se passe dans son royaume ne paraît point le regarder : il n'est affecté de rien ; dans le Conseil il est d'une indifférence absolue ; il souscrit à tout ce qui lui est présenté. Son goût apathique le porte du côté où il y a le moins d'embarras, dût-il être le plus mauvais. »

Mme de Pompadour l'a rassuré en minimisant la portée du geste de Damiens, celui d'un fou auquel il ne faut attacher aucune signification. Elle lui fait un tableau enjolivé de la situation. C'est sans doute la principale raison pour laquelle il tient tant à elle et ne peut s'en séparer : elle sait lui donner le sentiment apaisant que tout va bien, que les seuls problèmes à régler sont des questions de personnes. Grâce à elle, protégé de la rumeur qui gronde par cet écran de dentelles que forme la cour, le roi vit dans un monde irréel d'une douceur irénique ; un théâtre où de temps en temps des personnages trop bruyants, trop agités, passent à la trappe qu'ouvre Mme de Pompadour aux ministres qui lui déplaisent ou ne se sont pas montrés assez reconnaissants. Cette trappe de la disgrâce, de l'exil, où sont tombés successivement Maurepas, le comte d'Argenson, Machault. Si le roi a quelques inquiétudes, il recourt en guise de tranquillisant au remède qui lui convient le mieux : il prend une nouvelle maîtresse.

C'est ce qu'il fait en cette fin d'année 1757. Son béguin s'appelle la marquise de Coislin. La jeune personne, qui s'est monté la tête, se verrait bien en remplaçante de la Pompadour. Beaucoup d'autres avant elle s'y sont cassé les dents. L'intrigue bat son plein. Mme de Pompadour se sent menacée. Elle confie sa détresse à Bernis qui promet aussitôt d'intervenir auprès du roi ; la nouvelle prétendante risque en effet de ruiner la politique de l'alliance — aurait-ce été un si grand mal ? Il obtient gain de cause : le roi abandonne la malheureuse à ses illusions perdues. Entre Bernis et la marquise, ce sera la dernière embellie d'une longue amitié.

L'année 1758 va les voir se déchirer. C'est une

lutte à mort qui les oppose. À ceci près que Bernis se bat à la loyale : loin de lui l'idée de l'évincer de la cour et du jeu politique. Il ne veut que la fin de la politique belliqueuse de Mme de Pompadour et espère la persuader à force d'arguments que son intérêt véritable est dans la paix, une paix qui seule permettrait une politique financière d'austérité pour sauver les finances de la banqueroute. Pour parvenir à cette paix, il faut abroger le traité de 1757 et renoncer à l'idée de « partager la peau d'un ours qui sait mieux se défendre qu'on a su l'attaquer ». Bernis souhaite convaincre la marquise qu'en œuvrant à son élévation suprême au poste de Premier ministre, ou à un rôle équivalent, elle aura en lui la meilleure garantie contre les vicissitudes et les aléas du règne : le roi à tout moment peut trouver une nouvelle inspiratrice ou simplement mourir. Il veut faire son bonheur, la protéger, malgré elle. S'il agit ainsi, c'est par reconnaissance, par cette fidélité qu'il lui a implicitement jurée. Il ne cherchera jamais à l'évincer quoi qu'il pense de sa politique puérile, de ses caprices ruineux, de sa personnalité mouvante qu'il décrit à merveille : « La marquise n'avait aucun des grands vices des femmes ambitieuses, mais elle en avait toutes les petites misères et la légèreté des femmes enivrées de leur figure et de la prétendue supériorité de leur esprit ; elle faisait le mal sans être méchante et du bien par engouement ; son amitié était jalouse comme l'amour, légère, inconstante comme lui et jamais assurée. »

Ce combat douteux que mène Bernis bien à sa manière, pacifique, diplomate, ennemi de la violence, des coups, tout en ménagements, en conciliation affectueuse, il le fonde sur un idéal : il n'y a d'épanouissement des intérêts privés qu'en accord avec le bien de tous (en l'occurrence celui de l'État). Ce projet suppose que chacun abdique sa part d'ombre, de passion, de vice, de folie pour se soumettre à l'intérêt général. Si le roi avait montré un minimum de caractère et de résolution, sans doute Bernis aurait-il réussi. Mais il était dans son destin d'être le ministre qui incarne le bien et qui perd, comme il était dans celui de Choiseul d'incarner le cynisme et de paraître gagner.

Usée, despotique, devenue méchante, maladivement méfiante et égoïste, la Pompadour persévère dans son erreur avec une obstination rageuse. Malgré la réalité militaire qui met en pièces son rêve de gloire, elle s'accroche à sa lubie guerrière avec l'énergie du désespoir. Rigide, aveuglée, elle place sa vanité dans ce qu'elle croit être sa grande œuvre politique. Michelet a bien analysé la folie d'entêtement qui s'empare d'elle : « Nul homme n'aurait osé, dans une telle extrémité, prendre la responsabilité énorme de s'opposer à la paix. Il y fallait une audace d'ignorance que n'eût pas eue un homme. Ce fut un crime de femme. Elles osent moins dans la vie commune, vont moins devant les tribunaux. Mais, dans la haute vie d'intrigue, rien ne les fait reculer. Avec un sens, souvent fin et délicat, des personnes, elles ont une ignorance terrible des choses, qui fait leur intrépidité là où tous les hommes ont peur. » Rien ne la fera changer d'avis. Ni les défaites qui vont s'accumuler après Rossbach, Mimden, Warbourg, Filhingshausen, et qui terniront pour longtemps la réputation des soldats français, ni non plus les malheurs des peuples, les finances épuisées, toute cette lutte inutile aboutissant à l'humiliation du traité de Paris qui marquera la perte de notre empire colonial ; non, aucun de ces malheurs n'a pu la faire douter d'elle-même et de la certitude inébranlable qu'elle avait raison. Parfois on trouve de sa part de la lucidité sur les événements ; mais elle ne s'exerce jamais sur elle-même : « Être battu n'est qu'un malheur, ne pas se battre est une opprobre, écrit-elle au duc d'Aiguillon. Qu'est devenue notre nation ? Les parlements, les Encyclopédistes l'ont changée absolument. Quand on manque assez de principes pour ne pas reconnaître ni divinité ni maître, on devient bientôt le rebut de la nature, et c'est ce qui nous arrive. Je suis mille fois plus effrayée de notre avilissement que je ne l'aurais été de la perte de toute l'escadre. Il faut renoncer à toute gloire. » Bon diagnostic ! Mais qu'a-t-elle fait pour remédier à tous ces maux qu'elle dénonce ? Jamais nous n'entendrons d'elle l'aveu d'une erreur. Elle condamne un monde coupable de ne pas avoir cédé devant ses caprices. Que ne se repent-elle des occasions qu'elle a manquées, des fautes graves qu'elle a commises en faisant congédier de grands serviteurs de l'État, des ministres compétents, pour les remplacer par des médiocres utilités à sa dévotion — comme ce Berruyer, ancien lieutenant général de police, l'homme le plus haï de France (le peuple l'accuse d'avoir procédé à des enlèvements d'enfants), son espion qu'elle emploie pour ses basses besognes, à rapporter ce que l'on dit d'elle, les ragots qu'on colporte, les propos imprudents. De cet homme grossier, vulgaire, indélicat, incompétent, elle n'a pas hésité à faire un ministre d'État, un ministre de la Marine, hautement déficient, et enfin un garde des Sceaux. Heureusement, comme dit Bernis, « une mort prématurée en délivra la France ».

Face à ce roc d'amour-propre, à cet entêtement si passionnel de la favorite, Bernis tente de ruser, de contourner l'obstacle. Que de talent, d'énergie, il emploie sans pouvoir y parvenir. La moitié de l'année 1758 il la consacre à parer l'influence de Mme de Pompadour, à tenter de l'amener en douceur à résipiscence. C'est mal la connaître. Pour atteindre son but Bernis essaye aussi de gagner Choiseul à sa cause. Pendant plus de six mois, Bernis entreprend avec lui une danse de la séduction telle qu'on n'en a jamais vue entre un ministre des Affaires étrangères et son ambassadeur. Mû sans doute à l'origine par l'intérêt de la cause qu'il défend, Bernis se prend à son propre jeu : il se met à aimer correspondre avec le brillant et ondoyant Choiseul. Il veut le convaincre que leurs intérêts sont liés, que leurs personnalités sont complémentaires, qu'ils peuvent faire route ensemble pour le bien de l'État. Rien de plus sentimental que cet échange qui éclaire l'un des moments clés de la politique de la France sous le jour inattendu de la tendresse.

En voici des exemples : « Je vous embrasse de tout mon cœur », « Je vous suis dévoué pour la vie », « Vous connaissez mon inviolable attachement pour vous », « Aimez-moi toujours, et soyez bien sûr du plaisir que j'ai à vous rendre justice au Conseil », « Je vous aime, et vous suis attaché de tout mon cœur pour la vie », « Pour mon cœur, il est à vous entièrement ». Ces effusions n'empêchent pas Bernis de reprendre sa vieille marotte : il veut convaincre Choiseul de la nécessité d'un Premier ministre. Sans cesse, sous diverses formes, il tente de le convaincre.

« J'ai parlé avec la plus grande force à Dieu et à ses saints. J'excite un peu d'élévation dans le pouls, et puis la léthargie recommence ; on ouvre de grands yeux tristes et tout est dit... Il me semble être le ministre des Affaires étrangères des limbes... Ou faire de grandes choses ou planter mes choux. Voilà ma devise, je n'en prendrai point d'autre. Il faudrait un débrouilleur général, je me suis proposé moi-même jusqu'à la paix... Où est le remède ? Il n'y en a qu'un seul, c'est un Premier ministre qui soit capable. » Premier ministre, la paix : c'est trop. Mme Pompadour va en prendre ombrage.

Il recommence le 22 novembre 1757 après la défaite de Rossbach : « Il faut un gouvernement, et il n'y en a pas plus que par le passé. Actuellement on craint que je ne devienne Premier ministre. Cette belle idée me cantonne dans mes limites, et j'en suis aux jérémiades auxquelles on est accoutumé depuis longtemps et qui ne font plus sensation. Je meurs sur la roue et mon martyre est inutile à l'État. »

Il insiste le 22 décembre : « Il n'y a pas d'exemple qu'on joue si gros jeu avec la même indifférence qu'on jouerait une partie de quadrille, et qu'on ne laisse pas au moins à l'architecte, en lui donnant le droit, de conduire les bâtiments qu'on l'a chargé de construire. L'idée de Premier ministre fait peur à tout le monde et moyennant cela il n'y a pas de ministère. »

Peu à peu, vers le mois de janvier, Bernis comprend que le titre de Premier ministre fait peur au roi qui ne veut pas subir une nouvelle tutelle comme au temps du cardinal de Fleury. Commence alors une nouvelle tactique : avoir la place, le rôle d'un Premier ministre, sans le titre. Pour y parvenir en douceur, il y a un moyen auquel Bernis pense sans doute depuis longtemps : être créé cardinal par le pape avec l'accord du roi. Ainsi, la première place parmi les ministres lui reviendrait-elle par préséance. Désormais, il mène de front auprès de Choiseul sa double entreprise. Mais soudain la haute politique laisse la place à des questions de chiffons. « N'oubliez pas, je vous prie, ma commission pour un grand habit de femme fond bleu brodé en soie blanche sur une étoffe de printemps », écrit-il le 20 février. Apparemment Choiseul met une certaine négligence dans cette mission importante car Bernis répond un mois plus tard : « J'ai reçu hier au soir, monsieur le comte, vos dépêches avec le grand habit brodé. Il est fond blanc et les fleurs bleues ; on me le demandait fond bleu avec les fleurs blanches, mais on l'aimera autant qu'il est. C'est une commission ; aussi il faut que je vous paye promptement. » On ne saura jamais à quelle belle dame chère à Bernis était destiné ce cadeau. Et on revient aux grandes affaires.

Recul stratégique le 17 mars 1758 : « Il ne s'agit que de me donner plus de crédit et de consistance. Retrancher tout ce qui a l'air de Premier ministre, mais qu'on m'accorde assez de confiance pour adopter et faire adopter tout ce que je proposerai. » Le 24 mars, Bernis revient à la charge : « Pour remédier à nos maux présents et à venir, il faudrait qu'une même tête conduisît tous les ressorts de la machine. » Le 31 mars, il insiste encore : « Tout le monde s'adresse à moi pour redresser les torts : j'en ai la volonté : est-ce ma faute si je n'en ai pas le pouvoir ? Il faut un maître ici, j'en désire un et je n'ai garde de désirer que ce soit moi. »

Le 21 avril, il rassemble tous ses atouts et abat son jeu. Pour faire basculer définitivement Choiseul dans son camp, il lui montre la confiance que lui témoigne le roi : « On dit depuis assez longtemps pour me nuire que je vais être Premier ministre, pour que si cette idée avait dû faire impression au roi, cela fût fait. Mais le roi n'a jamais été plus à son aise avec moi que depuis la première explication sur le chapeau [de cardinal] et que depuis le consentement qu'il a donné à mon chapeau. » Bernis rassure également Choiseul sur l'intérêt qu'il a à le suivre. Et il le lui dit de manière détournée et sentimentale : « Votre fortune ne dépend pas de moi, et je serais volontiers jaloux de Mme de Pompadour qui s'en charge, si elle n'était pas autant mon amie. » Il lui confie une mission auprès de Mme de Pompadour : « Le service essentiel que vous pouvez me rendre et aux affaires, c'est de lui faire sentir combien on chercherait à la tromper, si on réussissait à lui persuader que mon influence nuirait à la sienne. Que peut désirer Mme de Pompadour, si ce n'est que son ami soit celui qui gouverne les affaires ? Au reste, il n'est pas question ici du titre odieux de Premier ministre. Il est question que le roi ait assez de confiance en quelqu'un pour suivre son avis et le faire suivre aux autres. »

Au mois de juin, ses lettres se font de plus en plus pressantes : « Quand la république romaine était dans l'embarras, elle nommait un dictateur. Mais nous ne sommes pas la république romaine, mon cher comte, et nous aurions grand espoir de l'être. » Enfin le 29 juin, on sent que Bernis est prêt à renoncer. Sans doute la défaite de nos armes le 23 juin à Crevelt n'est-elle pas étrangère à ce nouvel accès de pessimisme : « Peut-être que l'excès du mal produira enfin le bien qui n'est autre qu'un gouvernement ferme et économe. Ne parlez plus de moi pour la première influence. Vous me faites tort. J'ai l'air de me pousser et de n'être qu'un ambitieux, lorsque je ne suis que citoyen et homme de bon sens. » Faute d'être entendu, Bernis propose un plan de gouvernement qui permettrait une meilleure coordination. Ce plan s'établit autour d'un centre qui pourra recevoir les informations et donner des impulsions. Nul doute qu'il ne pense encore à lui pour être ce centre qu'il propose. Le plan institue des comités qui devront se tenir trois fois par semaine chez le ministre « le plus constitué en dignité ». Ces mots pouvaient désigner le maréchal de Belle-Isle, mais en réalité ce serait Bernis dès qu'il aurait obtenu son chapeau de cardinal. Il en profite pour revenir sur ses deux obsessions : la paix, les économies.

L'été va mettre ce bel édifice en pièces. Bernis est écœuré. Il sent que la marquise, loin d'être entrée dans ses vues, commence à le haïr. Elle lui prépare un mauvais coup. Il a également l'impression que désormais Choiseul fait cause commune avec Mme de Pompadour. Un ministre, le marquis de Puysieulx, l'en a averti : « Vous apercevez-vous que depuis quelque temps le ministère des Affaires étrangères est à Vienne ? » Bernis lui répond : « Sans doute, je m'en aperçois ; je me tirerai de ce mauvais pas le plus tôt que je pourrai. »

Désormais il ne s'agit pour lui que de diminuer la voilure, d'éviter le déshonneur qu'il aurait à être jugé responsable d'une politique désastreuse qu'il n'a cessé de combattre. Il ne veut pas conserver ce poste de ministre des Affaires étrangères qui ne signifie plus rien puisqu'on refuse de l'écouter. Il est prêt à céder la place à Choiseul et la lui propose dès le 1er août : « Réfléchissez mûrement à une idée que j'ai depuis longtemps : je crois que vous seriez plus propre que moi aux Affaires étrangères en le considérant sur le point de vue de l'alliance. Vous auriez plus de moyens que moi pour faire frapper de grands coups par notre amie. Unis comme nous sommes, nous deviendrions les plus forts. Ne croyez pas que je veuille me débarrasser du fardeau sur vous. » Malgré son pessimisme, Bernis continue de voir les rapports humains de manière idyllique. Il ajoute, comme si cette idée pouvait séduire Choiseul : « Nous serons deux têtes dans un bonnet. Notre union à tous trois n'en sera que plus forte, plus douce et plus solide. » Il va bientôt déchanter de son rêve d'un ménage à trois.

Afin de persuader le roi et Mme de Pompadour de confier les Affaires étrangères à Choiseul, il prétexte la maladie — « ma bile est mêlée avec mon sang, lequel se porte à la tête ». Il les harcèle de ses plaintes et de ses gémissements — « je vous avertis, ma tête est malade. Avec du repos et espérant ne pas me déshonorer, je me rétablirai ». Enfin le 9 octobre, il obtient gain de cause : on accepte sa démission ; Choiseul le remplace le 3 décembre. Mais connaissant la cruauté de la marquise dont elle a donné de si nombreux exemples, Bernis s'efforce de désamorcer sa haine. Il lui parle franchement : « Nous séparer, lui dit-il, à la bonne heure ; rien de plus simple et de plus facile. Mais pourquoi porter la chose à l'extrême ? Pourquoi un coup de poignard ? »

Comme garantie de ce qu'il imagine être son immunité, il reçoit le 25 novembre son chapeau de cardinal. Il écrit aussitôt à la marquise : « Le courrier de Rome m'a apporté cette nuit la calotte rouge. Je vous la dois, puisque je vous dois tout. Soyez bien sûre que je ne perdrai jamais le souvenir, ni de votre amitié, ni de mes obligations. Je vous demande pardon de tous les tourments que je vous donne pour le bien de l'État. » Mais leur mésentente n'en subsiste pas moins : Un jour que, dans un moment d'exaspération contre lui, elle lui lance : « Je vous ai tiré de la poussière », il se contente de répondre avec calme : « Madame, on ne tire jamais un comte de Lyon de la poussière. »

Le roi lui remet le chapeau de cardinal dans la chapelle de Versailles au cours d'une cérémonie célébrée avec une pompe extraordinaire, comme s'il éprouvait un plaisir cruel à voir honorer l'homme qu'il va bientôt exiler. Il lui fait un compliment à haute voix de manière à être entendu des courtisans rassemblés : « Je n'ai jamais fait un aussi beau cardinal. »

Bernis doit être soulagé : du poids des affaires et aussi de la crainte d'une perfidie. À un courtisan qui le félicite : « Monsieur le cardinal, voilà un beau jour ! », il réplique : « Dites plutôt que voilà un beau parapluie. » Il n'en continue pas moins d'exprimer sa gratitude à Mme de Pompadour : « Quoiqu'on ait bien fait de part et d'autre tout ce qu'il fallait pour nous brouiller, je compte toujours sur votre amitié et votre estime, et vous pouvez être bien sûre que jusqu'à ma mort vous aurez, sur mon cœur qui est honnête, des droits bien étendus. »

Mais ce nouveau témoignage de reconnaissance ne lui évitera pas le coup de poignard qu'il redoute. Le roi hésitait à se défaire d'un ministre auquel il était attaché. Pourquoi finit-il par s'y résoudre ? Michelet suppose que la Pompadour et Choiseul ont eu recours, pour en décider, à une intrigue d'alcôve : « Cependant il n'était point dans l'intérêt de l'Autriche, dans les vues de la Pompadour, que Bernis restât là à côté de Choiseul, embarrassant celui-ci dans la trahison hardie qu'on tentait au profit de Vienne. On n'agit pas directement, mais bien plus habilement, en employant la cabale, la petite cour du Dauphin. On prit un moyen brutal, simple et sûr, de les assommer. On prétendit que l'Italienne [Madame Infante], étant au lit après souper, aurait appelé Bernis, lui aurait dit : "Mettez-vous là." Et ce n'était pas Bernis qui entrait ; c'était un homme du Dauphin qui redit tout. On fit grand bruit de l'affaire. Et pourtant ce mot jeté ainsi sans précaution, portes ouvertes, pouvait fort bien signifier : "Mettez-vous à cette table, écrivez pour moi ceci." Le roi était fort jaloux. Quand la chose lui fut rapportée, il en voulut cruellement à l'infante et à Bernis. Il ne put se rétracter, il lui donna le chapeau (30 novembre), mais il le jeta plutôt "comme on jette un os à un chien". »

Quinze jours plus tard alors qu'il s'entretient avec l'ambassadeur d'Autriche, M. de Starhemberg, Bernis reçoit un courrier extraordinaire du roi. C'est la lettre d'exil.

« Mon cousin, les instances réitérées que vous m'avez faites pour quitter le département des Affaires étrangères m'ont persuadé qu'à l'avenir vous ne rempliriés pas bien des fonctions dont vous désiriés avec tant d'ardeur d'être débarrassé. Et c'est d'après cette réflexion que je me suis déterminé à accepter votre démission de la charge de secrétaire d'État. Mais j'ay senti en même temps que vous ne répondiés pas à la confiance que je vous avais marquée dans des circonstances aussy critiques, n'y aux grâces singulières que je vous ay accumulées en si peu de temps. En conséquence je vous ordonne de vous rendre dans une de vos abbayes à votre choix, d'icy à deux fois vingt-quatre heures, sans voir personne, et ce jusqu'à ce que je vous mande de revenir. Renvoiés moy des lettres que vous avez gardé de moy dans un paquet cacheté. Sur ce je prie Dieu qu'il vous ait, mon cousin, en sa sainte et digne garde. À Versailles, ce 13 décembre 1758. Signé : Louis. »

Cet ordre d'exil tombe comme la foudre. Bernis écrit au roi une lettre pleine de respect et de reconnaissance où il n'exprime aucune plainte, ni aucun ressentiment. Il part le lendemain pour le château de Vic-sur-Aisne, qui dépend de son abbaye de Saint-Médard de Soissons. La nuit suivante, soulagé, il dort deux heures de plus qu'à son habitude. Dans la matinée, il se promène dans son parc et chasse les oiseaux. Quelles pensées l'agitent encore ? Songe-t-il à son fabuleux parcours, au destin qui l'a entraîné, lui un cadet du Languedoc, au sommet du pouvoir pour mieux l'abaisser dans l'exil ? Tant de chemin parcouru alors qu'il est encore jeune, il n'a que quarante-trois ans. D'acteur de la grande histoire, il en devient désormais simple spectateur.

17

La mélancolie du pouvoir évanoui

Bernis ne règne plus que sur une abbaye. Le pouvoir s'éloigne comme un mauvais rêve. Sa passion s'est éteinte. Les grandeurs, les responsabilités écrasantes ont cédé la place à la solitude et à la méditation. Il a chassé les regrets. Mais la blessure de son échec sera lente à cicatriser. Il n'a de consolation que d'avoir fait scrupuleusement son devoir, de ne s'être jamais departi des principes qui ont guidé sa vie. Ni infidèle, ni ingrat, ni malveillant, on ne peut reprocher à sa conduite aucune de ces vilenies dont s'absolvent si aisément les hommes de pouvoir. Il n'a eu en vue que le bien de l'État, pour lequel il a sacrifié sans hésiter la faveur insolente à laquelle il était parvenu. Seul le désir de la gloire l'animait. Si d'autres aspirent au gouvernement pour servir leurs intérêts, s'y bâfrer de privilèges, de passe-droits, il le leur laisse de bon cœur. Ce que la marquise et le duc ont immolé à travers lui, c'est le témoin de leurs faiblesses, leur conscience.

Après les feux de la grandeur, il éprouve une

grande douceur dans cette sagesse dont il trouve le chemin tout naturellement. C'est une grâce qui émane de son beau caractère ; il ne s'aigrit pas, n'incrimine personne. Au contraire, il pardonne ; non pas seulement pour être en accord avec l'essence de ses principes religieux, mais par une sorte d'instinct du bonheur, de la paix intérieure, pour ne pas garder un goût de fiel dans la bouche. Rarement un ministre disgracié aura trouvé des mots aussi justes pour exprimer une âme sereine : « Je ne suis monté en grandeur que par la force des circonstances ; mon goût, mon caractère m'en éloignaient ; aussi je suis rendu à la vie qui m'est propre, et éloigné d'un pays où je n'étais pas né. Nul désir d'y retourner ne me tourmente. Quand je pourrai revoir mes amis, je serai content, autant qu'un bon citoyen peut l'être au milieu d'une guerre fâcheuse. Depuis que j'ai pris le parti de pardonner de bonne foi à quiconque m'a nui ou a voulu me nuire, le calme est entré dans mon âme. [...] L'honneur est le plus grand mobile que je connaisse pour les âmes honnêtes, c'est de lui que j'ai été successivement le martyr et enfin la victime ; mais s'il fait souffrir, il donne aussi bien des consolations. »

Ainsi s'épanche-t-il auprès de son vieil ami Pâris-Duverney, qui s'est lui aussi éloigné des joutes du pouvoir et se consacre à son magnifique jardin de Plaisance — il fait cadeau à Bernis d'une multitude de graines. Après le tumulte de la cour et des hommes, les deux amis trouvent une paix singulière dans les joies du jardinage. Songe-t-il parfois à lord Bolingbroke, le grand ministre anglais rencontré dans sa jeunesse chez la duchesse du Maine, et qui plus qu'un autre a connu l'injustice de l'exil sans en retirer d'amertume : « Loin que le bannissement, avec les maux qui l'accompagnent, soit un sujet de mépris pour celui qui le supporte avec courage, tandis que d'autres y succombent, il devient pour lui un sujet de triomphe. »

Bernis pousse-t-il la force d'âme jusqu'à ignorer les commentaires perfides qui ont accompagné sa disgrâce ? Ce n'est pas certain. Rien ne l'agace plus, et on le comprend, que de voir qu'on lui fait porter la responsabilité des erreurs politiques qu'il a si ardemment combattues. Ainsi d'Alembert n'hésitera pas plus tard à écrire à Voltaire : « Nous avons perdu le Canada. Voilà le fruit de la besogne de ce grand cardinal dont j'osais dire autrefois, en lui entendant lire ses poésies, que si on coupait les ailes aux zéphirs et à l'amour, on lui couperait les vivres. Nous ne nous attendions pas, vous et moi, qu'il nous prouverait un jour, par le traité de Versailles, que sa prose vaudrait encore moins que ses vers. On dit qu'il a la permission d'aller se promener dans ses abbayes. On aurait dû l'envoyer promener quatre ans plus tôt. »

Quant aux autres esprits malveillants, Marmontel en tête, Bernis connaît trop la nature humaine pour ne pas s'en émouvoir outre mesure. Ainsi qu'il l'écrivait à Mme de Pompadour : « J'ai trop vécu et trop réfléchi pour ne pas m'attendre à la noirceur de mes ennemis ; je n'en ai mérité aucun que par la fortune trop rapide que j'ai faite : je ne veux pas les connaître, et je leur pardonne de tout mon cœur. » Curieusement c'est Frédéric II qui rend le mieux justice à Bernis, dans une lettre publiée en Hollande : « Tant qu'il s'est agi d'établir sa fortune, toutes les voies lui furent égales pour y parvenir ; mais sitôt qu'il se vit établi, il songea à se maintenir par des principes moins variables et plus conformes aux intérêts permanents de l'État. Ses actions imprudentes l'élevèrent ; ses vues sages le perdirent. Il fut disgracié pour avoir parlé de paix. »

Nul doute que Bernis ne repense à Choiseul, ce rapace insensible qu'il a cru pouvoir domestiquer. Lui au moins ne sera pas troublé par les scrupules, il les ignore superbement. Certes la situation difficile du royaume lui importe, mais moins que le souci d'établir sa célébrité à tout prix. N'a-t-il pas pris comme devise : « Tout va mal, tout va de plus en plus mal, tout ne peut qu'aller mieux » ? Après l'idéaliste sensible, le joueur qui joue avec l'État. Sans doute Bernis regrette-t-il malgré tout de s'être laissé berner, d'avoir été la dupe d'une amitié de façade, de circonstances. A-t-il présumé de sa séduction sur une âme aussi froide.

Sans se démonter, Choiseul, deux jours après la disgrâce de Bernis, tente de se disculper auprès de lui : « Soyez persuadé, monsieur le cardinal, que j'ai pris toute la part possible à ce qui est arrivé hier. Peut-être dans le premier moment d'un événement pareil, vous n'avez pu préserver votre cœur d'injustice. Je serais très affligé si ma façon de penser pour vous et mon caractère eussent été en butte à un pareil sentiment ; mais j'espère que le temps effacera ce tort et que Votre Éminence, mieux informée, rendra justice à mon amitié et à mon dévouement pour vous. »

Bernis répond avec une politesse glacée, presque menaçante : « Mme de Pompadour, monsieur le duc, a dû vous dire la façon dont j'ai pensé sur votre compte au premier moment de ma disgrâce. Nous nous sommes donné réciproquement les plus grandes marques de confiance et d'amitié ; nous ne saurions donc nous soupçonner l'un et l'autre sans une très grande témérité. Je ne juge pas comme le peuple, et je n'ai jamais soupçonné mes amis. Il faut, puisqu'ils n'ont pu empêcher ma disgrâce, qu'il ne leur ait pas été permis de s'y opposer. » Quant aux offres de service de Choiseul : « Je sens le plaisir que vous aurez à m'en faire part par celui que j'éprouverais moi-même si j'étais dans les circonstances où vous vous trouvez. Soyez sûr, monsieur le duc, que je ne manquerai jamais à l'amitié que je vous ai promise, et que je mériterai toujours celle que vous me promettez de nouveau. » Parmi ces services, Bernis est particulièrement attaché au sort de ses deux secrétaires, Brun et Dehaizes, qui l'avaient fidèlement servi. Il se démènera pour leur trouver un établissement convenable en rapport avec leur mérite.

Évidemment, connaissant Choiseul, redoutable

et roué, on ne peut s'empêcher de soupçonner la franchise et la sincérité de ses démonstrations. Est-ce vraiment l'amitié qui l'anime ? Ou une crainte diffuse, celle de ne pas tarder à échanger sa place avec celle de l'ami dont il a si bien endormi la confiance pour mieux le torpiller ? Ne redoute-t-il pas un retour en grâce de Bernis ? Le roi peut mourir ; Mme de Pompadour peut être chassée ; la guerre, une révolte populaire peuvent changer la donne. Mais pourquoi trancher ? Peut-être au fond l'aime-t-il, surtout maintenant qu'il ne le gêne plus. L'amitié est si complexe. N'essayons pas d'y voir trop clair. Ne gardons que les témoignages.

Comme si une amitié passionnée couvait encore sous la cendre, en dépit des meurtrissures, des trahisons, des coups bas, la correspondance reprend entre les deux amis, barbelée de sous-entendus, de non-dits qui grincent entre les lignes.

Les lettres de Bernis expriment insensiblement un retour aux anciennes formes d'affection. Tout semble oublié, comme si l'amitié, au fond, valait mieux que le pouvoir. Le 28 décembre, il n'a déjà plus le cœur d'en vouloir à Choiseul : « Vous savez ce que je pense à votre égard ; je serais mille fois plus malheureux si je soupçonnais les personnes en qui j'ai le plus de confiance ; aussi j'ai écarté dès le premier instant de pareilles idées, et je ne permets pas qu'on les présente. » Le 7 janvier, plus la moindre trace d'amertume : « Je crois, monsieur le duc, que vous trouverez dans cette lettre mon ancien style avec vous. Vous avez mis mon cœur à son aise, et je puis vous assurer qu'il vous en coûtera un peu cher, car vous serez le protecteur de mes plus proches parents : heureusement ils servent tous avec distinction et ont des noms faits pour les grâces. »

Six mois plus tard, Choiseul songe déjà à envoyer Bernis comme ambassadeur à Rome. Le projet n'aboutira que plusieurs années plus tard ; Bernis lui écrit : « Rien n'est plus sensé que tout ce que vous me dites sur l'idée que vous avez de m'envoyer à Rome après le retour de M. de Laon ; je sens la solidité de vos raisons et vos motifs sont très honnêtes pour moi ; aussi je n'ai qu'à vous remercier de tout mon cœur de ce que vous jugerez à propos de faire à cet égard quand le temps sera arrivé. »

L'idylle continue l'année suivante : « J'ai bien des grâces à vous rendre, monsieur le duc, pour l'amitié avec laquelle vous vous chargez d'obtenir toutes les permissions dont j'aurai besoin par rapport à ma santé et à l'agrément de ma vie. Je vous dois encore plus de reconnaissance sur les autres objets que vous traitez. »

Avec Mme de Pompadour à qui il a témoigné, en dépit des griefs légitimes qu'il pourrait nourrir contre elle, toutes les marques de gratitude, les relations s'estompent. La marquise a trop d'amour-propre pour concéder qu'elle s'est mal conduite — et pour quel profit ? — envers un homme qui l'a loyalement servie. Bernis la juge maintenant sans complaisance. Mais il garde prudemment ses pensées pour lui. Sans oublier ce qu'il lui doit, il songe à ce gâchis dont elle est responsable. Porte-t-il sur elle, sur son rôle, un jugement analogue à celui que Diderot exprimera le jour de sa mort quelques années plus tard : « Eh bien, qu'est-il resté de cette femme qui nous a épuisés d'hommes et d'argent, laissés sans honneur et sans énergie, qui a bouleversé le système politique de l'Europe ? Le traité de Versailles qui durera ce qu'il pourra, l'*Amour* de Bouchardon qu'on admirera à jamais, quelques pierres gravées de Gay qui étonneront les antiquaires à venir, un bon petit tableau de Van Loo qu'on regardera quelquefois, et une pincée de cendres. »

Les frères Goncourt qui lui ont consacré un livre, véritable bijou d'érudition et de sensibilité ne sont pas moins sévères avec elle. Pour eux, l'explication de sa mesquinerie tient à ses origines : c'est une bourgeoise qui n'a ni les instincts de grandeur, ni les insolences de domination d'une Montespan ou d'une Châteauroux : « Fille de bourgeoise, elle fait son règne et son rêve à l'image et à la mesure de la bourgeoisie. Toute-puissante, sa volonté ne peut se façonner au grand ; et le gouvernement de son caprice laisse percer les misères et les petitesses de l'ordre dont elle sort. Ce n'est le plus souvent qu'une direction chipotière et touche à tout, qui, ne pouvant s'élever plus haut que le tripotage, se rabat sur le détail, et descend en se ramifiant jusque sur la moindre lieutenance. Elle ne gouverne pas, elle accapare. La monarchie n'est entre ses mains qu'une feuille de bénéfices. » Tant de qualités, un goût si sûr pour les arts ne peuvent balancer un caractère mesquin, une âme froide, intéressée, vaniteuse, qui a traité les affaires de l'État à un moment crucial avec la légèreté que l'on met dans l'acquisition d'un bibelot.

Bernis reste un an à Vic-sur-Aisne. Il lit, jardine, reçoit ses amis, sa famille. Sa correspondance l'occupe. Il reprend contact avec Voltaire, avec Pâris-Duverney, avec son ami Duclos qui deviendra secrétaire perpétuel de l'Académie française. Sa principale décision dans cette période, c'est de prendre les ordres majeurs auxquels, par scrupules, il s'est toujours refusé. Désormais cardinal, sa place serait singulière dans l'Église sans la prêtrise. Il s'y prépare avec peut-être quelques scrupules : sa passion des femmes ne s'est pas éteinte, il a du mal à la concilier avec sa foi. Mais il juge ce parti à la fois raisonnable et décent. Il chasse, monte à cheval régulièrement. Dans son écurie, il a fait graver sur une stèle le nom de sa jument : Marquise. Peut-être parfois, en souvenir d'une autre marquise, la cravache-t-il avec un certain plaisir.

Au bout d'un an, il s'ennuie. Il harcèle Choiseul pour obtenir l'autorisation de voyager. Elle lui est accordée. Bernis part aussitôt avec une fringale de dépaysement. On le trouve quelques mois chez des amis en Champagne, puis à Lyon, et enfin il revient dans son pays natal. Il retrouve avec joie Saint-Marcel, le château familial ; il séjourne à Montélimar chez sa sœur, la marquise de Puy-Montbrun. Là, il s'attache particulièrement à une de ses nièces, âgée de vingt-trois ans, ravissante, à qui, à son retour à Vic-sur-Aisne, où il passe encore deux longs hivers, il dictera ses Mémoires, deux heures par jour, revivant les épisodes de son ascension au pouvoir.

Au début de janvier 1764, il peut enfin écrire à Voltaire : « Le roi m'a donné pour mes étrennes le premier de tous les biens, la liberté, et la permission de lui faire ma cour. » Le 9 janvier, Bernis arrive à Versailles où il est reçu par la famille royale avec des démonstrations d'affection. Il reprend le cours de sa vie mondaine, ayant accordé une amnistie générale à ceux qui l'ont renié dans sa disgrâce et qui lui reviennent comme par enchantement. En effet, son retour fait naître les bruits les plus divers. On imagine qu'il va occuper un ministère important. Devant ces rumeurs, le ministre des Affaires étrangères, le duc de Praslin, cousin de Choiseul auquel il doit sa carrière, se voit obligé d'envoyer un démenti aux ambassadeurs qui commencent à s'agiter. Mais c'est ignorer à quel point Bernis est éloigné de vouloir revenir aux affaires. Il est définitivement guéri de ce genre d'ambition. Les plaisirs et les charmes de la vie privée lui suffisent amplement. Bientôt, il apprend la mort de Mme de Pompadour. Cette disparition lui inspire des réflexions mélancoliques.

Depuis de longues années, elle était minée par la maladie. Sans doute aussi le traité de Paris qui avait sanctionné la ruine de son rêve de gloire continuait-il de l'accabler. Elle était au bout du rouleau. Déjà d'Argenson notait en 1749, sa mine « sucée et malsaine » : les fausses couches, les avortements, les diverses médications aphrodisiaques qu'elle avait employées pour redonner à ses sens une chaleur qui avait disparu tout autant que la fraîcheur de sa beauté, tout cela avait ébranlé sa santé. Sujette à des palpitations, amaigrie, au point d'avoir perdu la belle gorge dont elle était fière, elle dépérissait à vue d'œil. Elle n'avait jamais pris aucun repos. Vivant dans la crainte obsessionnelle d'être supplantée par une nouvelle maîtresse, elle consacrait toute son énergie à plaire au roi, à le rassurer, à lui donner les plaisirs et les satisfactions que son corps ne pouvait plus lui offrir. Pour finir, elle connaissait de sérieux tracas d'argent.

En avril 1764, son état empira subitement au cours d'une partie de campagne à Choisy. Elle revint à Versailles et s'alita pour ne plus se relever. Elle étouffait, crachait le sang, incapable de trouver le sommeil, brûlante de fièvre. Voyant venir la mort, elle resta fidèle à elle-même : se poudrant, dissimulant sa pâleur sous le rouge à joue et se préparant à son agonie avec le même sens du théâtre, le goût du détail et de la perfection qu'elle mettait à organiser les soirées dans les Petits Cabinets du roi. Elle qui avait soutenu les Encyclopédistes, elle appela un confesseur, le curé de la Madeleine, et fit rajouter à son testament des formules chrétiennes. Peut-être imaginait-elle qu'un autre roi, là-haut, pouvait être aussi sensible à ses charmes et qu'elle pourrait le gouverner ? Jusqu'au dernier instant, elle travailla avec Janelle, l'intendant des postes qui violait pour elle le secret des correspondances que recueillait le Cabinet noir — « ses mains à demi froides serraient encore le pouvoir », écrivent les Goncourt. Elle remit les clés de son coffre au fidèle maréchal de Soubise et resta seule avec son confesseur. Elle eut la force de lui adresser un mot d'esprit aux résonances macabres : « Un moment, monsieur le curé, nous nous en irons ensemble. » À sept heures et demie, elle mourut. Elle avait quarante-deux ans.

Le roi, de son balcon, regardant le convoi funèbre qui emportait son amie dans le crépuscule noyé de pluie, murmura à son valet de chambre : « Voilà les seuls devoirs que j'aie pu lui rendre. » Quelques jours plus tard, la reine Marie Leszczynska laissa tomber en guise d'oraison funèbre des paroles qui exprimaient un grand pessimisme sur les engouements de la cour : « Au reste, il n'est plus question ici de ce qui n'est plus que si elle n'avait jamais existé. Voilà le monde, c'est bien la peine de l'aimer. »

Bernis devait songer lui à la dame en rose sur le phaéton bleu qui avait incarné toutes les belles promesses de la jeunesse et de l'amour, dont il ne restait plus qu'une morte emportée de nuit par le corbillard. Les sentiments contraires qui se partageaient le cœur de Bernis sont faciles à imaginer : il lui devait trop pour pouvoir la haïr ; elle lui avait fait trop de mal à lui, au royaume, pour qu'il lui fût possible de continuer à l'aimer.

18

Voltaire taquine l'archevêque d'Albi

Le retour en grâce de Bernis, sa présence à Versailles ne durent pas enchanter Choiseul qui pourtant en avait été l'un des artisans. Peut-être ne prévoyait-il pas que sa popularité conservait autant d'éclat. Le prestige du cardinal s'était accru pendant son exil tandis que les mérites du duc se ternissaient à l'épreuve des réalités. Mme de Pompadour disparue, tout redevient possible. La famille royale garde à Bernis une affection à laquelle le roi peut devenir sensible. Bref, il est urgent d'éloigner cette figure séduisante dont trop de monde recommence à s'engouer. Choiseul, comme à son habitude, agit en remarquable stratège : il feint de venir en aide à son rival en le proposant comme archevêque d'Albi. Bernis peut-il refuser une si prestigieuse faveur ?

Six mois plus tard le voilà à nouveau exilé de la cour, mais cette fois c'est un exil doré, fastueux, dans une ville magnifique sur laquelle il va régner. La tête du nouvel archevêque résonne encore des fastes qui ont accompagné son élévation : à Compiègne où il a prêté serment devant le roi en présence du grand aumônier de France, au cours d'une cérémonie solennelle devant la noblesse assemblée ; à Sens où il a été sacré dans la cathédrale au milieu d'une multitude de chanoines, tandis que la foule en liesse applaudissait ; enfin son entrée à Albi qui le fête et l'honore avec toutes les démonstrations de la pompe ecclésiastique. Il détient désormais d'immenses pouvoirs spirituels et temporels et la charge de nombreuses paroisses.

Bernis s'emploie, dans ses nouvelles fonctions, à recréer ce mélange de faste, de représentation et de confort qui a présidé à toutes ses installations, que ce soit à Paris ou à Venise. Son train de maison allie la décence, l'austérité au goût des belles choses. Il installe une magnifique bibliothèque et distribue dans ses diverses résidences sa collection de tableaux. L'inventaire de son mobilier après sa mort montrera que le cadet du Languedoc, s'il n'aimait pas l'ostentation, ne détestait pas le luxe. Son existence désormais, il la partage entre ses résidences, la Besbia, le palais épiscopal et le château du Petit Lude situé en dehors de la ville où il retrouve les plaisirs de la campagne. Enchanté de détenir enfin un véritable gouvernement sur les choses et sur les âmes, il se met à l'œuvre. Sur le plan religieux, il manifeste toujours le même esprit de tolérance et de tradition qui s'exprime dans le catéchisme qu'il distribue aux prêtres de ses paroisses. Il a l'œil à tout : il réorganise l'instruction publique qui est un de ses principaux soucis et réforme les impôts dans le sens de l'impartialité et de la justice.

Frédéric Masson cite à ce propos les recommandations données aux collecteurs d'impôts, habitués à épargner les riches qui essayaient par toutes sortes d'influences de se soustraire aux contributions. Le bon sens, l'esprit d'équité qui en émanent semblent étonnamment modernes : « N'oubliez jamais dans la répartition des charges publiques que l'homme aisé ne met dans la balance économique que son argent tandis que le laboureur et l'artisan mettent leur sueur ; que de ménager la richesse seule, c'est dépouiller le pauvre. » Quel dommage que Bernis n'ait pas eu l'occasion de mettre en pratique des vues aussi sages dans tout le royaume !

Il s'occupe d'aménager le réseau routier, fait canaliser le Tarn. Il crée enfin des ateliers de charité pour donner asile aux pauvres et leur venir en aide. Il prêche d'exemple : chaque jour deux cents pauvres sont accueillis dans son palais où ils sont soulagés et nourris. Quand viendra une crise économique particulièrement sévère, il restreindra sa domesticité afin de pouvoir distribuer plus largement ses revenus aux nécessiteux. Enfin il s'occupe également de planter des vignes et ne néglige rien de ce qui a trait à l'élevage et à l'agriculture. Cette administration fait merveille, au point que les évêques lui proposent bientôt la charge de présider l'Assemblée du clergé. Mais il refuse cette nouvelle responsabilité en des termes qui expriment bien son nouvel état d'esprit : « Je ne désirerai jamais et j'éviterai toujours, autant qu'il me sera possible, de jouer les grands rôles. Le mieux quand on est évêque, dans des circonstances orageuses, est de n'être chargé que des seuls soins de son diocèse. »

Il mène ainsi une vie active, entouré de sa famille, de ses amis. Il a interrompu, on ne sait pourquoi, les Mémoires qu'il dictait à sa nièce. Sans doute le souvenir des cruautés du pouvoir, des intrigues et des erreurs qu'il avait en vain tenté de combattre, et dont les conséquences se révélèrent si néfastes au royaume, le dissuade-t-il de poursuivre cette œuvre. Il reste un grand blessé. Il a cru se distraire de son ennui et il y est parvenu. Mais les souffrances attachées à cette vieille passion toujours sensible sont trop vives. Mieux vaut l'oubli. D'ailleurs à quoi bon ressasser qu'il a eu raison ? À quoi cela le mènera-t-il ? À l'amertume. Et ce sentiment, il fait tout pour le chasser de son cœur.

Pour éclairer son existence, autant que pour sortir des cercles étroits de la vie culturelle provinciale, même si Albi est relativement riche sur ce point, il reprend sa correspondance avec Voltaire, ébauchée à Vic-sur-Aisne. Entre les deux hommes de lettres, confrères à l'Académie française, l'échange prend les allures d'un jeu où chacun joue, tantôt au chat, tantôt à la souris. Rien de plus amusant que les piques qu'ils s'adressent, l'esprit qu'ils déploient. Duel amical de deux séducteurs acharnés à affûter leurs traits, à se tendre des pièges, à se titiller, à se provoquer.

Voltaire a trouvé en Bernis un prêtre tel qu'il les rêve, tolérant, ouvert, ennemi des faux-semblants et de l'hypocrisie qui pour un peu lui ferait oublier son anticléricalisme enragé.

Celui que Voltaire appelle « Babet la Bouquetière » lorsqu'il s'adresse à lui, ou « la grosse Babet » avec ses autres correspondants, n'est pas dupe de la malice et de la perfidie du grand écrivain. Mais il aime son talent, son esprit tout en fantaisie et en gambades qui le délasse si agréablement des lourdeurs de la théologie et des ressources limitées de son bas clergé. Voltaire n'a-t-il pas déjà feint de se réjouir de son chapeau de cardinal : « Je dois prendre plus de part qu'un autre à cette nouvelle agréable, puisque vous avez daigné honorer mon métier avant d'être de celui du cardinal de Richelieu. » Un peu plus tard, faisant allusion aux constructions qu'il entreprenait à Ferney, il en rajoute : « Je me sens plus digne que jamais des bontés d'un cardinal depuis que je me suis mis à bâtir une église. »

Bernis se méfie cependant de son prestigieux correspondant. On le sent sur ses gardes : « Je ne suis point ingrat, mon cher confrère, j'ai toujours senti et avoué que les lettres m'avaient été plus utiles que les hasards les plus heureux de ma vie. Dans ma plus grande jeunesse, elles m'ont ouvert une porte agréable dans le monde ; elles m'ont consolé de la longue disgrâce du cardinal de Fleury et de l'inflexible dureté de l'évêque de Mirepoix. Quand les circonstances m'ont poussé comme malgré moi sur le grand théâtre, les lettres ont fait dire à tout le monde : au moins celui-là sait lire et écrire. Je les ai quittées pour les affaires sans les avoir oubliées, et je les retrouve avec plaisir. » Il revient dans une autre lettre sur ce thème : « On a cru me perdre, en prouvant que j'avais fait des vers jusqu'à trente-deux ans : on ne m'a fait qu'honneur, et je voudrais de tout mon cœur en avoir encore le talent, comme j'en ai conservé le goût : mais je suis plus heureux de lire les vôtres, que je ne l'ai été d'en faire. Si vous voulez que je vous dise mon secret tout entier, j'y ai renoncé quand j'ai connu que je ne pouvais être supérieur dans un genre qui exclut la médiocrité. »

L'admiration que Bernis voue à Voltaire ne l'empêche pas d'employer avec lui un ton sans complaisance lorsque celui-ci lui demande de faire la critique de ses ouvrages. Ainsi à propos de sa tragédie *Cassandre,* qu'il se vante d'avoir écrit en six jours : « Je vous envie, mon cher confrère, votre ouvrage de six jours ; je crois que, quand vous en aurez employé six autres à soigner un peu le style de cette pièce, à mettre, à la place des premières expressions qui se sont présentées dans le feu de la composition, des expressions plus propres ou moins générales, cet ouvrage sera digne de vous et de l'amour que vous aurez pour lui. » Il profite de l'occasion pour lui donner un conseil : « Riez de tout cela et faites-nous rire, mais il est digne du plus beau génie de France de terminer sa carrière littéraire par un ouvrage qui fasse aimer la vertu, l'ordre, la subordination, sans laquelle toute société est en trouble. Ce n'est pas une pédanterie que je vous demande, ni une capucinade, c'est l'ouvrage d'une âme honnête et d'un esprit juste. »

Voltaire qui aime provoquer le cardinal ne réussira jamais à le prendre en défaut sur le chapitre de la foi et de la conduite pastorale. Celui-ci lui répond d'Albi : « Quand on vous a mandé que je m'occupais à rendre heureux deux cent mille ouailles dont mon bercail est composé, on vous a dit la vérité. Cette occupation me satisfait plus que le ministère, où je n'avais que des intentions et point de moyens. L'homme n'est heureux que par le bien qu'il fait aux autres. » « J'espère que vous me ferez part de tous les petits ouvrages qu'il sera convenable d'envoyer à un cardinal archevêque. » Une autre fois, à Voltaire qui lui demande sa bénédiction, il répond : « À l'égard de ma bénédiction, je crois que je ne suis guère digne de vous la donner ni vous de la recevoir. » « Si vous m'envoyez des vers, faites en sorte que je puisse m'en vanter ; je ne suis ni pédant, ni hypocrite ; mais sûrement vous seriez bien fâché que je ne fusse pas ce que je dois être et paraître. »

Voltaire n'hésite pas à faire appel à Bernis pour obtenir la copie d'un jugement à propos de l'affaire Sirven, un protestant au Sud-Ouest accusé d'avoir tué sa fille. Le cardinal lui vient en aide et en profite pour exprimer sa haine du sectarisme : « J'aime en vous de préférence (même à vos talents que j'admire) le penchant qui vous porte à protéger le faible et à secourir l'opprimé. Je suis tout disposé à trouver innocents les malheureux ; on ne peut d'ailleurs être plus éloigné que je le suis du fanatisme en tout genre. J'aime l'ordre et la paix. Vous avez beau être profane, je vous aime toujours et je me réserve pour votre conversion. Je ne veux pas croire, comme la plupart de mes confrères, que votre projet soit de bannir la religion de la surface de la terre : vous avez toujours été l'ennemi du fanatisme, et vous pensez sûrement que si le fanatisme qui s'arme en faveur de la religion est dangereux, celui qui s'élève pour la détruire n'est pas moins funeste. »

On aimerait tout citer de ces lettres, à la fois légères et graves, dans lesquelles Bernis est loin de faire pâle figure face au plus bel épistolier du siècle. On n'y décèle aucun pédantisme. C'est le sel de l'esprit français, agrémenté de toutes les ressources de l'intelligence et de la fantaisie.

Bernis s'ennuie-t-il à Albi ? Sans doute un peu. La Providence, qui l'a toujours favorisé, lui prépare un de ces changements d'air, de climat, de société, que cet homme curieux affectionne. Ce n'est pas cette fois Choiseul qui le trouvant encore trop près de Paris décide de l'éloigner, c'est la mort du pape. Cardinal archevêque, il se devait de participer au conclave à Saint-Pierre de Rome.

19

Les jésuites sur le gril, un pape empoisonné

Un conclave, l'élection d'un nouveau pape, les intrigues ecclésiastiques : au premier abord cela n'apparaît pas comme l'époque la plus palpitante dans l'existence de Bernis. Pourtant l'enjeu rend cet épisode passionnant. Car ce qui va être au cœur de cette élection, c'est la suppression de l'ordre des jésuites. Et puis, à Rome, même les questions les plus graves — et celle-ci ne touche pas moins qu'à l'unité de l'Église, à la souveraineté du Saint-Père, aux liens qui l'unissent avec les monarchies catholiques, imbrication du spirituel et du temporel — prennent des perspectives plus lumineuses, plus alertes, plus pimpantes. Le soleil de Rome, son histoire, l'allégresse de l'Italie en tempèrent la gravité.

Dans cette ville devenue le mausolée de la gloire et de la beauté, où des vaches à longues cornes et des moutons vont paître au pied des obélisques du Trastevere et des ruines du Colisée, flotte une atmosphère de douce et souriante tolérance. Comme si Rome, endormie dans les souvenirs de sa grandeur, de ses vestiges hantés, gorgée à satiété des fastes de l'histoire, n'aspirait plus qu'au repos et au plaisir ; accablée de passé, elle ne désire plus que jouir du présent. Une ville de palais et de masures misérables où grouille une population dont l'indigence n'entame pas la bonne humeur, des places tout éclaboussées et chantantes de fontaines et de jets d'eau, des avenues presque champêtres qui inspirent une langoureuse nonchalance aux amateurs de sorbets. Le climat moral y est paisible ; les esprits y sont beaucoup moins échauffés qu'ailleurs. Une administration libérale et indulgente, des mœurs douces, une population gaie, expansive et chaleureuse, cela fait du bien quand on vient de quitter Paris empoisonné par les querelles religieuses et la guerre des idées qui bat son plein. Alors qu'en France on vient de rouer Calas et d'exécuter le chevalier de La Barre, on s'occupe à Rome de procès moins cruels et beaucoup plus divertissants : les femmes de la meilleure société n'hésitent pas à traîner leurs maris devant les tribunaux en cas d'impuissance. Ces procédures menées à l'encontre des malheureux Babilans sommés de se justifier avec preuves et pièces à conviction à l'appui, réjouissent les Romains à l'affût des scandales. Le président de Brosses, qui se délecte de ce genre d'anecdotes, raconte qu'une dame Lanfreducci, « faite au tour et belle comme un ange », a fait casser son mariage pour cette raison dirimante. Elle vient de se remarier non sans avoir pris la précaution d'envoyer son prétendant chez un chirurgien qui après l'avoir dûment examiné lui a certifié que son choix était bon et que avec ce mari en état de marche une semblable mésaventure ne lui arriverait plus.

« Ici la chasteté absolue est regardée comme une abomination devant Dieu » poursuit le très lubrique président de Brosses. Quant aux maris, ils ne se signalent pas par leur jalousie : « Ils paraissent souffrir d'assez bonne grâce qu'une femme choisisse un amant, pourvu qu'elle s'y tienne ; de sorte qu'elles ont plutôt deux maris qu'un galant, car il est pareillement malhonnête et hors d'usage ordinaire d'un galant de quitter sa maîtresse. » Cette situation n'est pas sans inconvénient pour les étrangers de passage. De Brosses raconte combien il lui est difficile de parvenir à ses fins avec une princesse dont il s'est amouraché : il doit déjouer la vigilance jalouse de deux cerbères au lieu d'un. Cet usage confère aux mœurs romaines, malgré leur immoralité, une grande décence. Mais Bernis, avant de céder à ces douceurs érotiques, doit par priorité s'intéresser à la vacance pontificale.

Ce conclave apparaît comme l'un des plus politiques, un de ceux qui aura à résoudre le plus de difficultés. Aussi Bernis se rend-il avec une certaine excitation dans cette ville qu'il aime et où il espérait être ambassadeur. N'avait-il pas écrit à Voltaire à l'époque de son exil : « Une main invisible m'a conduit des montagnes du Vivarais au faîte des honneurs ; laissons-la faire, elle saura me conduire à un état honorable et tranquille ; et puis, pour mes menus plaisirs, je dois, selon l'ordre de la nature, être l'électeur de trois ou quatre papes, et revoir souvent cette partie du monde qui a été le berceau de tous les arts. »

Bernis sait que le roi et Choiseul attendent beaucoup de lui, de son entregent et de sa subtilité dans une affaire complexe et embrouillée.

L'hostilité contre les jésuites couvait depuis longtemps. Leur orgueil, le mépris dans lequel ils tiennent les autres congrégations, la haine dont ils ont poursuivi les jansénistes, joints aux énormes profits qu'ils ont tirés des colonies, en Amérique latine, notamment au Paraguay, ont monté l'opinion contre eux. On caricature un ordre dont on exagère les méfaits, les tractations secrètes, les pouvoirs occultes, l'affairisme, l'esprit de complot, sans pour autant rendre justice à ses mérites qui sont nombreux, particulièrement en matière d'enseignement. Ennemis jurés des Encyclopédistes sur lesquels ils tirent à boulets rouges dans leur *Journal de Trévoux*, les jésuites se sont attiré la haine du clan philosophique, qui les pourfend en toute occasion comme les représentants de toutes les superstitions et de tous les vices ecclésiastiques.

Le parlement de Paris, traditionnellement gallican et qui, sous l'influence des jansénistes, les déteste pour avoir été les artisans de la destruction de Port-Royal, prend prétexte de la banqueroute d'un des leurs pour exercer sa vengeance. En l'occurrence, le père La Valette n'est pas un exemple de vertu religieuse : outre qu'il se livre à la Martinique, dans une propriété appartenant à la Compagnie, à la traite des Noirs et à l'exploitation de la canne à sucre, il ne paye pas ses dettes. Ce litige, jugé par le parlement, est l'occasion de dénoncer les agissements de la Compagnie, les opinions pernicieuses que contient sa constitution. Le roi, qui ne souhaite pas la condamnation des jésuites, ne peut que prendre acte de l'arrêt du parlement. Enfin la tentative d'assassinat de Damiens sert également de prétexte : les membres du parlement qui ont eu des relations avec l'assassin cherchent à se disculper en faisant porter la responsabilité de ce crime sur les jésuites que protège le Dauphin. On fait courir le bruit que la Compagnie a voulu la mort de Louis XV afin d'asseoir son pouvoir grâce à l'accession de celui-ci sur le trône. Cette fable s'accrédite dans une opinion crédule.

Une affaire de cocufiage à la cour du Portugal met le feu aux poudres ; un épisode qui aurait été banal s'il n'avait abouti à une tentative d'assassinat sur la personne du roi Joseph Ier. Celui-ci a manqué de respect à la jeune comtesse Ataïde d'Ataugia, son mari, son oncle, ses parents, toute la famille Tavora, croyant avoir reçu du roi un outrage irréparable, veulent se venger en l'assassinant. Et comme l'écrit Voltaire : « La vengeance s'accorde très bien avec la superstition », ils cherchent des casuistes pour justifier leur forfait. Ils les trouvent, hélas pour les jésuites, en la personne de trois des leurs, les pères Malagrida, Alexandre et Mathos, qui décident que ce n'est pas même un péché véniel que de tuer le roi. La cour, plutôt que d'incriminer la jalousie, et les folies de l'honneur portugais, en profite pour accuser les jésuites qui sont expulsés du Portugal. Le roi d'Espagne à son tour, les considérant comme responsables des troubles qui ont éclaté à Madrid, prend les mêmes mesures.

En France, les jésuites ne peuvent résister longtemps à la coalition de leurs ennemis : le roi les abandonne ; le parlement de Paris veut leur extinction ; la marquise de Pompadour ne leur pardonne pas de l'avoir humiliée et déçue à l'époque où, à la fois pour plaire à la prude impératrice d'Autriche et pour entrer en grâce auprès du parti dévot et de la reine dont elle aspirait à devenir la dame de compagnie, elle a eu la lubie de se mettre en bon ordre avec l'Église, espérant trouver auprès des jésuites la mansuétude qui leur est habituelle. Mais le père de Sacy, un saint homme, bien que « faible aux faiblesses du siècle », a refusé d'être son confesseur, estimant indigne le rôle qu'elle voulait lui faire jouer et jugeant plus sage et plus en accord avec sa dignité de préférer à la protection de la maîtresse celle du Dauphin. Berruyer, l'âme damnée de la marquise, les exècre également. Quant à Choiseul, loin des querelles théologiques, en ministre pragmatique, il souhaite donner simplement des satisfactions à la cour d'Espagne avec laquelle il veut conclure un pacte d'alliance. Il espère en outre se concilier ainsi les membres du parlement en les aidant à assouvir leur haine.

Par arrêt du parlement, la Compagnie de Jésus est dissoute en 1763, arrêt confirmé par décision royale un peu plus tard. « Les jésuites, écrit Bernis, avaient traité leurs ennemis sans miséricorde ; ils furent traités de même, et les pierres de la maison de Port-Royal qu'ils avaient détruite leur tombèrent sur la tête. » La plupart des cours catholiques — celles d'Espagne et du Portugal se montrent les plus enragées — demandant depuis longtemps au pape Clément XIII l'abolition de la Compagnie, celui-ci conscient de l'importance que revêt cet ordre, bras armé de la papauté, dont la devise est *perinde ac cadaver*, se fait tirer l'oreille, en dépit des admonestations et des menaces des rois. Au moment où il va enfin se résoudre, bon gré mal gré, à céder aux pressions et à sacrifier la Compagnie, l'apoplexie le frappe et il meurt le 2 février 1769. On parle aussitôt de poison, un poison versé, bien sûr, par les jésuites.

C'est donc dans une atmosphère empestée par les rumeurs et les intrigues que les deux cardinaux français, Bernis et Luynes, qui porte vertement ses soixante-dix ans, arrivent à Rome au mois de mars. Bernis, s'il retrouve la Ville éternelle avec plaisir, ne voit pas de gaieté de cœur la mission dont le roi et Choiseul le chargent : choisir parmi les cardinaux celui qui donnerait la ferme assurance que l'ordre serait enfin dissous. Dès que les deux cardinaux entrent au conclave, le 25 mars, cette question va très vite les opposer à Choiseul et à l'ambassadeur de France, M. d'Aubeterre, qui se pose en zélé défenseur de la thèse de son ministre. Ce qui les sépare, c'est la méthode à employer. Que demande Choiseul : « Je voudrais s'il est possible d'y parvenir et l'Espagne le désire ainsi, qu'avant que l'élection fût décidée, on tachât d'engager le sujet qui devrait être élu à donner une promesse par écrit que, dans un temps limité, il séculariserait en entier et par toute la terre la Société des Jésuites. C'est là le moment le plus favorable pour obtenir d'un pape ce que l'on veut. »

Bernis, d'accord avec Luynes, répond aussitôt que cette exigence est une violation des règles canoniques : « Si un cardinal est capable de faire un tel marché, on devrait le croire encore plus capable d'y manquer. Un prêtre, un évêque instruit ne peuvent accepter, ni proposer de pareilles conditions. »

Choiseul qui a beau se vanter de ne connaître que « la théologie naturelle » cède assez vite aux raisons des deux cardinaux français. Il renonce à l'idée d'un pacte illicite et simoniaque et, d'accord avec Bernis, estime que « les cardinaux qui sont les plus dignes de la tiare le refuseraient si on la leur offrait qu'à cette condition qu'ils regarderaient comme une tache originelle qui déshonorerait leur personne et leur règne ».

D'Aubeterre, l'ambassadeur de France, continue pour flatter son ministre de croire qu'on peut mettre en œuvre ce pacte auquel sont tant attachés les cardinaux espagnols, qui eux ne désespèrent pas de parvenir à le conclure. Le conclave se partage en deux clans, les Zelanti, les cardinaux italiens qui voient d'un mauvais œil l'invasion des cardinaux étrangers représentant les « Couronnes ».

Quand l'été arrive, tout le monde continue de camper sur ses positions. Les Espagnols, obsédés par leur pacte simoniaque, multiplient les exclusions au point qu'il ne reste quasiment plus de cardinaux qui puissent avoir une chance de l'emporter. Bernis dans sa correspondance avec Choiseul, en dépit de la gravité de la situation et de la solennité des lieux, ne perd pas le sens de l'humour. Il lui écrit que l'atmosphère du conclave devient irrespirable, que l'air dans les cellules s'épaissit et que « la clôture devient chaque jour plus pénible pour les vieillards et plus encore pour les jeunes cardinaux ». Quant à l'issue, il ne la voit pas : « Un peu plus ou un peu moins de fanatisme en faveur des maximes ultramontaines est la seule nuance qui distingue les acteurs du conclave. Ils ne veulent pour pape ni des jeunes gens, ni des vieillards, ni des imbéciles. Cette volonté arrêtée de leur part rend l'élection du pape fort difficile. »

Les cardinaux espagnols, Solis et La Cerda, trouvent un candidat qui leur paraît en accord avec leur projet : c'est Ganganelli, un ancien moine cordelier. Tout prêt à accepter ce choix, Bernis reste néanmoins prudent : « Nous seconderons son élection, mais comme aussi nous devons la vérité au roi, nous ne pouvons lui cacher que ce cardinal par sa vie mystérieuse nous a donné des soupçons, et qu'il est impossible non seulement de répondre affirmativement de ses principes, mais même de deviner quel serait son système de gouvernement [...] nous aurons une règle infaillible pour juger si le cardinal Ganganelli est lié avec nos ennemis. »

Bernis se doute que les cardinaux espagnols ont réussi à faire signer à leur candidat une forme de promesse. Il le soupçonne mais il ne veut à aucun prix connaître la teneur du pacte pour ne pas en devenir le complice. En réalité la promesse que les Espagnols ont réussi à arracher au cardinal n'engage nullement le pape.

Le 17 mai, Bernis adresse à Ganganelli son conclaviste, le fidèle abbé Dehaizes, qui est à son service depuis Venise ; celui-ci reçoit du cardinal l'assurance que les vœux de la France concernant les jésuites seront satisfaits s'il est élu. Le candidat donne également satisfaction à la France à propos du duché de Parme. Dès lors il n'y a plus aucune raison de s'opposer à Ganganelli. Bernis l'écrit sans modestie à Choiseul : « J'ai trouvé comme vous le voyez, monsieur le duc, dans un espace de temps très court, le moyen d'annoncer et de préparer les affaires recommandées par nos instructions. » Bernis considère alors qu'il a suffisamment convaincu Ganganelli que c'est à la France qu'il devra son élection ; certain de s'être ainsi assuré sa reconnaissance, il s'emploie à convaincre les cardinaux réticents. Il se montre très efficace. Il se rend à 1 heure du matin dans la cellule de Pozzobonelli où se trouve aussi Rezzonico, et réussit à obtenir leur soutien. Il rend compte de son succès aux Espagnols et excite tout le monde afin que l'élection soit conclue dans la nuit et qu'aucune intrigue ne puisse la traverser. Sortant bruyamment de leur cellule, les cardinaux vont baiser la main du pape désigné. Le scrutin du lendemain ne déçoit pas Bernis. Sur quarante-sept bulletins, Ganganelli l'emporte par quarante-six suffrages, lui-même a donné sa voix à Rezzonico.

Le pape se dépouille alors de son habit de cardinal et revêt la soutane de sergette blanche, la ceinture blanche à glands d'or, la mosette de soie rouge et l'étole ; il chausse les bas blancs et les souliers de velours rouge et se coiffe de la calotte blanche : Ganganelli est proclamé pape sous le nom de Clément XIV par le premier cardinal diacre qui l'annonce par la fenêtre grande ouverte au pied de laquelle la foule laisse éclater sa joie.

Aussitôt Bernis rend compte de sa victoire à Choiseul, mais reste circonspect : « Nous avons le marteau qui démolit, mais nous n'avons pu saisir encore l'instrument qui édifie. » Le lendemain il reçoit une lettre du roi qui lui accorde le poste si longtemps attendu d'ambassadeur à Rome : « Mon cousin, celle-cy sera différente de la dernière que je vous ai écrit [la lettre d'exil]. Le bien de mon service et celui de la religion exigent que vous restiez à Rome où vous seaurés concilier le sacerdoce et l'Empire, puisque vous avez été ministre de l'un et que vous estes celuy de l'autre. Je vous permets aussi de m'écrire, et je serai très-aise d'avoir un commerce de lettres avec vous. Je ne vous laisserai pas mourir banqueroutier : reposés vous en sur moy. »

Bernis sait ce que signifie cette nomination flatteuse qui est accompagnée de revenus substantiels. On attend de lui qu'il aille jusqu'au bout de la mission qu'on lui a confiée : la destruction des jésuites. Mais le nouveau pape ne se montre pas pressé de procéder à la dissolution de la Compagnie si chère à la papauté. Et Bernis encore une fois est contraint de naviguer au plus près entre les nécessités de la politique qui l'obligent à contraindre son esprit tolérant et conciliant. Lui-même n'a jamais détesté les jésuites, s'il critique leur infatuation, leurs méthodes cassantes. Aussi pour la France juge-t-il qu'ils pourraient se relever un jour de leur destruction : « Serait-ce un bien, serait-ce un mal ? C'est ce qu'on ne peut pas décider encore ; ils ont été utiles et nuisibles, ils peuvent l'être encore l'un et l'autre. Cependant, si au lieu de les laisser gouverner, on les avait gouvernés, on peut dire hardiment qu'on aurait pu les rendre plus utiles que nuisibles à la société. » Les dangers résultant du triomphe du parti janséniste lui paraissent plus redoutables encore. Il sait la théologie janséniste hostile au principe monarchique, leur politique est « de tendre à la République en rendant les parlements trop puissants et le clergé de second ordre l'égal des évêques ». Et sur ce point, il rejoint curieusement Voltaire qui se montre beaucoup moins hostile aux jésuites qu'on aurait pu le croire. N'écrit-il pas en 1761 à propos de la campagne menée pour faire interdire le théâtre dans les écoles tenues par la Compagnie : « Les jansénistes ont tant fait par leur clabauderie que les jésuites ont fermé leur théâtre. On dit qu'ils fermeront bientôt leurs écoles ; ce n'est pas mon avis. Je crois qu'il faut les soutenir et les contenir ; leur faire payer leurs dettes quand ils sont banqueroutiers ; les pendre même, quand ils enseignent le parricide ; se moquer d'eux quand ils sont d'aussi mauvais critiques que le père Berthier. Mais je ne crois pas qu'il faille livrer notre jeunesse aux jansénistes, attendu que cette secte n'aime que le traité de la grâce de saint Prosper et se soucie peu de Sophocle, d'Euripide et de Térence. Malheur aux barbares qui disent : “On ne doit enseigner la vertu qu'en monologue, le dialogue est pernicieux.” »

La négociation dont Choiseul charge Bernis porte principalement sur la dissolution des jésuites mais comprend également le maintien définitif de la possession du Comtat Venaissin et de la ville d'Avignon, que Louis XV va saisir en 1768, un arrangement satisfaisant concernant l'infant de Parme (petit-fils de Louis XV) ainsi que la réunion de Bénévent et de Ponte-Corvo au royaume des Deux-Siciles.

Ganganelli, cet ancien moine cordelier, n'est pas facile à manier. Ambitieux, secret, duplice, on ne peut percer à jour ses desseins. Tantôt il paraît enclin à la dureté vis-à-vis de la Compagnie en refusant de recevoir son général, tantôt il semble accommodant en accordant des indulgences aux jésuites missionnaires. La cour d'Espagne fulmine. Ses représentants à Rome, échauffés de nature et stimulés par l'ambition de plaire à leur cour, assaillent le pape de récriminations, de menaces. Quant à Bernis, sa modération jugée du haut de leur exaltation leur apparaît comme un secret désir d'altermoiement, voire une secrète complicité avec la Compagnie. Le pape ne se laisse pas intimider. Il promet. Mais son bref se fait attendre. En réalité, il ne veut pas céder au chantage que lui fait la cour d'Espagne qui, dans sa fureur, menace de publier le fameux pacte, la promesse qu'il a faite de détruire les jésuites. Les Espagnols font courir le bruit que Bernis est de mèche avec Mme du Barry, la nouvelle favorite depuis le printemps 1768, pour torpiller la politique romaine de Choiseul afin de prendre sa place. C'est un moyen d'inquiéter et d'exiger de lui plus de fermeté et d'intransigeance avec son ambassadeur.

Le pape pour gagner du temps met en balance la restitution d'Avignon que la France veut à tout prix conserver et la destruction de la Compagnie.

En pleine négociation, Choiseul, l'homme fort, semble s'abandonner au découragement : « La machine va mal, écrit-il à Bernis, je trouve qu'elle va ignominieusement, ce qui est pire selon moi que d'aller mal, et quelquefois cette situation me révolte parce que je suis dans la machine. » Bernis lui répond avec un secret plaisir de revanche — le duc ne s'est-il pas moqué de ses plaintes et de son pessimisme lorsqu'il lui tenait le même discours ? — « Il est impossible d'avoir un amour-propre honnête et de partager sans beaucoup souffrir la honte d'une mauvaise conduite. Je me souviens d'avoir été près d'en mourir en 1758. Soyez moins sensible que moi et rappelez-vous que les États, comme les hommes, sont sujets à des maladies violentes : mais quand la constitution est bonne, ils s'en tirent les uns et les autres. »

Choiseul revient sans cesse aux griefs qu'il suppose Bernis de nourrir vis-à-vis de lui ; il imagine qu'il le tient toujours responsable de son exil. Il tente de s'en disculper en l'assurant de son attachement « très tendre, très ancien et très vrai, que Votre Éminence a méconnu longtemps, et que j'aurai toute ma vie pour elle ». Bernis doit sourire de ce remords qui pointe. Quant à lui, s'il n'oublie pas, il a depuis longtemps pardonné. Et il lui écrit qu'il renouvelle « bien volontiers et de tout [son] cœur un bail d'amitié qui ne finirait qu'avec la vie. »

Enfin arrive le jour fatal où Choiseul, après s'être lamenté comme Bernis, est chassé à son tour, le 24 décembre 1770. Bernis lui témoigne aussitôt sa sympathie. Peut-être ne peut-il s'empêcher de savourer le mystère de ce retournement de situation : « Si vous avez bien connu mon caractère, monsieur le duc, vous serez persuadé que personne n'a pris un intérêt plus sincère à ce qui vient d'arriver. Vous avez du courage et des ressources dans l'esprit ; je suis sûr que vous en ferez usage et que vous serez aussi tranquille et heureux que je le désire. » Choiseul lui répond aussitôt de son exil de Chanteloup : « Votre Éminence n'aura pas de reproches de ma part de m'avoir engagé, il y a plus de douze ans, d'occuper un emploi qui conduit à l'exil. Je ne regrette rien, et je crois que si je recommençais avec l'expérience que j'ai, je me conduirais encore de même. Je demande à Votre Éminence de me conserver son amitié. Si j'ai jamais l'honneur de la revoir, nous parlerons d'exil, car nous sommes profès dans cette matière. »

La disparition de Choiseul de la scène politique doit inspirer à Bernis des pensées mélancoliques. Comme leurs relations ont été bizarres, tout à la fois confiantes dans la forme et prudentes au fond. Ils s'aiment et s'épient. Eux qui auraient pu si bien s'entendre et se compléter, pourquoi l'ambition les a-t-elle séparés pour le plus grand détriment de l'État ? Aussi, en dépit de tant de démonstrations d'affection, Bernis reste-t-il sur ses gardes. Choiseul l'a trop abusé pour qu'il ne garde pas vis-à-vis de lui la défiance d'un ami échaudé. Ce Choiseul si brillant dont il admire l'intelligence et l'entregent, tout en méprisant son inconséquence et son goût de la publicité, l'a pourtant séduit. Peut-être même le regrette-t-il, lui qui ne souhaite plus revenir aux affaires pour y connaître à nouveau les affres du pouvoir et qui préfère être le premier à Rome que le second à Versailles ? Pourra-t-il jamais retrouver un ministre à qui l'unit malgré tout tant de complicité ? Son successeur lui écrira-t-il avec cette liberté de ton, qui fait le charme du duc, des lettres telles que celle-ci : « Les jésuites me persécutent depuis dix ans, j'en ai par-dessus la tête. On dit en France que l'on est persuadé que je les ai fait chasser. En Espagne, on publie que je les aime, que je les soutiens ; on croit même que j'y suis affilié. Je les donne à tous les diables ; j'y joindrai notre pape s'il ne m'en débarrasse pas. »

Choiseul parti, que va faire son successeur, le duc d'Aiguillon, qui passe pour favorable à la Compagnie ? Les Espagnols et les Français à force de menaces sont parvenus à obtenir une promesse écrite du pape. Mais ils sont payés pour savoir ce que vaut ce genre de chiffon de papier de la part d'un homme qui n'a pas tenu parole. Jamais les fureurs de la cour d'Espagne n'ont atteint ce degré de violence et Bernis, toujours accusé de mollesse, risque d'en faire les frais et d'être rappelé à Versailles.

C'est alors que les Espagnols prêts à jouer le tout pour le tout dépêchent à Rome un ambassadeur redoutable, tant par son physique imposant de tueur que par la dureté de ses propos : Joseph Monino, un avocat qui a juré la destruction des jésuites. Celui-ci dès son arrivée traite Bernis avec la plus grande dureté. Quant au pape, il n'hésite pas à le menacer d'une manière si vive que le souverain pontife part en vacances à Castel Gandolfo. Le malheureux Clément XIV, terrorisé par les pressions qu'on exerce sur lui, craint d'être empoisonné ; on lui fait parvenir des prophéties qui annoncent sa mort prochaine. Pour tout compliquer, la position de la France se modère peu à peu. On propose aux jésuites de se réunir en congrégation. Bernis, qui craint l'influence pernicieuse des jansénistes, plaide auprès du duc d'Aiguillon pour une solution de compromis.

Enfin le pape se résout à signer le bref de la dissolution de l'ordre. Clément XIV, en proie à des terreurs perpétuelles, malade, ne survit pas à la décision qu'on lui a arrachée avec tant de violence. Il meurt le 22 septembre 1774. Bien sûr tout le monde accuse les jésuites de l'avoir empoisonné : l'état du cadavre qui s'est subitement décomposé ouvre la voie aux suspicions. Bernis, s'il penche pour l'empoisonnement, juge qu'un scandale ne servirait pas les intérêts de l'Église : « Les médecins qui ont assisté à l'ouverture du cadavre s'expriment avec prudence, et les chirurgiens avec moins de circonspection. Il vaut mieux croire à la relation des premiers que de chercher à éclaircir une vérité trop affligeante et qu'il serait peut-être fâcheux de découvrir. » L'ambassadeur du Danemark, le baron de Gleichen, commente cette mort d'une manière qui absout tout le monde. Il écrit que cet empoisonnement n'aurait été que « moutarde après dîner » et que « Clément XIV était mort de la peur de mourir ».

Même si Bernis au fond de lui-même ne souhaite pas la dissolution de la Compagnie de Jésus, celle-ci est pour lui un soulagement. C'est un problème politique épineux en moins. Reste l'inconvénient d'un nouveau conclave, et de cette clôture que supporte si difficilement le cardinal, car il a trouvé à Rome des voluptés qui, l'âge venant — il approchait de la soixantaine —, sont certes moins épicées qu'à Venise mais qui lui permettent de passer le temps très agréablement.

20

Pour l'amour d'une princesse romaine

Bernis l'éternel amoureux n'a pas perdu de temps à Rome. Son cœur, qui ne cesse de battre pour le beau sexe, s'enflamme pour une jeune femme de vingt-quatre ans ; lui vient d'avoir cinquante-quatre ans, et, même s'il s'est beaucoup empâté, il reste toujours vert. Menue, mignonne, futile, la princesse de Santa-Croce, mariée à l'un des princes les plus en vue de l'Italie, Julienne de son petit nom (nous ne savons pas celui que le cardinal lui donnait dans l'intimité), était l'une des plus jolies femmes de Rome. Cette liaison, d'abord discrète, s'installe avec l'accord du prince lui-même infidèle qui doit y trouver son compte ; et sur ce chapitre les convenances mondaines se montrent à Rome on ne peut plus flexibles.

En Italie, ce n'est un crime pour personne que d'aimer l'amour. Le jansénisme n'a pas atteint Rome. L'aurait-il touché, il se serait lui-même transformé, adouci et devenu suave. Nous ne pouvons faute de place — et il en faudrait beaucoup — évoquer les frasques des nombreux cardinaux qui, à cette époque, alimentèrent la chronique galante sans y causer, pas plus d'ailleurs qu'à Paris, le moindre scandale. Seule l'irreligion manifeste choque chez les prêtres. C'est ainsi que l'on fit reproche au cardinal de Tencin, qui n'était pas précisément un exemple de vertu, alors qu'il quittait Rome, d'avoir écrit à sa maîtresse qu'il adorait : « Adieu, ma chère princesse, je vous aimerai toute ma vie et même par-delà si tant est qu'il y ait un par-delà. » Ce qui indigna les Romains quand cette lettre interceptée fut divulguée, ce n'était pas l'amour, c'était l'incrédulité du prélat.

Montesquieu note dans ses *Pensées* ce paradoxe de la cité du pape : « Quand je vois Rome, je suis toujours surpris que des prêtres chrétiens soient parvenus à faire la ville du monde la plus délicieuse, et qu'ils aient fait ce que la religion de Mahomet n'a pu faire à Constantinople, ni à aucune autre ville, quoique celle-ci ait pour base les plaisirs, et l'autre, la contradiction des sens. »

Rieuse, passionnée, « parlant toujours, interrogeant et n'ayant pas la patience d'attendre la réponse et de l'écouter tout entière », la princesse de Santa-Croce aime Bernis à la folie. Malgré la différence d'âge, elle se montre jalouse et ne supporte pas les rivales qui cherchent à lui arracher son cardinal. Bernis se défend d'avoir des intentions coupables : « Qu'importe les desseins de la princesse Palestina. Je vous ai dit et je vous jure que je ne veux pas me lier avec elle, ni avec aucune autre femme, et tant qu'il vous conviendra que je vienne passer mes soirées chez vous, je n'aurai pas de plus grand plaisir. » À de nouveaux griefs de la princesse, il répond : « Vous me faites les reproches les plus injustes et les moins mérités. Vous êtes la seule à Rome qui ne voyez pas combien je suis sensible à vos peines. Je vous cache ma sensibilité pour ne pas augmenter la vôtre ! De bonne foi, me convient-il de faire des imprudences comme un jeune homme ! » Ces imprudences pourtant, il n'hésite pas à les commettre : « Je désire beaucoup que vous veniez souper chez moi, ma chère princesse, mettez-vous à votre aise, sans panier, et ne soyez pas serrée dans vos habits. »

Chaque soir, il est chez la princesse, après l'avoir vue dès le matin à son lever et avoir pris le café avec elle après le déjeuner, et fait une partie de piquet dans laquelle il se montre si volontairement malhabile qu'il perd six sequins romains. Cette perte assure à la jeune femme une véritable rente dont le prince ne semble pas prendre ombrage. Cette liaison est affichée, à la mode romaine. On peut d'ailleurs admirer dans le salon du palais de Santa-Croce un tableau représentant Bernis et la princesse dans un décor de partie de chasse.

Au cours du conclave de 1769 qui a vu l'élection de Clément XIV, la princesse correspond avec Bernis et s'inquiète des rumeurs de son départ. Il la rassure : « Mon séjour ici ne dépend nullement de l'affaire qui vient de finir [l'affaire des jésuites]. Je ne vois aucune raison pour craindre mon départ ; tant que votre amitié pour moi durera, je ne songerai pas à quitter Rome. »

Cette amoureuse, Bernis l'aime jusque dans les excès de sa passion. Elle le rajeunit, l'enchante, l'arrache à l'ennui des corvées diplomatiques : « Je sais bien que vous êtes un peu folle, quelquefois », lui écrit-il avec tendresse.

On ne peut pas dire que la vie du cardinal à Rome est placée sous le signe de l'austérité. Il aurait pu s'exclamer comme plus tard le docteur Véron : « Je manque de privations. » Ni le faste, ni le luxe, ni la dépense ne lui ont jamais fait peur. Que serait la vie sans le plaisir ? répète-t-il. Il s'est installé à Rome dans le splendide palais Carolis, sur le Corso, avec une magnificence qui enchante les Italiens. Il sait qu'avec un peu de théâtre mondain, un grand train, de la représentation, de la générosité, il se fera apprécier. Il agit par politique autant que par goût. Il représente un grand royaume et ne doit pas lésiner pour exalter sa grandeur : « Je tiens, disait-il, l'auberge de la France à l'un des carrefours de l'Europe. » Le palais ne compte pas moins de quatorze carrosses dont plusieurs, dorés et ornementés, sont garnis de velours cramoisi, de broderies, de galons d'or. Sa domesticité se monte à cent quarante-cinq personnes, trente-deux valets de pied, huit coureurs, huit pages, dix suisses, quatorze cochers, quatre postillons, huit palefreniers, un écuyer à cheval, un maître de chambre, deux chapelains, huit valets de chambre. Le palais abrite également la nombreuse famille que Bernis a fait venir, notamment ses nièces, sans compter le personnel de l'ambassade dirigé par le fidèle abbé Dehaizes.

Bernis a ouvert largement sa table, l'une des meilleures de toute l'Europe. Son cuisinier réputé régale chaque jour non seulement les personnalités de Rome, mais les étrangers de marque. Il y a un jour pour les princes romains, un autre pour le corps diplomatique, un autre encore pour les cardinaux. Jamais la table de l'ambassadeur ne compte moins de quarante couverts pour le déjeuner. Et il faut ajouter des dîners presque quotidiens. Bernis pourtant, s'il a été autrefois porté sur la bonne chère, se contente, en raison de ses crises de goutte, de deux plats de légumes bouillis. Il fait une exception pour les vins de Bourgogne qu'il adore et dont il reçoit les plus grands crus. C'est d'ailleurs du meursault, qui lui sert de vin de messe : « C'est, dit-il, que je ne veux pas que mon Créateur me voie faire la grimace au moment de la communion. » Un autre de ses fameux mots circule à Rome. Il aurait dit : « Si je préfère aller au ciel pour son climat, je préférerais l'enfer pour ses fréquentations. »

Au palais Carolis, les fêtes succèdent aux fêtes. La conversation est brillante. On peut entendre la voix enchanteresse de fameuses cantatrices comme la Babbini ou la Gabrielli. Bernis engloutit dans ce luxe environ 150 000 livres par an. Mais il ne se contente pas de ses activités de représentation : il se montre le protecteur des arts et des lettres et s'intéresse particulièrement à l'Académie de Rome qui reçoit des peintres, des sculpteurs. Ainsi il accueille Fragonard et sa jeune épouse. Il achète des tableaux aux jeunes peintres et s'efforce de rendre leur séjour le plus agréable possible.

Une nouvelle le frappe : le 10 mai 1774, le roi est mort à Versailles de la petite vérole après une longue agonie. Son corps purulent, l'odeur abominable qui se dégage du cadavre ont semblé une punition de ses vices. Le plus grave, c'est qu'il laisse la monarchie bien malade. En apprenant sa mort, Bernis doit voir apparaître le cortège des souvenirs. Malgré les ombres, il garde pour le roi une affection profonde.

Reste une autre épreuve pour Bernis, le nouveau conclave de 1775 qui doit élire le successeur de Clément XIV. Une double épreuve : les tracasseries infinies sur la question des jésuites vont reprendre et la clôture va l'éloigner pour longtemps de la délicieuse princesse. Il doit échanger son agréable palais pour une cellule à l'air fétide qu'il appelle tantôt sa « prison », tantôt son « tombeau ». Il ignore que son calvaire va durer près de quatre mois et demi.

À nouveau c'est la guerre entre les Zelanti et les Couronnes, les Italiens et les étrangers, qui bien sûr mettent du temps à arriver. C'est pourquoi les Zelanti veulent à leur habitude précipiter l'élection. Il s'agit d'élire un pape favorable aux jésuites. Tout le jeu consiste pour Bernis à les en empêcher. Cette fois-ci il a réussi à convaincre son ministre Vergennes, nommé en 1774 — tout comme il a réussi, à force de séduction, à amadouer le terrible Monino, l'ambassadeur d'Espagne — que le pape ne pourra être choisi que parmi les Zelanti. Il faut donc faire élire le plus modéré sur la question des jésuites. Les cardinaux à exclure sont Torregiani et Rezzonico.

Le conclave se passe dans une atmosphère pénible, d'intrigues, de coups fourrés, de campagnes de médisance, de calomnies : rien n'y manque, ni même les injures. Le cardinal Albani lance à Bernis : « La famille Albani ne doit pas sa fortune, comme les Bernis, à la faveur d'une putain royale. » Fidèle à sa politique, celui-ci laisse les passions s'exprimer, les haines et les rancœurs se déchaîner. Il attend son heure en se contentant de rassembler autour de lui, dans la cellule 46, les cardinaux alléchés par les plats délicieusement cuisinés qui arrivent du palais Carolis. Il leur offre en abondance des friandises, des gaufres, de la limonade à la glace. Sa cellule devient un véritable salon.

Tout à coup les Zelanti semblent l'emporter : leur candidat, le cardinal Colonna, monte à dix-sept voix. Il en faut vingt pour être élu. Bernis fait échouer la manœuvre. Et il propose un Zelanti modéré, le cardinal Braschi. On discute sans fin entre partisans de l'exclusive et de l'inclusive. Le parti des jésuites se déchaîne à Rome. On veut à tout prix discréditer Bernis dont on sent l'influence prépondérante. Tout est bon. On publie même une pièce : « *Le conclave de 1774*, drame en musique pour être représenté sur le Théâtre des Dames pendant le carnaval de 1775 ». Ce placard est affiché pendant la nuit. On y voit le cardinal serrer tendrement la sainte croix, allusion qui ne trompe personne à la princesse de Santa-Croce. Bernis fait brûler ce texte par le bourreau sur la place publique. Or, à ce moment, la princesse est tombée gravement malade. On croit qu'elle va mourir. Bernis se tient chaque jour informé de sa santé. Il demande à l'abbé Dehaizes de lui interdire de lui écrire tant qu'elle ne va pas mieux : « Dites-lui de ma part que je ne la reconnaîtrai plus pour ma fille si elle m'écrit deux lignes tant que la fièvre subsistera, et que je ne lui ferai de réponse que quand elle sera sans fièvre. » Enfin le 31 janvier, la fièvre baisse : la princesse est sauvée.

Pour abattre Bernis, on fait alors circuler le bruit qu'il a creusé un trou dans le mur de plâtre de la clôture pour rejoindre sa maîtresse. Un passage a en effet été découvert au bout du « couloir de Cléopâtre ». Cette calomnie a un effet dévastateur. On soupçonnera toujours Bernis de cette escapade romanesque. Il est vrai que l'idée en est plaisante. On imagine ce cardinal corpulent se lever dans la nuit et, se glissant par le trou de la clôture, aller retrouver son amante puis rentrer par le même chemin rassasié d'amour et de tendresse, dans l'austère cellule 46. Bernis qui ne manquait ni de culot ni de courage dans sa recherche du plaisir — il l'avait prouvé surabondamment à Venise — aurait-il risqué avec autant de témérité de mettre en péril sa carrière, son existence confortable et surtout de s'attirer le déshonneur ? Ne bridons pas les imaginations qui veulent gambader sur les traces nocturnes du cardinal dans les couloirs glacés de Saint-Pierre et se plaisent à l'idée d'un prélat éperdu d'amour au cœur de la basilique de Rome. Tout le monde est libre de rêver.

Le conclave se poursuit. Après une période où l'on désespère de conclure, chaque parti excluant l'autre, Bernis relance la candidature de Braschi qu'on a abandonnée et se met à l'œuvre pour la faire aboutir. Il réussit à convaincre les cardinaux autrichiens, réconcilie son candidat avec les frères Corsini auxquels il s'est opposé. Il fait tant et si bien que, le 14 février, les cardinaux viennent baiser la main de Braschi. Le lendemain, élu pape, il prend le nom de Pie VI.

Cette victoire de Bernis, personne ne tente de la lui contester. C'est lui qui a inventé Braschi, l'a soutenu, encouragé et enfin mis, grâce à son habileté, sur le trône pontifical. Son esprit de conciliation a fait merveille. Bernis respire, il reste prudent quant au résultat : « Le règne du nouveau pape fera juger si, avant son élection, on avait vu son visage ou son masque. » Cette victoire, qui sert les intérêts de la France, le protège des ennemis qui à Versailles cherchent tous les moyens de lui nuire. Cette ambassade demeure la plus convoitée. Louis XVI le remercie dans des termes chaleureux pour son action : « Notre bien-aimé cardinal de Bernis à qui nous protestons avoir les plus grandes obligations. »

Mais c'est la lettre de Vergennes, son nouveau ministre des Affaires étrangères, qui doit verser sur le cœur du cardinal un baume particulier : « Vous devez être content de la justice qu'on vous rend ici ; ce succès en imposera aux contradicteurs dont vous savez que les cours ne manquent jamais, et vous ne pouviez détruire plus victorieusement tous les abominables pamphlets dont on a inondé le public et qui ne pouvaient que faire gémir la raison et l'honnêteté. »

On imagine avec quel délice, après plus de quatre mois de séparation, il retrouve la petite princesse. Tous deux reprennent leur liaison comme par le passé. La médisance n'a pu l'atteindre. La querelle autour des jésuites ne diminue pas. Mais la pression de la cour se fait moins forte, et Bernis, rassuré sur ses appuis, au mieux avec Vergennes, partageant avec lui des vues larges et de bon sens, se contente de rappeler assez mollement le pape à sa parole qu'il semble à son tour avoir oubliée. Décidément les papes n'ont aucune envie de détruire la Compagnie de Jésus.

Des étrangers de marque affluent à Rome. Bernis les reçoit avec plaisir. Mme de Genlis, venue avec la duchesse de Chartres, est à son tour éblouie : « Je vous prie, lui écrit-elle, de ne pas oublier entièrement une personne qui vous conserve l'attachement le plus vrai et le plus tendre que vous ayez jamais inspiré. » Conquise, elle écrit encore : « Il y avait en lui un mélange de bonhomie et de finesse, de noblesse et de simplicité, qui le rendait l'homme le plus aimable que j'aie jamais connu. Je n'ai point vu de magnificence surpasser la sienne. On l'appelait le roi de Rome et il l'était en effet. » Comment le cardinal avait-il réussi à réchauffer cette femme si froide ?

Bernis rencontre également Vivant Denon à Naples. Sculpteur, celui-ci a servi à Louis XV d'agent à la cour de Ferdinand IV, roi des Deux-Siciles. Le futur auteur de *Point de lendemain* guide le cardinal dans la région et lui fait visiter des chantiers archéologiques. Bernis, passionné par ce personnage, par son intelligence et son érudition, lui fera attribuer par le roi une rente substantielle.

Mais que peut encore attendre Bernis à Rome ? Fastueux, aimable et aimé d'une délicieuse maîtresse de trente ans de moins que lui, glorieux, ayant été à la tête de la politique de la France, s'étant acquis la reconnaissance d'un pape qu'il a fait, il peut jeter sur sa vie un regard satisfait ; cette carrière éblouissante, il l'a menée sans se départir de ses principes ; ses ennemis lui ont nui mais ils ne sont jamais parvenus à l'abattre. Une grâce mystérieuse le protège. Oui, que manque-t-il à cet homme comblé, vivant dans cet esprit de liberté, de tolérance et d'amour qui a soutenu sa vie ? Peut-être un témoin de ses jeunes années, à l'époque où ardent, ambitieux, il rêvait de conquérir le pouvoir ; un de ces hommes dans le regard desquels on mesure le chemin parcouru, la gloire amassée, et avec qui on peut ressusciter ces silhouettes fugitives, ces fantômes de femmes qui hantent le souvenir. Et cet homme arrive justement à Rome : vieilli lui aussi, n'ayant en véritable aventurier rien amassé, toujours prêt à tomber les dames, toujours beau parleur, toujours écornifleur, changeant de pays pour changer de dupes et de créanciers, usant tous les crédits et toutes les crédulités : l'aventurier des aventuriers, Casanova.

Voilà les compères de Venise à nouveau réunis, avec entre eux ces braises toujours brûlantes dans leurs souvenirs : le petit casino de Murano, les voluptueuses M.M. et C.C., la vie qui passe, la vieillesse qui est venue, les illusions, l'amour. Et à la croisée ouverte sur le parfum de l'été, Rome qui donne à ces retrouvailles un air de théâtre, comme s'ils figuraient une dernière fois sur la plus belle scène du monde avant de disparaître à leur tour.

Comme on aurait voulu entendre leur conversation : la litanie des « vous souvenez-vous » entre ces deux séducteurs. Casanova nous a laissé un récit de cette rencontre. Il nous parle bien sûr de la princesse de Santa-Croce, du prince, du rôle qu'a joué Bernis pour la raccommoder avec son mari qui l'avait surprise au domicile conjugal en compagnie galante. Il nous dit de la princesse qu'elle « était un bijou fait pour rendre heureux un amant voluptueux et philosophe, comme l'était le cardinal ». Il admire ce bonheur au-delà des préjugés et de la morale commune que constitue le ménage à trois : « Je voyais dans le cardinal, dans ce prince et sa belle femme trois êtres aimables, assez sages, assez libres de préjugés pour se rendre la vie heureuse par des moyens innocents, sans préjudicier en rien à la paix et aux bonnes lois de la société générale. » Des anecdotes en somme ! Casanova ne nous rend pas le côté « Vingt ans après » de ses retrouvailles avec Bernis. Peut-être le cardinal est-il sur la réserve. Avec un tel homme, il y a en effet de quoi se méfier. Bernis confie cependant à Casanova qu'il est toujours en correspondance avec M.M. : décidément il ne changera jamais.

Bernis vieillit aussi bien qu'il a vécu. Son âme est en paix. Il a toutes les satisfactions que peut espérer un cardinal, plus l'amour. Sa seule blessure qui lui fait toujours mal, c'est la France. N'ayant pu la sauver, il gémit pour elle. Il a de sombres pressentiments qu'il confie à Vergennes en février 1787 : « Je suis bien vieux, mais je voudrais l'être davantage. L'avenir me fait peur. »

21

Un dernier sourire dans les ruines

Aimant la paix, la tolérance, la conciliation, l'harmonie personnelle et sociale, ayant toujours combattu les excès et les violences, Bernis voit le monde entrer en ébullition. De France lui parviennent des nouvelles annonciatrices d'une catastrophe qu'il prévoyait depuis longtemps. Inutile Cassandre, on ne l'avait pas écouté. Les remèdes qu'il avait proposés pour sauver la monarchie, la rendre moins injuste, plus humaine, plus accordée aux réalités nouvelles, sont devenus désormais inutiles. Le pays est attiré inexorablement vers l'abîme de la guerre civile. Ce siècle, si brillant, talentueux, raffiné, comme s'il aspirait au suicide de ce bonheur qu'il a illustré avec un éclat inégalé, va s'enfoncer pour réaliser un idéal de justice, dans la barbarie et le chaos. Les têtes poudrées, ornées de mouches, mises en valeur par des jabots de dentelle, dont les nuques scintillent de colliers délicieusement ouvragés, finiront au bout des piques ou dans le panier de son du bourreau. Ce n'est pas seulement le siècle qui s'achève dans des soubresauts sanglants, c'est un monde.

Personne moins que Bernis n'est fait pour affronter une révolution. Il n'a plus ni l'âge ni l'optimisme nécessaire. D'avoir eu raison ne lui procure qu'une tristesse supplémentaire. Ce gâchis inéluctable, peut-être nécessaire, il le voit se produire de Rome, dans cette lumière de l'été qui projette les derniers rayons d'or sur le crépuscule d'une société. Les échos lui en parviennent. Lucide mais impuissant, que peut-il faire ? Son parti est vite pris. Devant l'agitation des esprits, la surenchère des ambitions, le ballet des opportunismes, il ne tentera rien qui soit contraire à sa règle de conduite. Ce n'est pas à soixante-quinze ans qu'il va se trahir. A-t-il d'autres choix que de rester fidèle à ses principes ? La vie ne lui a pas été ingrate. Pourquoi risquer ce déshonneur qu'il a toujours su éviter, même dans les circonstances les plus scabreuses ?

L'anticléricalisme monte jusqu'au sommet de l'État. Protestant, Necker a toujours montré son hostilité à la papauté. Les délégués aux États généraux se déchaînent contre un clergé qui, pour avoir voulu se soustraire à l'impôt, se voit la cible désignée de toutes les rancœurs. Bernis prévoit le pire. Il a suffisamment connu les échauffements du parlement de Paris, il sait à quels excès il pouvait se porter : « Plus on connaîtra le caractère de notre nation, plus on craindra l'inconvénient et le danger de l'Assemblée. »

Bientôt dans la folle escalade qui suit la nuit du

4 août, on commence à abolir les privilèges de l'Église. Après la suppression de la dîme du clergé, c'est au tour des annates, les bénéfices qui revenaient au pape, puis avec la constitution civile du clergé, c'est la confiscation des biens d'Église et par conséquent la fin des revenus dont Bernis tire l'essentiel de ses ressources : soudain il est ruiné. Seul lui reste son traitement d'ambassadeur qui se monte à 20 000 livres : « J'ai supporté la disgrâce dans ma jeunesse, et dans un âge plus avancé avec courage et sans ostentation ; la fermeté d'âme ne me manquera pas dans les derniers jours, et je ne regretterai de ma fortune que le bonheur de faire le bien à un grand nombre de personnes que je faisais vivre et qui vont être dans la misère. À l'égard de ma fortune, je ne la regretterai pas si elle était sacrifiée au bien de l'État. »

On a tenté de l'impliquer dans les événements en lui demandant de présider le clergé aux États généraux. Montmorin, son ministre, et même le roi essaient de le convaincre. En vain. Tous les prétextes lui sont bons pour éluder cette proposition qui le met en avant trop tard. On cherche un paratonnerre, c'est un rôle qu'il n'a aucune envie de tenir. Il le dit clairement à Montmorin : « Je suis de niveau avec les affaires de Rome, qui peuvent devenir embarrassantes, mais je suis fort au-dessous de celles qui occupent aujourd'hui le Conseil du roi et la nation entière. Les maximes à la mode ne sont pas les miennes, et comment espérer de ramener tant de têtes égarées aux anciens principes, quand l'autorité et la bonté du roi n'ont pu jusqu'ici opérer ce miracle. »

Bernis, au bord de la ruine, voit affluer peu à peu les premiers immigrés. Il accueille nombre d'aristocrates, venus chercher refuge à Rome : la duchesse de Polignac, la princesse de Monaco, le vicomte de Vaudreuil, la duchesse de Guiche. Il regrette de ne pouvoir les traiter avec la magnificence d'autrefois. Parmi ses invités de marque, Bernis découvre une femme qui provoque chez lui un dernier coup de foudre : la duchesse de Polignac, Yolande, la ravissante amie de la reine Marie-Antoinette, qui s'affiche avec le vicomte de Vaudreuil. L'ancienne gouvernante des enfants de France a quarante ans. Sa beauté, sa douceur, son charme font dire au baron de Besenval qu'elle est « la plus jolie femme de son temps ». Le cardinal, un peu las de la princesse de Santa-Croce, envers laquelle il est moins assidu, s'enflamme à nouveau. À soixante-quinze ans, son cœur bat comme celui d'un jeune homme pour la belle exilée. Il lui rend visite chaque jour au palais Stoppani, qu'elle a loué. À cause d'elle, on le voit renoncer à ses habitudes et même se soustraire à ses obligations pour un moment d'entretien avec la duchesse. Elle le maintient dans la fièvre, dans l'espoir. Il tente par mille moyens de lui assurer, ainsi qu'à sa nombreuse parentèle, tous les agréments possibles. Obtient-il d'elle d'autres marques que celle de l'affection la plus tendre ? Le malheur qui les réunit, l'abîme qui s'ouvre sous leurs pas les autorisent à toutes les folies du cœur qui semblent bien sages en face de la déraison destructrice des temps. S'aimèrent-ils dans quelques lieux retirés du palais Carolis ou dans quelques boudoirs discrets du palais Stoppani ? Ce dernier amour du crépuscule aide Bernis à affronter la ruine de tout ce qu'il aimait. La duchesse de Polignac incarne avec tant de grâce ce faste, cette grandeur et ce raffinement de la cour de Versailles, transplantée par la disgrâce du temps dans la ville des arts et du soleil. À travers elle, il retrouve sa jeunesse. Bientôt elle part pour Venise. Il ne sait pas qu'elle va y mourir l'année suivante. Ce sont des adieux déchirants. Il demeure seul, condamné à assister à la disparition de tant d'êtres chers. Il la voit s'éloigner, dernier sourire dans les ruines. Aucun visage désormais ne peut atténuer sa tristesse ni le distraire des événements : la violence, le fanatisme qui règne en France le déchirent.

Le 23 décembre 1790, Bernis reçoit le décret exigé par l'Assemblée selon lequel tous les fonctionnaires, les évêques et les prêtres devaient prêter serment à la Constitution civile du clergé. Il tente d'échapper à ce piège, en faisant des restrictions qui ne réussissent qu'à retarder son inéluctable éviction. Ainsi écrit-il le 23 février au ministre des Affaires étrangères, Montmorin, le père de Pauline de Beaumont qui devait venir mourir à Rome près de Chateaubriand : « Quoique soumis plus que qui que ce soit à tous les décrets de l'Assemblée nationale sanctionnés par le roi, je ne puis me dispenser de professer dans un acte authentique et public la religion catholique, apostolique et romaine, au sein de laquelle je suis né, j'ai vécu, et je veux mourir. » Sa destitution devient inéluctable. C'est le roi lui-même, dans un geste de pathétique abaissement, qui la lui signifie. Bernis répond à Montmorin : « Il doit vous coûter beaucoup d'être obligé de réduire à l'aumône le plus ancien des ministres du roi, le plus fidèle de ses sujets, et certainement le meilleur citoyen qui existe en France. Je ne me plaindrai pas de la rigueur exercée contre moi. Il fallait trahir mes anciens serments. J'ai tout sacrifié à la foi de mes pères et à l'honneur dont ils ont toujours été jaloux. L'indigence, quelque affreuse qu'elle soit pour un homme de mon état et de mon âge, ne m'a pas épouvanté, et sans savoir ce que la Providence me destine au bout de ma longue carrière, je me jette dans son sein, et je m'y trouve heureux et tranquille. »

Un peu plus tard tous les biens qu'il détient à Albi vont être confisqués et dispersés aux enchères, le château de Saint-Marcel livré au pillage. Bernis subit la suprême humiliation de voir arriver son successeur à l'ambassade de Rome, le comte de Ségur. Il l'accueille néanmoins avec sa bienveillance coutumière.

Il voit disparaître un à un tous les vestiges du monde qu'il a connu. Vestige lui-même d'un temps révolu, l'heure approche pour lui de les rejoindre. Après la mort sur l'échafaud du roi, puis de la reine, il se sent le survivant d'un siècle englouti. Évitant l'indigence grâce à une pension que lui accorde la cour d'Espagne par l'entremise de son ami Monino, devenu Premier ministre, il n'a plus de liens avec cette France qui n'est plus la sienne. Il dérive comme une épave glorieuse de l'Ancien Régime, dans les ors du crépuscule romain. Le 31 octobre 1794, il rédige son testament. Le 3 novembre, il s'éteint. Son corps est transporté à Saint-Louis-des-Français, dans cette église où une stèle rappelle encore son souvenir. Elle fait face au monument érigé un peu plus tard par Chateaubriand à Pauline de Beaumont ; ce Chateaubriand qui, plus tard revenant à Rome à son tour comme ambassadeur, rêvera d'égaler son prédécesseur dont la légende survivait.

Bernis, l'homme des plaisirs, l'homme du pouvoir, le grand serviteur de l'État, disparaissait en montrant un ultime visage, celui du chrétien, du pécheur certes mais du chrétien qu'il n'avait jamais cessé d'être. Les faiblesses n'entamaient en rien la fermeté des convictions d'un homme fidèle à sa foi, à son roi, à ses serments. Ne l'avait-il pas écrit à Vergennes, comme s'il prévoyait les temps futurs : « J'ai deux maîtres, dont l'un est Dieu, l'autre le roi, et je n'en aurai jamais d'autres. »

22

Les ailes de la légende

Mort, Bernis échappait enfin à la malveillance. Étrangement elle l'avait harcelé. Sans doute pour apporter un contrepoids à cette chance qui l'avait toujours favorisé. Que serait une vie sans les ombres ? Désormais la jalousie ne pouvait plus l'atteindre. Il entrait dans un monde éclairé par un ciel plus pur. Même s'il gardait des détracteurs, justice lui était rendue ; il survivait par sa légende ; une légende entretenue par une élite : des happy few qui, à chaque génération, se repassent le flambeau et entretiennent son souvenir toujours vif, presque rajeuni, de cardinal atypique. Sainte-Beuve, si curieux et pertinent dans ses découvertes des gloires du passé, lui consacre trois articles des *Lundis* : Bernis, catholique voluptueux, pécheur tiraillé entre l'alcôve et l'autel, éveille un écho de sympathie dans l'âme tortueuse de l'auteur de *Volupté*. Les frères Goncourt le trouvent sur le chemin de la Pompadour et s'attachent à brosser de lui un portrait sensible et juste. Barbey d'Aurevilly, tout à sa détestation du « méprisable » XVIIIe siècle, le salue comme un homme en marge de la politique, de la religion, de son siècle même. Enfin, en pleine guerre froide, Roger Vailland, son moins prévisible thuriféraire, voit Bernis comme un révolutionnaire sans révolution, un Julien Sorel, qui, à notre époque, aurait troqué la soutane pour la panoplie de l'intellectuel et le bréviaire pour *Le Capital*.

Le politique a ses détracteurs. Sainte-Beuve, que séduit le personnage mondain, lui conteste un véritable tempérament de chef : « Il n'avait pas la trempe d'un homme d'État, et après l'entrain des premiers succès, son organisation, mise à trop forte épreuve, a manifestement fléchi. Il n'est pas de ceux à qui on reconnaît le droit de dire : c'est moi ! La nature ne l'a point marqué au front du sceau du commandement et de l'autorité. Il ne sut point conquérir sur ses alentours cet ascendant qui ne s'accorde jamais à ceux à qui on peut le refuser. » Et Sainte-Beuve, qui n'a pas d'opinion originale sur cette frontière indécise, qui partage l'échec et la réussite sociale, préfère comme toujours s'en tenir avec prudence au verdict de la société. Il n'aime ni les atypiques ni les marginaux. C'est sa limite. Acceptons-la : « Bernis ne sera jamais un grand ministre dirigeant. Aurait-il pu l'être ? Je l'ignore. Le sort ne lui a pas laissé le temps de réparer ses fautes, ni de corriger ses hasardeuses entreprises : mais Bernis sera un excellent ambassadeur. Il sera le modèle d'un ambassadeur de France à Rome pendant vingt ans. »

« Modèle d'ambassadeur » ! Est-ce une qualité vraiment intéressante à retenir du point de vue *sub specie aeternitatis* où se place Sainte-Beuve ? Comme l'a si bien noté Proust qui s'exaspérait à son propos, il y a des moments où le critique, si intelligent, si large par ailleurs, prononce des phrases étroites et conventionnelles qui aplatissent les plus grands enjeux de la vie humaine et les ramènent au niveau des convenances mondaines.

Le jugement de Sainte-Beuve sur la faiblesse de caractère de Bernis a été assez couramment repris. Barbey d'Aurevilly, dressant la liste de tous les contemporains qui ont déchiqueté à cœur joie le cardinal dans leurs lettres ou dans leurs Mémoires — Marmontel, Barbier, d'Argenson, le maréchal de Richelieu, Sénac de Meilhan, Choiseul, Palissot —, donne la palme à Soulavie « qui fut à l'histoire ce que Fouquier-Tinville fut à la justice ». Soulavie, anticlérical, hostile à la monarchie, hait Bernis comme l'incarnation d'un XVIIIe siècle qu'il exècre. Dans tous les ouvrages apocryphes qu'il a concoctés, il y a toujours un coup de griffe pour le cardinal. Barbey d'Aurevilly, si séduit pourtant par Bernis, s'attriste sur « les forces perdues qu'il y avait dans cet homme qui ne fut, après tout, qu'un impuissant de plus, dans un gouvernement impossible ». Il ajoute un reproche : sa liaison d'amitié avec une indigne favorite : « Le fard de la marquise lui tache la joue et il ne s'essuiera jamais de ce rouge-là. »

Bernis fut-il une grande tête politique, était-il

fait pour l'action ? On ne peut dissimuler que beaucoup d'historiens le jugent sévèrement, parfois injustement, en le rendant responsable des erreurs qui non seulement n'étaient pas les siennes mais qu'il a lui-même combattues, notamment celles dues à l'entêtement de Mme de Pompadour. Ils ont tendance à l'associer aux fautes du règne, à sa coupable futilité. Sa réputation de galanterie, ses vers faciles prêtent évidemment le flanc aux reproches de superficialité, de mondanité. Il est facile de le caricaturer en ne mettant en relief que le rimailleur, l'abbé voluptueux qui a profité de la faveur de la favorite pour tirer tous les bénéfices possibles d'un pouvoir dont la charge l'a finalement écrasé. Ce portrait s'explique aussi par les préjugés : on fait de cet aristocrate, cardinal sans grande conviction religieuse, le prototype du courtisan arriviste de l'Ancien Régime.

Mais Bernis a aussi ses partisans parmi les historiens. Outre Frédéric Masson qui a publié ses Mémoires, Jacques Bainville a pris sa défense et justifié la politique de renversement des alliances qui, loin d'être selon lui une intrigue de cour, un caprice, « fut une opération sérieuse et réfléchie ». Ce que Bainville admire chez Bernis, c'est d'avoir été le premier à signaler le danger que représentait la Prusse pour la France : « En 1756 et 1757, Bernis a donc compris que le danger en Allemagne était prussien. Il a vu aussi combien notre tâche devenait lourde puisque au moment où l'Angleterre nous provoquait à une lutte redoutable, nous étions engagés par Frédéric dans une guerre continentale. » Et ce satisfecit donné à Bernis lui offre l'occasion d'étriller les Encyclopédistes : « Le fait que les écrivains émancipateurs du XVIIIe siècle n'ont pas vu, ont refusé de voir le péril prussien est écrasant pour leur philosophie politique. Leur erreur prouve leur inaptitude à comprendre la marche des choses et à servir le progrès dont ils s'étaient réclamés. En se retournant contre la Prusse et en se rapprochant de l'Autriche, la monarchie française avait représenté qu'il importait de s'élever au-dessus d'un préjugé de trois siècles. Les philosophes ont montré la servitude de leur pensée, leur goût de la routine. Ils ont été au niveau de la foule ignorante et sans critique. » Pierre Gaxotte, qui partage la plupart des thèses de Jacques Bainville, n'a pas moins d'estime pour le cardinal : « Bernis est le grand homme au Conseil mais Bernis, usé, passera vite. »

On trouve déjà chez Albert Sorel un jugement sur Bernis qui tient à la fois de celui de Sainte-Beuve pour le caractère et de celui de Bainville pour la divination politique : « Toute l'urbanité et toute la politesse du monde ne font pas un homme d'État. Il n'avait ni la tenue d'esprit, ni la trempe, ni le caractère qu'il faut aux meneurs d'hommes et à ceux qui négocient les grandes affaires dans les crises de l'État. » Sorel concède cependant que l'idée de Bernis de laisser les États allemands se déchirer entre eux au lieu d'intervenir était « formidable » : « L'Allemagne, dit Bernis, qui est la seule puissance par qui la France ait à craindre un envahissement de ses frontières, se serait épuisée contre elle-même. » « C'était, ajoute Sorel, un plan à la Pitt : Bernis n'avait point l'étoffe nécessaire pour l'exécuter, et Louis XV n'était capable ni de soutenir un dessein de ce genre, ni de supporter un ministre qui l'aurait conçu. » Ce jugement jette une lumière inquiétante sur le règne. Il n'y avait donc rien à faire !

C'est aussi ce que pense Barbey d'Aurevilly : « Il n'eût pas, avec toute sa supériorité incontestable, empêché de crouler ce gouvernement qui lui croulait sur les mains, quand il voulait le soutenir, et qui aurait croulé de même sur les mains, pour la première fois vainement toutes-puissantes, du cardinal de Richelieu. » Mais un Richelieu était-il concevable avec Louis XV qui avait déjà difficilement supporté la tutelle pourtant douce et accommodante du cardinal de Fleury ? La monarchie n'a pas connu de grands ministres sans de grands rois qui les inspiraient ou bien les laissaient libres d'agir : on a pu voir un Louis XIII faible accepter de confier le pouvoir à l'homme de caractère dont sa politique avait besoin ; Louis XIV, lui, inspirait des forces et de grands desseins à ses ministres : un Colbert, un Louvois sont des grands exécutants aux ordres du roi. L'ennui avec Louis XV, c'est qu'il tient de ses deux ancêtres : faible comme Louis XIII, il refuse comme Louis XIV de déléguer le pouvoir. De tutelle, il ne supporte que celle d'une femme :

c'est ce qui donne à son règne ce côté bancal, ce goût de gâchis, d'occasions manquées. S'il avait confié la totalité du pouvoir à Bernis, celui-ci aurait-il pu remettre la France sur pied ? Qui peut le dire ?

La grande difficulté quand on veut juger l'action de Bernis au pouvoir, c'est qu'il ne l'a jamais détenu totalement : il a toujours dû le partager avec d'autres ministres, avec le roi, avec Mme de Pompadour. Cette façon de gouverner sans un responsable capable de donner des impulsions, et d'arrêter les moyens, devenait débilitante et, à la longue, catastrophique.

Avec le recul, on s'aperçoit que le plus grand obstacle qui s'est trouvé sur le chemin de Bernis pour lui barrer toute possibilité d'accomplir la grande œuvre politique qu'il était certainement capable de concevoir et sans doute d'exécuter, c'est Mme de Pompadour elle-même. D'où la difficulté pour lui : il lui devait tout, sa carrière, son ambassade, sa nomination au Conseil du roi. L'amitié, la reconnaissance l'ont emporté chez lui sur l'ambition de la gloire. Il n'a pas franchi le pas de l'ingratitude nécessaire. Manque d'audace, scrupules, religion de l'honneur, dégoût des basses manœuvres et de l'intrigue ? Tout cela a joué. Il a attendu en vain du roi qu'il se montrât roi, qu'il eût plus qu'un autre le souci de son royaume, de son honneur, du bonheur de son peuple. Mais, alors que tant d'occasions se présentaient, il aurait fallu agir avec plus de cynisme, selon la formule : *ad augusta per angusta* (à la gloire par des voies sinueuses). Oui, il fallait sacrifier Mme de Pompadour. Non pas seulement pour son propre intérêt, mais pour celui de l'État. Faute d'avoir pu la convaincre de faire la paix, il fallait la tuer... politiquement bien sûr, l'éloigner. Bernis ne put jamais s'y résoudre. L'idée ne lui en vint même pas. Il n'était pas homme à commettre une vilenie envers une femme à qui il devait tout ; c'est sa grandeur comme homme, c'est peut-être sa faiblesse comme homme d'État. Richelieu, c'est vrai, n'aurait pas hésité, ni Mazarin. Bernis n'était pas de cette race-là. Tant pis et tant mieux.

Si on y regarde de près, Choiseul a repris certains des plans politiques de Bernis. Il les a appliqués trop tard en faisant la part trop belle aux Autrichiens : paix sur le front continental, alliance avec l'Espagne pour contrer l'Angleterre — ce qui deviendra le pacte de Famille — essai de restauration des finances. Le prix à payer en a certes été très lourd : l'expulsion des jésuites par démagogie envers le parlement de Paris et, faute d'avoir fait la paix continentale à temps, le désastreux traité de Paris qui consacrait la perte de nos colonies. Reste la question : pourquoi Bernis n'a-t-il pas pu appliquer ce plan lui-même ? N'avait-il pas toute la confiance du roi ? Il n'a pas su dominer la Pompadour comme a réussi à le faire Choiseul, qui avait sur lui l'avantage de coucher avec la favorite. Choiseul cependant n'a pas tenté de la contrer franchement. Il a agi en sous-main. Et un an presque jour pour jour après le départ de

Bernis en décembre 1759, il écrivait à son cousin Choiseul-Praslin, ambassadeur à Vienne, d'avertir l'impératrice que les dispositions de la France étaient changées : « Nous ne sommes point dans l'intention de sacrifier les intérêts de la France à ceux de la maison d'Autriche, de même que cette maison ne sacrifierait pas les siens aux nôtres, ainsi qu'elle le prouve. » C'est pour avoir proposé cette paix, un an plus tôt, que Bernis avait connu la disgrâce.

Sans doute a-t-il été trop sensible au déshonneur qu'il risquait en cas d'échec — et le régime était au bord de la faillite. Lui d'habitude si conciliant a voulu brusquer la paix pour éviter des sacrifices inutiles. Bernis n'a pas accepté de faire la part du feu, de laisser filer les événements et les catastrophes jusqu'au point où ils amènent une prise de conscience. Il lui a manqué cette faculté si importante en politique qui consiste à savoir attendre les moments favorables au lieu de vouloir forcer l'adversité. Mais il n'avait pas tort de croire que sur le long terme ces atermoiements, cette politique capricieuse faite pour complaire à Mme de Pompadour, ruinaient définitivement le prestige et les finances de la monarchie.

C'est l'ambition qui donne au personnage de Bernis sa véritable ampleur. Cette passion qui le tracasse, le tourmente, le pousse à réaliser de grandes choses, et que sa délicatesse l'a empêché de mener à bien, dessine son véritable portrait, complexe, contradictoire. Des ambitieux, cela court les rues ; les ambitieux sentimentaux sont une espèce plus rare. Car s'il y a mille raisons de s'intéresser à lui, qui offre tant de facettes — le poète, l'académicien, l'homme à femmes, le cardinal qui jette sa soutane par-dessus les conclaves pour rejoindre sa maîtresse, l'ambassadeur à Venise qui passe allègrement du Conseil des Dix à la partie carrée —, Bernis attache surtout par la qualité de son désir de gloire. Et la postérité de ses admirateurs ne s'explique pas autrement. Personne n'a plus médité que lui sur la réussite ; personne n'incite autant que lui à réfléchir sur la grande et douloureuse passion du pouvoir.

« Le bonheur du cardinal de Bernis, écrit Robert Mauzi, tient au surprenant équilibre entre l'intensité de ses désirs et la froideur des plans dont il les enveloppe, à son aptitude à attendre quand il bouillonne d'impatience, à sa manière de se servir des autres tout en se divertissant, à son pouvoir de soumettre toute tentation — tendresse ou libertinage — à un dessein capital, ne faisant jamais rien, fût-ce un mauvais vers, qui n'ait son utilité. Mais cette ascèse de l'arrivisme, remplie de luttes et de temps morts, ne reste pas sans récompense : "J'ai réussi à obtenir tout ce que j'ai désiré fortement ; mais la fortune m'a toujours disputé ses faveurs, il m'a fallu les lui arracher[1]". »

Que sont d'ailleurs ses Mémoires sinon un bréviaire à l'usage des ambitieux de qualité, autant dire ceux qui ont peu de chances d'arriver. Dans

1. Robert Mauzi, *Le bonheur au* XVIII*e siècle.*

le fauteuil où tisonnant les braises de la cheminée, les amants déçus du pouvoir méditent sur leur chute, leur échec, leur disgrâce, Bernis apparaît comme un prodigieux réconfort. Il inverse les données du jeu social qui stipule que le gagnant est forcément le meilleur. Il nous glisse à l'oreille que c'est le contraire, que l'échec est la patrie d'une aristocratie à qui l'on rendra justice un jour. Sa philosophie sur le sujet tient en une phrase : le pouvoir est le pire ennemi du bonheur. Et avec lui, avec ses leçons de stoïcisme épicurien, on se prend à le croire. Son livre est certainement le meilleur remède que l'on puisse administrer aux convalescents, aux gueules cassées, estropiés, accidentés divers, à tous ceux que l'ambition des places ou des honneurs a fait retomber le nez sur le pavé.

De ses Mémoires autant que de ses lettres à son vieux complice Pâris-Duverney, le grand financier, créateur de l'École militaire, devenu ermite et amateur d'horticulture, on pourrait extraire un savoureux florilège de maximes, d'aphorismes et de réflexions qui toutes ont trait à l'ambition. Du lever au coucher du grand soleil qui éclaire sa vie, Bernis médite sans cesse : il y a l'ambition avant le pouvoir, l'ambition quand il le tient et l'ambition refroidie du recalé.

Ce qu'il a d'original dans son ascension, c'est qu'elle a été lente à se décider, comme si sa volonté à ses débuts s'enlisait dans une sorte de paresse. On pense au mot de son ami Duclos qui disait de lui avec humour à l'époque où, jeune abbé et poète désargenté, il se fixait modestement comme but 6 000 livres de rente : « Voyant qu'il avait tant de peine à faire une petite fortune, il résolut d'en tenter une grande. »

À son impatience à réussir, succède après le pouvoir une douce philosophie de la vie. Sans doute songeait-il souvent aux conseils que lui donnait Pâris-Duverney lorsque, jeune ambassadeur à Venise, il se plaignait de stagner dans un cul-de-sac. Le vieux financier philosophe calmait son ardeur avec des propos d'une grande sagesse : « Tout ici-bas dépend des circonstances, et ces circonstances ont des révolutions si fréquentes que ce que l'on peut faire de plus sage est de se préparer à les saisir au moment qu'elles tournent à notre point. Il est presque toujours dangereux de vouloir les forcer ; on n'y gagne que des tourments qui s'accroissent à mesure que nos espérances semblent s'éloigner, et c'est ainsi que l'on passe sa vie, sans y trouver un moment de satisfaction. Agissons donc toujours, mais ne forçons rien. » Et Bernis lui répondait avec fougue qu'il était d'accord : « À l'égard des places, il faut savoir lever le siège quand elles se défendent trop longtemps. » Et il se montrait déjà accommodant : « Ne pas prendre les places d'assaut et ne point refuser celles qui veulent se rendre d'elles-mêmes. »

Cette fièvre de l'ambition, analysée avec une froide intelligence, a imposé sa légende. Surgissant des décombres de l'Ancien Régime, fantôme plein de grâce d'une monarchie honnie et discréditée, il a accompli un autre destin, posthume celui-là. Les virtualités de sa vie s'y sont épanouies ; sa séduction, l'honnêteté de son caractère ont projeté dans l'avenir une lumière qui fascine. Il donne à l'échec, à la disgrâce, à l'exil une dimension philosophique et morale. Tomber du pouvoir, connaître l'ingratitude des princes ou du suffrage universel, n'est plus grâce à lui une infamie mais la chance d'une méditation. Dans l'obsession générale d'arriver, de gagner, il figure un contre-exemple : le perdant qui gagne après coup et prend sa revanche sur des terrains moins éphémères que la réussite.

Beaucoup d'hommes célèbres à leur époque, glorieux même, disparaissent sans laisser de traces ; l'empreinte de leur vie se résume à quelques dates, à des emplois, à des grades, à des victoires, et puis c'est tout. Comme si leur existence ne contenait aucune leçon à l'usage des générations futures ; comme si leur vie dévorée par la nécessité, les circonstances, bornée par les appétits, n'avait pas eu accès aux sources vives de l'esprit. On a l'impression qu'ils n'ont pas eu d'âme, même ce petit bout d'âme qu'on peut se bricoler avec un peu d'élan généreux, de bonté, de grandeur dans les desseins, d'élévation. Vivants, ils pouvaient donner le change ; morts, la lumière est éteinte ; aucun témoignage ne leur survit, rien qui venant d'eux puisse éclairer si peu que ce soit la grande famille humaine si avide pourtant de décrypter les signes que nous adressent les hommes du passé.

D'où vient que Bernis vaincu nous fasse rêver, nous intéresse plus que Choiseul, son ami ennemi, son faux frère, qui pourtant lui a ravi la gloire politique ? Choiseul a épuisé dans l'action, dans les plaisirs, ce qu'il avait à dire. Sa statue est bien établie à un carrefour de l'histoire, mais il ne viendrait à personne l'idée de méditer sur sa vie, d'y chercher une sagesse : homme de plaisir, d'ambition, de jeu social, il s'est éteint avec les feux qui le brûlaient. Sympathique, enjoué, d'une intelligence prodigieuse sur les tréteaux du pouvoir, l'exil l'anéantit ; il ne trouve pas à Chanteloup un terrain pour cultiver sa vie intérieure, approfondir le sens de ses actes ; il dépérit loin de l'intrigue et, subitement enragé, se met à mordre, dans ses ébauches de Mémoires, tout ce qui s'offre à sa rancune. Son bonheur de vivre se mue en aigreur ; la haine a dévoré la bonhomie ; il jette rageusement sur le papier des renvois de bile et de mépris. Personne ne trouve grâce à ses yeux : ni le roi, traité de despote velléitaire, esclave de ses sens, ni Mme de Pompadour, à qui il doit sa carrière, réduite au rôle de courtisane vaniteuse.

Ce projet de Mémoires qui se nourrit de basses et d'aigres rancœurs finit par le dégoûter lui-même ; il l'abandonne. Au fond, il n'a rien à nous confier. Et c'est bien étrange de voir la mort éteindre si définitivement la flamme d'un personnage qui a eu tant de traits d'esprit, de l'humour et de l'ironie à revendre. Aucune phrase ne nous attache à l'homme, aucune expression, aucun style ne traduit un monde intérieur digne de lui survivre. Ne reste qu'une image du grand seigneur de la politique, en dentelles ou en cuirasse, tel qu'il apparaît dans les tableaux de Van Loo et de Rigaud. Mais l'homme Choiseul ? Ce monstre d'énergie, de pétulance, d'activité s'est vidé de sa substance et s'est dissous dans ses actes.

Bernis est son contraire. Le cardinal s'est plu à lancer dans l'avenir des graines fécondes — pas seulement ses Mémoires qui n'appelaient pas forcément la publication —, tout juste une bouteille jetée à la mer pour dire et rétablir quelques vérités. Il craignait la malveillance par-delà la mort. Deux mots, deux lignes suffisent : le personnage s'anime, l'homme vit, nous l'entendons, nous le voyons. Jamais de bavardage. Avec lui on va tout de suite à l'essentiel, il ignore le banal, l'anecdote insignifiante. À travers son expérience du pouvoir, Bernis a tenté de comprendre quelque chose de plus grand que lui : sans cesse il cherche à interpréter les signes qui font que sa vie est en résonance avec l'avenir et, qui sait, reliée par des voies obscures à l'éternité.

Bernis fait mentir La Bruyère : « Les ambitieux dégoûtent de l'ambition. » Il a réussi ce prodige de nous faire aimer l'une et les autres quand ils lui ressemblent. Il a peut-être seulement dessouillé l'arrivisme en le purifiant de l'immoralité, du cynisme, qui dissimulait le grand et beau principe de l'ambition chevaleresque. Il l'a anobli. Il a restitué à la réussite son véritable enjeu sans lequel elle n'est qu'une course illusoire : réussir, mais pas à n'importe quel prix.

Sans cette noblesse, Bernis resterait-il une figure aussi lumineuse ? Sa vie habitée par l'esprit n'est une source de méditation qu'auprès de ceux qui ont l'ambition de s'accroître non pour gagner mais pour s'épanouir. C'est une idée neuve — ou très ancienne — que Bernis nous apporte et lègue à nos temps de froids carriérismes, d'ennuyeux management et d'impitoyables contrôleurs de rentabilité : le bonheur. Qu'est-ce qui demeure de la réussite quand on a laissé échapper le bonheur ? Une tombe stérile et indistincte où s'anéantissent les passions évanouies.

BIBLIOGRAPHIE

Parmi tous les ouvrages que j'ai consultés, je cite ceux envers lesquels j'ai une dette particulière.

FRÉDÉRIC MASSON : *Les Mémoires et les lettres du cardinal de Bernis*, Plon et Nourrit, 1878. C'est d'après cette remarquable édition que j'ai republié et préfacé les *Mémoires du cardinal de Bernis* en 1980 avec des notes de Philippe Bonnet au Mercure de France.

SERGE DAHOUI : *Le cardinal de Bernis ou la royauté du charme*, Éditions Lienhart, 1972.

RENÉ VAILLOT : *Le cardinal de Bernis, la vie extraordinaire d'un honnête homme*, Albin Michel, 1985.

PAUL HAZARD : *La pensée européenne au* XVIII*e siècle*, Paris, 1946.

EDMOND et JULES DE GONCOURT : *Madame de Pompadour*, Paris, 1878. *La Femme au* XVIII*e siècle*, Paris, 1903.

JEAN DE VIGUERIE : *Histoire et dictionnaire du temps des Lumières*, Bouquins, Robert Laffont.

ROGER VAILLAND : *L'éloge du cardinal de Bernis dans le Regard Froid*, Éditions Grasset.

JEAN HAECHLER : *L'Encyclopédie : les combats et les hommes*, Les Belles Lettres, 1998.

PIERRE GAXOTTE : *Le siècle de Louis XV*, Fayard.

MICHEL ANTOINE : *Louis XV*, Fayard.

EMMANUEL LE ROY LADURIE : *Histoire de France. L'Ancien Régime* (vol. 3), Hachette Littérature.

REMERCIEMENTS

Je remercie particulièrement Georges Liebert et Jean Haechler qui ont accepté de relire mon manuscrit et d'y apporter leurs lumières.

Merci à Aliénor de Sigalas qui a effectué les recherches de documentation.

DU MÊME AUTEUR

Aux Éditions Gallimard

LE GOÛT DU MALHEUR, *roman* (Folio n° 2734)

MORNY, UN VOLUPTUEUX AU POUVOIR, *essai* (Folio n° 2952)

BERNIS, LE CARDINAL DES PLAISIRS

UNE JEUNESSE À L'OMBRE DE LA LUMIÈRE

Chez d'autres éditeurs

LA FUITE EN POLOGNE, *roman, Grasset*

LA BLESSURE DE GEORGES ASLO, *roman, Grasset*

LES FEUX DU POUVOIR, *roman, Grasset*

LE MYTHOMANE, *roman, Grasset*

AVANT-GUERRE, *essai, Grasset*

ILS ONT CHOISI LA NUIT, *essai, Grasset*

LE CAVALIER BLESSÉ, *roman, Grasset*

LA FEMME DE PROIE *roman, Grasset*

LE VOLEUR DE JEUNESSE, *roman, Grasset*

L'INVENTION DE L'AMOUR, *roman, Grasset*

LA NOBLESSE DES VAINCUS, *essai, Grasset*

OMAR, LA CONSTRUCTION D'UN COUPABLE, *essai, Éditions de Fallois*

Composition Nord Compo.
Impression Société Nouvelle Firmin-Didot
à Mesnil-sur-l'Estrée, le 5 septembre 2000.
Dépôt légal : septembre 2000.
Numéro d'imprimeur : 52501.

ISBN 2-07-041279-2/Imprimé en France.

94207